U0897935

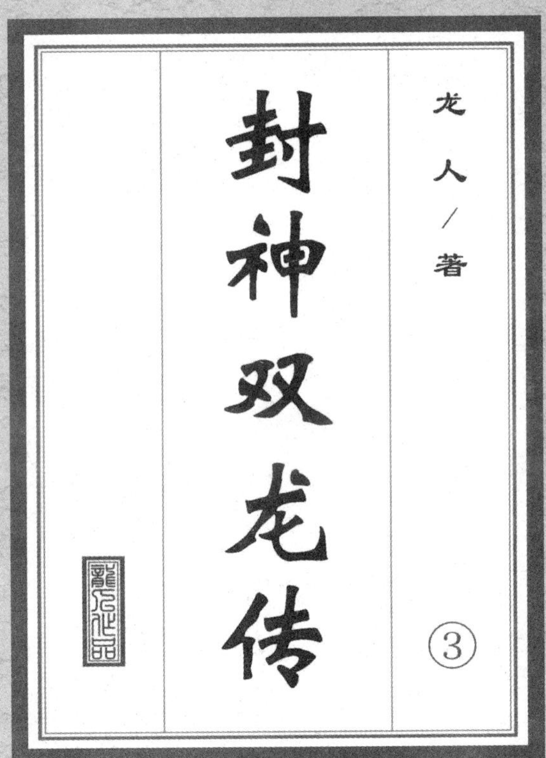

二十一世纪出版社集团
21st Century Publishing Group
全国百佳出版社

图书在版编目（CIP）数据

封神双龙传：全10册 / 龙人著. -- 南昌：二十一世纪出版社集团，2017.10

ISBN 978-7-5568-3102-9

Ⅰ. ①封… Ⅱ. ①龙… Ⅲ. ①侠义小说—中国—当代 Ⅳ. ① I247.5

中国版本图书馆 CIP 数据核字 (2017) 第 243767 号

封神双龙传 龙 人 著

责任编辑 敖登格日乐
出版发行 二十一世纪出版社集团
（江西省南昌市子安路75号 330025）
www.21cccc.com cc21@163.net
出 版 人 张秋林
经　　销 新华书店
印　　刷 北京龙跃印务有限公司
版　　次 2018年1月第1版 2018年1月第1次印刷
开　　本 710mm×1000mm 1/16
印　　张 160
字　　数 1728千
书　　号 ISBN 978-7-5568-3102-9
定　　价 498.00元（全10册）

赣版权登字—04—2017—744

目　录

第三十四章　风云聚会

破天阁内玄门大阵逆转，阵内立刻现出两个完全不同的空间，闻仲、妲己与石矶三人面面相视，一时都不敢轻举妄动。

适才闻仲扑向阵心时，受守护“乾坤弓”五行玄能所震，袖中的“六合云光石”翻落而出，立刻被大阵内的五行玄能卷去，五行玄能将“六合云光石”团团包住，强大无比的五行玄能从四面八方击在其上，青红黄白黑五色流彩异光接连闪动，云蒸霞蔚，霞光流转，发出阵阵异彩，隐约还能听得细微的“噼噼啪啪”之声。

五行玄能逐渐将闻仲用来封印耀阳和倚弦两人的“修罗封魂诀”化去，二人禁制封印被解，红青两道光影凭空显现出来，轻轻落在五行大阵的阵心位置上。

原本只是一转瞬的时间，在“六合云光石”内的耀阳与倚弦却感觉非常漫长。二人灵体被闻仲施法禁制在“六合云光石”之内，那是一个封闭的阴暗空间，没有四方上下之分。二人心神被完全禁锢在黑暗之中，六感失聪，毫无所觉，手不能动，口不能言，目不能视。二人之间甚至无法通过思感神识交流。

本来二人正沉浸在五行玄能透过“六合云光石”带来的那种不可言喻的感应中，可是突然之间，一阵巨震，整个空间开始摇晃起来，四周犹如山甭地裂般，似乎整个天地也以一种玄异的规律晃动起来，就连被禁锢神识的兄弟俩都可感应到。

始终笼罩二人的无尽黑暗就像雾尽云开，拨云见日，五色异芒自二人上方传来。两人只觉无数林木火焰，金土沙石，寒冰流水，夹杂在五色流光之中，声势极为浩大，飞速向二人撞来，就似整个天地被积压在一起，二人只吓得是魂飞魄散，还以为是天崩地陷，世界末日。却又见那些寒冰林木等悄然隐没在这个封闭空间内的层层黑暗之中，先后在空间四处幻出各色光彩异芒，将无尽的黑暗驱除一尽，四周空间大放光明。

耀阳和倚弦身体一轻，然后一股强大无比的玄能将制约二人的“修罗封魂诀”破除，只觉得这股玄能和以前所见任何玄能都不一样，内中似乎蕴涵着天地玄妙之机，五行幻化之本，又可层层相生，循环不休，亦可层层相克，回归于无。强大的玄能，如木之灵纯，火之暴烈，水之温润，金之犀利，土之厚重，虽各性相异，却可如相容般混在一起。

五行玄能让二人的心神进入一种恬静空灵的悠远境界，二人都沉醉其间无法自拔，细细体味着五行玄能变幻不定，穷天地造化的无穷生机。此种境界可遇而不可求，不但明晰了五行禀性，更因亲身感应，奠定了兄弟俩以后修行玄法，成为超凡入圣不世人物的基础。

整个封闭空间开始支离破碎，声势极为惊人，一丝丝的光明曙光从破碎的空间外射了过来，曙光越来越强，随即禁锢二人的黑暗空间及二人适才感觉及眼前之物全都消失不见。

二人只觉眼前一亮，身际归元魔能自动流转，耀阳和倚弦立时知道禁锢心神灵元的邪法已被刚才那股强大玄能所破，二人终于得回自由之身。

阵心三人正相互对峙，寻机出手，更在各自心里盘算如何解决目前的危机。忽然眼见两道人影出现，三人立刻做出不同反应。

妲己眼光犀利无比，妖灵邪魄一动，立时明白这两团光影必然是耀阳与倚弦，心中大喜，思绪连转，此时破天阁内已有三人在此，而且五行玄能奥妙非凡，若想凭一己之力抢夺“乾坤弓”和那卷“震天箭籍”，恐不可得。此时天降福缘，身怀归元魔能的二人就在眼前，莫如抢夺二人，占得先手。妲己心思已定，脸上笑意盎然，曼妙玉体却立刻化为无数美丽身影，扑向二人。

闻仲更是毫不迟疑，当机立断，心知妲己必不会放过此二人，手中十指飞快变化，东圣九离秘传法诀“离火元阳诀”破体而出，击向妲己幻化的众多身影，衣袖挥动，片片黑雾接连飞出，高大雄岸的身躯，骤然凭空消失不见了。

石矶见到闻仲与妲己拼尽全力去争那两团光影，心中隐隐觉得有些蹊跷，但如今垂涎千年的上古秘宝就在眼前，而且身边二人皆是凶险狡诈、心计深沉之辈，看着闻仲与妲己拼命争斗，心中立时喜翻了天，冰冷玉容上有了一丝隐隐笑意。她打定主意，决定趁这个时机，养气调元回复方才的伤势，待妖能尽复，再寻找时机抢夺“乾坤弓”和那本“震天箭籍”。

耀阳倚弦甫一落地，便发现两人身形正落在一片广阔的空间之内，旁边还站了三人。二人还没来得及看清楚是何人，就感觉到两股强大的元能扑面而来。

妲己一只玉手轻轻抓向耀阳，阴傈寒冰的妖能如网状罩下。身形却幻化成众多幻影向闻仲挥来的火焰黑雾扑了过去，只要略为阻挡一下，就可抓住兄弟俩。这时见闻仲施展“隐灵遁法”，身影消失不见，心知闻仲必是遁向二人身后，妖灵邪魄细细感应之下，另一只手上五指挥动，“玄阴九姹诀”悄然而出，一股阴寒凄厉的妖能直扑向隐遁后的闻仲。

闻仲身形被阻，手藏在衣袖之中，一股狂烈炎炽的魔能悄然迎向妲己。两股元能在空中寂然相撞，二人身形都在空中顿了一顿，妲己的身影划出一道美丽弧线，五指如钩，依然放出层层网状妖能罩向倚弦。

闻仲身形虽然暂时受阻，稍一停顿加速而行，一手压向耀阳，沛然无比的魔能重如山岳。

二人因顾忌阵心的五行玄能，掠起的身影都特意避开触及大阵中心“乾坤弓”所在之处。可这也为耀阳和倚弦提供了逃脱的机会。

倚弦刚从结界中跌落出来，双目尚未适应眼前的空间，便只见两个人影在空中追逐攻击，迅若飞虹，魔能妖法层出不穷，看得眼花缭乱，忽然间心念一动，一个黑影已经压了过来，一股丝网般沾粘的妖能重压至顶，心知此时两个妖人相互争斗，正是逃走的最好时机。

倚弦运起归元魔能，全力施展“风遁”，跌跌撞撞向阵心滚去。那如丝状的妖能只让倚弦感到身上似被一股黏液粘住，略一挣扎，身上归元异能过处，妖能如烈炎遇到冰水，立刻化为无形。

耀阳人本机灵，四处张望，见身周两道人影一动，心知必是为了捉拿他们兄弟俩而来，此时心中更不迟疑，归元异能立刻在全身流转，使出“风遁”之术，扑向二人攻击的死角，正好见倚弦也向此处滚来。只是身上魔能重如山岳，让他移动的速度极为缓慢。

转瞬间功夫，兄弟俩已扑入阵心。

妲己与闻仲看着落入阵心的兄弟俩，对五行玄能心有所忌，只得在半空中将身形缓了下来，遥遥注视双方。

耀阳和倚弦扑入阵心，只觉得一股似曾相识的玄能迎了上来，双目所及是青红黄白黑五色流光异彩，“呼”的一声，将二人包了起来。阵中情景突然大变，阵心处的大弓和玉简也消失不见。青红黄白黑五色光芒合为一处，化为黑色。二人如落入水中，轻轻浮在其上，四周黑色玄能立时将二人包住。

二人福至心灵，归元魔能丝毫不用，任黑色玄能入流水般轻轻自二人头顶灌顶而下，心神一片清净空灵，耀阳和倚弦似乎感觉到了什么，思绪忽被打断，黑色玄能变为白色玄能，二人只觉得似有无数把小刀穿体而过，温润锋利，正待运起归元魔能抵抗这痛入骨髓，万蚁噬心般的痛楚，白色玄能已化为黄色玄能，重如山岳，直压的两人喘不过气来，还好二人已经大略知道这股五行玄能的禀性，只要不运功相抗，就不会有事。

只过了一瞬间，耀阳和倚弦却觉得如同过了漫长岁月一般，重如山岳的压力突然散去，黄色玄能已变为红色玄能，炙炎焚身的感觉又出现开来，他们仿佛置入天地洪炉之中烧烤一般，耀阳和倚弦咬牙苦撑，令人窒息的火焰感觉突然散去，红色玄能已化为青色玄能，兄弟俩仿佛正站在茂密的森林之中，四处生机盎然，身形却被层层青色玄能缠住。

二人身体一松，包住耀阳与倚弦的五行玄能忽然消失不见。

耀阳正想碰碰倚弦的肩头打个招呼，却发现一个透明的光障将俩人隔开，虽然能够看得见对方，却无法触碰到对方，耀阳急忙大声叫道：“小倚，我怎么过不去，好像被什么东西挡住了似的。”

倚弦感觉和耀阳一样，不过他细心的多，看见阵外三人正是兄弟俩最忌讳的几个人——妲己，闻仲与石矶。忙回道：“小阳，你看闻仲、妲己他们也在这里。”

石矶脸色立刻大变，妖能透体而出，直欲飞起，道：“不好!”

妲己脸色狐疑，双目异彩四溢，望着神色极为不安的石矶，体内妖能却暗暗凝聚，以应不时之变。

闻仲神色不变，暗将魔能运遍全身，心中防备两个妖女又弄什么诡计。

外阵三人只见阵内五彩异光流转，“乾坤弓”与“震天箭籍”已然消失不见，阵势发动起来，整个五行大阵内变为一个空旷广漠的空间。

石矶心中惊悔非常，此时大阵已被逆转，五行玄能逆运而生。当下不敢乱动，怕至引起五行玄能吸引，从而被阵势隔绝，封在另一个地方。

妲己略知五行大阵之密，知道现在大阵阵势逆转，五行相克而运，自然亦不敢乱动。

闻仲见五色流光闪动，便知乃是五行玄能，此时玄能逆转，想必会引起整个大阵的诸多变化，若要抢夺耀阳与倚弦以及“乾坤弓”和“震天箭籍”，必要详细观察此阵玄能运行之法，以谋对策。

妲己与石矶都不说话，只是同时冷声哼了哼，一副不置可否的模样。

闻仲识机地问道：“适才石矶道友似乎知道此阵会发生变化，可否为大家解说一二?”

石矶看了二人一眼，复又望向阵心的耀阳与倚弦，脸上尽是失望之色，半响才道：“玄门大阵逆转，整个阵势已经被封闭，现在根本无有出口可觅，‘乾坤弓’和‘震天箭籍’又被阵心的五行玄能隐去本来的踪迹，你我三人等于已经被困死在这阵中了。”

妲己闻言，双眼立时向四周打量，果然破天阁内的情形和刚入阵时不一样，四周广漠无限，朦朦胧胧的一切，浑然看不到尽头。她暗自心念一动，手中挥出一丝妖能向阵心的耀阳袭去。那丝妖能尚未触及耀阳，便被他身周的五行玄能弹了回来。

闻仲闻听石矶之言，不由一愣，道：“大阵逆转，出口封闭，不知各位有何良策？”

妲己知道此时只有竭三人之力，解出破阵之法，否则三人等若困在此地，必死无疑，遂接言道：“此阵阵法奥妙，极似五行玄能幻化，可要出阵却不知该当如何是好？石矶姐姐见多识广，应该有破解之法吧。”

耀阳与倚弦见三人正议论纷纷，稍一思索，哈哈大笑，对身旁可望而不可及的倚弦道：“小倚，不但我们相互之间不能接近，而且好像他们三个也不能近我们的身！”

倚弦闻言点点头道：“这道法阵的五行玄能真的很强，我们应该是被玄能困在阵心了！”

耀阳得到肯定的答复，若有所思的贼笑了一把，转头大声对阵外三人喝道：“外面三个笨蛋看好了，大爷我就是混世双宝中的耀阳大少爷，长眼睛识相的看着我，就应该跪下来磕头认罪。闻仲你个老家伙，头上还多长了只眼睛，难道还没看见本少爷吗？对了，我倒忘了你那好像是只驴眼，小倚，你说像不像？”说完，还装驴子咴溜溜叫了几声。

倚弦明白他的意思，连忙在旁捧着肚子大声附和，道：“小阳，你学得还真像，连石矶那个冷石头看了都在暗自发笑！”

闻仲气得须发微颤，却偏又拿二人毫无办法，只得装作充耳不闻，心中暗自咒骂。

石矶听闻耀阳自报家门，方才明白眼前二人正是传说中得到归元魔壁力量的兄弟俩，眼前不由一亮，这才明白方才妲己与闻仲争得难分难解的原因所在。她虽然也不免为之动心，但起码还有些自知之明，所以相比起来，密谋上千年的“乾坤弓”与“震天箭籍”更让她欲罢不能。

妲己听得兄弟俩调侃闻仲之言，笑得花枝乱颤，艳魅绝伦的笑颜看得耀阳与倚弦是心旷神怡，如痴如醉。

耀阳盯得目不转睛，就差没流出口水来，怔怔道：“小倚，还真看不出来，妲己这个骚狐狸还真是够……漂亮，笑起来真他奶奶的好看。”

倚弦闻言没好气地道："想不到你小子死到临头还色心大起，是不是还要让我舍命说媒，让咱们的妲己娘娘下嫁给你当老婆算了。"

耀阳毫不思索地答道："好啊好啊！"说完立时又装作极其害怕的模样，望向阵外秀色可餐的妲己，愁眉大叫道，"小倚，你还是饶了我吧……就怕我是有命说话没命享受！"

妲己不由得也暗赞俩小子胆大，口中仍是娇滴滴地说道："哎哟，可惜奴家已经是大王的人了，况且太师也在这里，又怎会肯让你这个毛头小子迎娶奴家呢？"说完，一双邪魅电眼瞟了瞟闻仲，又道，"其实，奴家倒还真想嫁给你，然后卿卿我我，你侬我侬，直将你耀大少爷伺候的欲仙欲死，最后才把你大卸八块，拿出奴家想要拿到的东西……"

耀阳原本听得心荡神驰、不能自已之际，猛然被后面几句吓得有种不寒而栗的感觉，但嘴上仍不服输的大叫道："乖乖不得了，想不到小娘子也愿意，哈哈……不如就让我摘下闻仲头上那只驴眼送你当聘礼，如何？"

听到这里，闻仲再也忍不住，大喝一声："住嘴！"

妲己娇笑数声，不以为意地撩了撩散乱在胸前的发丝，开始四处打量五行逆转后的破天阁。

耀阳见笑骂二人极是有趣，更是肆无忌惮的转移目标，道："石矶，你这块臭石头做的好事，你和龙三那日在陈塘关外女娲庙行的苟且之事，老实说，浪叫的跟只老母鸡似的，真他奶奶的要多难听就有多难听。"

石矶脸色铁青，毫不理会耀阳的挑衅，只在那里细细思索。

耀阳与倚弦见闻仲与石矶被气得脸色铁青，都乐在一旁哈哈大笑起来。

此时，三人各自思索。却见闻仲负手傲然而立，狂笑数声，引起阵内众人齐齐注目以视，道："本太师认为，我等若想生离此地，唯有一法可行！"

触及到妲己与石矶惊诧的目光，闻仲阴阴笑了一笑，道："神玄二宗高手一到，只要他们想将我等赶出五行大阵，自然会重新启动大阵使阵势顺转，出口自然便会显现，虽然时间不会太长，而且届时神玄高手定然蜂拥而至，但我们只要把握好机会，亦有脱身之可能。"

妲己妩媚的一笑，道："太师言之有理!"说完，玉手抚着自身有如白玉脂膏般的脸庞，不知在想些什么。

石矶仍是那副冷面玉容，只是双目中射出森森寒光，道："五行大阵顺转，神玄二宗会派高手进入阵内缉拿我等三人。但是一旦在阵内动手，有人触及五行玄能，大阵势必再次逆转，入口还会封闭。到时候，他们来个瓮中捉鳖，我们又如何能够出去?"

妲己轻笑数声，道："姐姐对五行大阵倒是知道的很清楚，妹妹只知道此阵应该是数千年前玄宗高手所设，内里蕴涵神秘莫测的五行玄能，有通天变化之力，更可因不同人的五行禀性衍生不同变化。那俩小子就因触动五行玄能被封闭在另一空间里。如果我等在阵中妄动，结果怕是也会跟他们一样吧?"

闻仲哼了一声，道："是吗? 不过当年设立此阵之人，可能秉承上天有好生之德，阵法之中并无杀机，不过要以为这样就能轻易出去，那就大错特错了！先不说别的，就是外面太乙、广法那两个老东西，再加上众多玄门弟子，还有四海龙王都在此地，就算出去又能如何?"

石矶闻言道："闻宗主所言，倒是不假。神玄二宗之人对我等三人毫无好感，只是不知还会否有其他高手前来。不过，就是依现在神玄二宗的实力来看，也不是我们能对付的。"

妲己脸上充满笑意，似乎对目前的形势不太担心，道："既然都已经进来了，还想那么多做甚?"

闻仲心中犹豫片刻，开口道："我曾在来时的路上看到天帝手下二十八星宿中的数人在东海附近出没。所以，说不定还会有其他神宗高手出现!"

石矶冷眼望着妲己，道："妹妹曾在女娲座下随侍修行，应该对这里的玄门大阵有所了解吧。姐姐我记得你曾经对我说过，现在生死关头，不会还对我们有所保留吧?"

闻仲闻言，双眼亦射出阵阵寒芒，直视妲己道："原来妲己娘娘早知此阵奥妙，却不告知我等，不知意欲为何?"

妲己闻言，娇笑数声，道：“我怎么敢欺瞒二位。只是我在女娲门下虽然五百年余年，可是神玄二宗的机密，我也不会知道多少。这个玄门大阵，我确实曾听女娲娘娘提及过，却并不知其根底。如果你们不怕被我所误，那妹妹我就说予你们听便是。”

闻仲狂笑一声，道：“生死有命，你尽可直言！”说完，额上神目半开半合，一丝魔芒在神目中一闪而过。

石矶一直冷着脸，没有说话。

妲己拿眼睛飞快的瞟了石矶一眼，软声道：“太师说笑了，如今大家同舟共济，小妹一定知无不言。”玉指轻触温玉似的脸庞，略为沉思了一下，道，“传闻这‘五行玄门大阵’乃上古玄宗高人广成子所设，时间早已不可考证。我曾听闻，此阵原理乃是在于善用阴阳二气五行，以阳度阴，以阴化阳，顺五行而生，逆五行而死。五行相生亦可相克，更可周而复始，循环不休。”

她此时话语顿了一顿，似在整理思绪，道：“此阵得先天玄法奥妙，又得后天五行生克之道，举凡进阵者，皆有五行禀性，阵法可依其禀性之不同，随之产生不同变化。即使五行禀性相同，因所修行之道不同，元能高低不等，亦会有不同变化。就如方才二人，大阵逆转将二人困住，二人虽近在眼前，却又如远在天涯，只能相见交谈，却不能移动接触。此阵之威力玄妙由此可见一斑。”

闻仲听到此处，突然插言道：“那此阵之五行玄能从何而来，娘娘务必请说明。”

妲己听得此言，心中暗自着恼，这老家伙倒是很精明，脸上却堆满笑容，声音无比妩媚地道：“太师果然高明，不愧为魔宗五族的一方宗主。听闻此阵的五行玄能乃是广成子采天地三界五行灵气精华，掺以本命元体修炼而成，遍布阵心五行方位，相生相克，生生不息。如果是意图破坏阵心五行玄能之根基，恐怕单以你我几人之力是不可能的！”

石矶闻得此言，玉面稍霁，脸上闪过一丝笑意，只是低头沉思，却不理闻仲妲己二人。

闻仲看了石矶数眼，心里不知道打着什么主意，和声对妲己道："此阵如此玄妙，你我三人处境堪忧！如此情形，我等三人若不齐心抗敌，必定毫无生机可言。我的意思是我们联手突围，不知二位意下如何?"

妲己美目流转，笑吟吟道："太师乃是魔门一宗之主，又是本朝太师，运筹帷幄，决胜千里。有太师肯为我姐妹二人策划出阵之法，本宫怎敢不从?"说着，转头看着石矶，道："姐姐，你看如何?"

石矶冷声道："这样看来，我想不答应都不行了!"

妲己笑得浑身乱颤，道："姐姐，怎么这么说呀，人家闻太师可是一片好意哟。"

闻仲道："二位，既然如此，不如我等先休息准备一下，稍时时机一到，便可全力突围。"

三人点了点头，各自休息准备。试问三人皆是狡诈凶狠之辈，如何能不各怀鬼胎？三人之间如此异况看得耀阳与倚弦瞠目结舌，总算理会到妖魔二宗之人的城府心机，大感可怕之极。

闻仲、妲己与石矶正在沉思休息之际，各自生出感应，五行大阵内的五行玄能忽生异变。

阵内万丈木灵青光闪动，不过一转瞬间，忽又化作万丈火海，木灵玄能已化为火灵玄能，阵内如烈炎熊熊，众人几欲窒息。火灵玄能片刻又化为土灵玄能，阵内四周俱是黄蒙蒙的一片，尘土飞扬，入眼所及者不过眼前三尺。周围沙尘慢慢合在一起，化为五色之金，金灵玄能复化为水灵玄能阵内立时变为一潭汪洋大海，碧波荡漾。转瞬间，海面上乌云翻滚，狂浪滔天，巨浪如排山倒海般击了下来，恍然消失无踪。阵内回复成最初始的样子，一切化为平静。

五行玄能变化，阵内众人体内元能亦随之变化，妲己等三人运用元能切断体内与外界五行玄能的联系，免至因五行生克变化，引动体内元能因五行禀性不同而引起相克属性反噬，招致元能大损，影响出阵突围。

被困在内阵的耀阳与倚弦二人对此阵威力感受最深，五行玄能威力之大着实匪夷所思，变化奥妙更是让人眼花缭乱。二人灵体皆被疯狂而至的五行玄能震得摇摇晃晃。还好归元魔能及时运行，抵御住五行玄能的狂震之力，使得二人没有受到多大伤害。

兄弟俩福缘深厚，若是其他人被困在阵内，五行玄能顺转时变化，总会因五行禀性体内元能等之不同生出微妙变化，一个应对不好，就会灵元俱灭，此时却因两人身为灵体，不但免过一劫，还能亲身经历五行玄能相生相克之妙。此等千古异事，怕是连当初设立玄门大阵的广成子也所料未及。

五行玄能变化迅速，不过一眨眼的时间，二人平空落在地上，恍若迷梦一场。

闻仲、妲己与石矶三人见此情形，知道大阵已被人开启顺转，无奈五行玄能变化奥妙，众人皆被困在其中，不敢稍有异动，免得引起阵内五行玄能的反噬。

闻仲的魔灵异心最先生出感应，阵外神玄二宗高手群聚，其中五六人元能充沛，不在自己之下，亦有数十高手修为颇深，足可对他造成威胁，更有一丝若有若无的玄能感应令他心生不安。妲己与石矶妖能稍逊，此时妖魅邪魄也有所感，都被阵外神玄二宗的实力震得心惊不已。

待阵内五行玄能完全平复下来，四周又恢复为众人初入阵的状态。

闻仲与妲己一眼见到兄弟俩落入地上，立时飞身而起。闻仲大袖挥动，一片片若有实质的黑雾魔能飞速击向妲己，双手也没闲着，十指连动，东胜九离密传法诀“离火元阳诀”急射而出，阵阵烈炎红光，反卷向妲己。然后灵诀连点，大手一抓，“修罗封魂诀”就将倚弦的灵体封住，飞速冲向阵外。

妲己的身形化为万千幻影，个个薄纱覆体，俏笑嫣然。众多分身化出无数玄异轨迹，准确无误地击中闻仲挥来的黑雾红炎。一只温润滑腻的玉手则轻轻抓住耀阳，轻而易举的将其纳入水袖的百宝绣囊中，众多分身幻影合而为一，冲向阵外。

五行大阵重新启动，阵势顺转，入阵口复又出现。

广法天尊和太乙真人率领二十八星宿进入阵内，因早被告之五行大阵的玄异之处，众人小心谨慎，不敢轻举妄动。等到所有人进入阵内，才发现阵内空间巨大，正待前去缉拿魔宗妖人。

只见阵内两道人影迎面扑来，太乙只来得及将手中拂尘轻挥，一片巴掌大小五彩烟云越飞越大，烟云翻滚，云气缭绕，疾速如电的迎向一道黑影，却被黑影挥动层层黑雾击中，不但将烟云灭掉，剩余数片黑雾还向众人罩了过来。

广法天尊反应极快，双手十指挥个不停，手中“炼魔元诀”已然发动，无数金色火星漫天疾下，向着另一道人影击了过去。那道人影突的幻化成万千分身，向众多火星迎了上来，无数只玉手轻撩，便将众多火星轻轻灭去。

只因事出突然，再则因阵内光线浅暗，身后众多星宿神将生怕误伤同门，立时都变得畏手畏脚，所以不等他们及时反应过来，两道身影已然穿过众人，向五行大阵入口遁去。

太乙、广法等人见阵中三人只有两道人影飞出，另一道人影却反向而行，不由大感惊疑。

原来，此时的石矶并未和妲己、闻仲二人一样顺势突围，而是提取全身妖能疾速扑向破天阁中心——因阵势顺转复又显现的“乾坤弓”和“震天箭籍”。

众人心中大惊。

闻仲与妲己心知若石矶触动内阵五行玄能，大阵势必将再次逆转，所有出口必会封闭，二人最终将会有死无生，二人压下心头惊骇，加速向入口处飞遁而去。

神玄二宗诸仙更是惊诧莫明，“乾坤弓”“震天箭籍”受阵内五行玄能所护，阵内三人应该是早已吃过五行玄能之苦，可此人居然仍敢火中取栗，不知其意为何?

破天阁之外，狂风暴雨已然停歇，满天乌云都已散去，天空现出雨后特有的青蓝色。风雨虽然停歇，但陈塘关方圆数百里依旧淹没在一片汪洋之中，滔天海浪还是一波连一波。

整个破天阁完全给海水淹没。

离海水约高数丈的上空，站着东海龙王、西海龙王、幽云仙子、李靖，以及已经被东海龙王和西海龙合力制住的敖丙。另有一人，站在众人之前。

只见他一身青色道袍，鹤发白眉，两道长长银眉下，一双深邃无比的眼睛闪现出傲视三界的智慧光芒，让人视之油然而生一种天道无极之感。此时，他正俯首凝视脚下滔滔海水，身旁敖广诸人都敬仰有加的看着眼前这位老者。就连一向冰冷如霜的蜀山剑宗幽云仙子，也眼露崇敬之意。

白眉老者银眉一展，语声和蔼，却隐含无上威严，缓缓道，“破天阁玄门大阵经我重启，已由五行逆运转变为五行顺生，虽然在瞬息之间有一丝空隙可以让阵内之人有机可趁，但料想太乙、广法与二十八星宿也在同一时间入阵，阵内之人理应无所遁逃才是。”

白眉老者脸上蓦然闪过一丝忧色，道：“不过……”

众人心下一愣。东海龙王敖广虽然自敖丙被擒后便一直眉头不展、沉默不语，此时也忍不住道：“天尊，不过什么？”

白眉老者依然注视着脚下海水，道：“不过，即然有人想到以四海之水来破‘乾坤弓’封印，那对玄门大阵也必然有所了解，只怕他在玄门大阵重启时，不往外逃生，而是借这一丝空隙去……”

正说到此处，众人赫然发现，脚下海水不知何时已如滚水般沸腾起来。

哗然巨响中，破天阁五色光芒再次乱闪。

破天阁内，石矶趁闻仲与妲己意欲脱困，而神玄二宗的注意力全在两人身上时，急扑向“乾坤弓”所在。这在闻仲与妲己看来，简直是自寻死路。但石矶深思熟虑，她深知玄门大阵其实深藏破天阁之下，这浮在空中的“乾坤弓”与“震天箭籍”只是通过五行玄能显现出来的幻影，实物应与玄门大阵同藏地下，所以只有破去地面上的玄门大阵，才可得到“乾坤弓”和“震天箭籍”这两样魔门至宝。

她敢与妲己联手控制敖丙，盗来“天一玄水珠”发动四海之水水淹陈塘，便是仗着自己可以耗损百年修为的玄阴精血才能破去此阵的上层幻相，这也是她师尊“磐石老妪”临终所传秘法。

当时，她与妲己一同潜入阵中，若不是妲己一见浮在空中的“乾坤弓”虚影，贪心顿起，出手暗算，此时她怕是早已得手了。而且她心里也清楚，自己是水淹陈塘的主谋，此时破天阁外齐聚神玄二宗的高手，只一出去有死无生，倒不如冒险一试，于是她唯有趁这稍纵即失的良机，夺得“乾坤弓”与“震天箭籍”，说不定还有一线生机。

当下石矶双手带起青色妖能，厉啸一声，一口鲜血喷出，裹着强大的妖能现出奇诡的光芒，直射入那包着“乾坤弓”与“震天箭籍”的无形五行玄能之中！

闻仲与妲己想抢在石矶触及玄门大阵之前脱身而出，谁知刚扑到玄门大阵出口不远处，两条人影一晃，已然先堵在那里，正是太乙真人和广法天尊。

闻仲和妲己见这两个拦住生路的棘手家伙，又惊又气，还没转过念头，太乙真人和广法天尊已经齐齐喝了一声，双双发动强大玄能，向闻仲与妲己攻了过来。

妲己银牙一咬，全速后退，黑纱玉手发动紫色妖能，化成万千幻影，挡开了太乙真人“灵光真诀”的一击。闻仲身形急转，强大魔能透体而出，避实就虚，躲过了广法天尊“炼魔元诀”的全力一击。但二人身形稍一延误，二十八星宿已成合围之势，将他们二人围在中间。

闻仲和妲己这才发现自己又被逼退回法阵之中，四周被二十八个身着颜色光芒形状各异战甲的人围住，正是直归天帝统率的“二十八星宿神将”。

妲己与闻仲眼见形势不妙，在神玄诸仙的逼迫下，也只有暂时一步步退回阵心。

二人心中不由气岔，猛然感到身子一阵晃动，四周五色玄能光芒倏忽变幻，流光夺目，连闪数闪，敛去无踪，脚下那飘渺虚幻的黄红雾气忽然生出一股奇绝吸力，将他们裹住往下拖去。

广法天尊诸人见妲己无缘无故遁入地底，还未明白怎么回事，猛然见闻仲低吼一声，须发怒张，也被吸入了地底，不见人影。众人均瞠目相对，便是广法天尊与太乙真人也只知此是玄门大阵已然另起变化，但闻仲与妲己如何会被吸入地底，却也是不明所以。

闻仲与妲己只觉眼前一黑，身子不知何时竟然处在一片黑暗之中，二人见脚底闪着微光，约有丈许方圆，却只照亮那一块地方，其他地方均是漆黑一片，显得及为诡异，而浮光之中现出的那张弓与玉册箭籍更是令两人目射贪婪之光。

闻仲正自思忖那光中所藏是否是真正的“乾坤弓”，却见光影下有人影一晃，还以为妲己先行动手，暗骂妖狐狡猾，正要抢上前去，却猛觉整个空间大放光芒，洪浩厉声之中，那光团猛烈爆发，形成赤青白黑黄五道淡淡气流，充彻整个空间。

闻仲这才见着妲己还在自己旁近不远，而那弥漫整个空间的五道气流忽然旋转起来，发出五道不同的强大力量，或锋锐，或厚重，或猛烈，卷在一起，拉扯拧曲，仿佛要粉碎一切似的。

妲己见眼前情形，心中已知此处是整个玄门大阵本源所在，她与闻仲不知何故被吸到这里，眼下整个玄门大阵所有五行玄能同时发动，相互顺逆运转，显然要将所有入侵外力粉碎同化。她连忙运动妖能结出结界，护住全身，却觉得那五行玄能之力越来越强，比方才地面所受强上何止百十倍，全数朝自己倾轧挤压而来，她全力运转妖能布成的结界竟然出现崩裂的险况。

慌乱中，妲己冷眼从旁瞧去，另一边的闻仲也是此等模样。妲己心思有如电转，知道这玄门大阵五行玄能虽然厉害无俦，但也不至于只将自己与闻仲那老贼吸入其中，而诸如广法天尊、太乙真人与二十八星宿神将却一点事情也没有，究竟是何原因所致呢？

妲己只觉袖中绣囊微微一振，心中蓦地一凛，忖道：“难道是这个臭小子身上的归元魔能激得五行玄能对自己生出感应，然后将她吸入漩涡，准备一起剿灭不成？”

第三十五章　射天神弓

就在这思忖的片刻间，那五行玄能的力量越来越大，妲己虽然全力施展，但也渐有摇摇不支之态，她知五行玄能一旦攻破她的结界，必然会将肉身绞成粉碎，她的心中顿时闪过千百条逃逸之法，额前不由冷汗直冒。此时一眼瞥见闻仲厉啸一声，将手一指，一绿色光影自他结界中飞出，立被五行玄能吸了去。

妲己认得那正是被闻仲抓住的另一个小子，原来闻仲亦料定是倚弦身上的归元魔能导致五行玄能狂攻自己，所以当机立断，弃人保己，将所抓之人抛了出去。妲己银牙暗咬，虽然归元魔能的诱惑力很大，但性命毕竟更为重要。

想到这里，她也只得学闻仲之法，妖诀掐处，被封印在绣囊中的耀阳立时出现，妲己将手一挥，耀阳已被她抛出结界外，与先前落下的倚弦一前一后都被那五行玄能裹了进去。

妲己与闻仲见耀阳与倚弦一抛出，立时被五行玄能吸了去，而五行玄能也立时爆缩，回复原先丈许一团光芒，只是里面彩光流动，光芒依旧强烈，照得到处通明一片，先前的威势已然不见，不由都松了口气，虽心中胆颤，不敢再惹那五行玄能，却都把眼光投入光影中，想瞧清楚倚弦与耀阳二人究竟是死是活。

耀阳与倚弦忽然间被抛入五行玄能之中，身上一轻，束缚的妖法魔诀立时被五行玄能尽数破去，倚弦与耀阳同时感到五股奇绝大力猛然涌来，而身体好似一个无底深渊，五行玄能涌入体内千旋万转，全身便好似被裂开一般，其痛无比，神志偏偏清明无比。

耀阳情知此刻的五行玄能再不是方才那般的柔和异力，所有情况显然都表明它的危险性，于是当机立断，拼尽全身之力将身旁的倚弦荡开尺余距离，自身却陷入整个五行玄能的中心涡点。前所未有的巨力涌入体内，忽听耳边一阵轰响，他跟身旁不远的倚弦双双晕了过去。

闻仲与妲己还以为五行玄能在一阵巨响后会再度爆发，不由都吃了一惊，定睛看去，才发现整个法阵的五行漩涡慢慢收拢起来，尽数汇入耀阳体内。

此时，一道人影猛然从旁边出现，朝五行玄能逸去后的“乾坤弓”与“震天箭籍”疾扑而下，正是石矶。她因耀阳吸入五行玄能才逃过一劫，适时出手，一把便抓握住失去玄能庇护的“乾坤弓”。

闻仲与妲己嫉怒之下正要出手破坏，谁知再一阵清脆已极的响声过后，石矶与“乾坤弓”、“震天箭籍”全都不见，而耀阳与倚弦却兀自沉浮在虚空中，两人无奈之下，也不管兄弟俩是生是死，便分别将猎物抓回手中，封印在身。

突然之间，闻仲与妲己脚下一震，地面拖着二人往上疾升。

破天阁内，广法天尊、太乙真人与一众星宿神将正四处找寻闻仲等妖魔中人的踪迹。忽然，众人脚下飘渺虚幻的黄红雾气浮成一大片平整的土黄色玉石地面，众人还未有反应，便听得耳边“咯咯”声极响，清脆已极，破天阁的砖柱瓦椽不停颤抖，“哗啦”一声，破天阁全部崩塌。

众人所立地面忽然急颤，先是透出五股光芒，接着从东方西北中五个方位现出五根合抱粗的柱子，高达数十丈，发出东青、南红、西白、北黑、中黄五种颜色之光芒，五色流光异彩，明灭变幻中化成一个仿佛由五根柱子支撑着的有五色微芒的琉璃护界。

狂猛袭至的海水甫一触及护界，便被激得倒卷回去，浪花翻涌间，整个玄门大阵已经现出水面。所发出炫丽已极的五彩光芒震惊在场所有人。

妲己认得那五根五色光芒的柱子正是玄门大阵五行玄能的本源之柱，

此乃整个大阵五行玄能之所在，五柱一出，整个阵法立时停止。眼见神玄二宗之人被眼前巨变所震撼，而玄门大阵本源之柱出现，五行玄能只有薄薄一层迫开海水，其余皆归入柱中。

此时除非有五位高手同时引发已经敛入五行本源之柱的玄能，否则这玄门大阵便是真正停止了，毫无威力可言。只是不知是何人有此本事将这玄门大阵停止？

如此良机，怎能错过！妲己正想施展妖法趁机遁走，妖灵邪魄猛然一阵急动，一眼瞥见玄门大阵外还站着神玄二宗数人。当她一眼望见排众而出的那位须发皆白的白眉老者，一时间不由心神俱颤。

妲己追随女娲五百年，怎会不识眼前这位三界六道中屈指可数的人物。她回头再去看闻仲，却见一向山崩于前而色不变得东圣九离族宗主也为之色变，眼中露出畏惧之色，只因两人心中同时闪过此人的尊号。

玄门三宗之一、昆仑道宗宗主——元始天尊。

妲己和闻仲正在震惊之际，白须老者已经率东海龙王敖广、西海龙王敖顺、幽云仙子、李靖诸人飞入阵中，连带先入阵的广法天尊、太乙真人和二十八星宿神将，将妲己和闻仲团团围住。

正在此时，一阵狂笑声忽然由众人脚下传来。

紧跟着一声巨响，当中地面土石翻飞，现出一个大洞来，一道急旋的黑气挟着一道人影从中飞出，众人立时感应到一股强悍霸绝的压力随之而至，遍布整个玄门大阵内，给人一种天地变色的感觉，功力稍低的人心跳加速，如二十八星宿中的月燕、土雉都提起元能抵抗这股压力，一时间，众人皆不知发生了何事。

黑气由有变无，里面的人现出形来，闻仲和妲己自然认得此人正是石矶！

此时的石矶披头散发，站在高空中仰天狂笑。一手抓持一卷玉册，另一手持一把几乎与她人差不多高的诡异长弓，而那股强悍霸绝的压力正是由那把弓所发出。

神玄二宗诸仙都知道石矶手上拿着的便是上古至宝“乾坤弓”与“震

天箭籍”！看着传说中的至宝再现，感应着由“乾坤弓”传来的强悍压力，众人心中不由想起当年后羿以之大发神威射落刑天九日的种种传说，心神一阵波澜起伏。

一时间，众人寂静无声，齐齐望向手持“乾坤弓”、一脸得意神情的石矶。

一人闪身在前，抢先开口怒叱：“你们这几个魔妖二宗妖孽，竟然不顾陈塘关万千生灵性命，水淹陈塘来破除盘古上神的封印，盗取乾坤弓，真是罪大恶极，还不快快束手就擒！”发话人身着鎏金龙身战甲，眉毛火红，正是二十八星宿神将中的亢金龙。

石矶冷笑一声，将“震天箭籍”揣入怀中，看着一脸蔑视的亢金龙，左手轻抚那张长大弓箭，妖元已悄无声息地自体内透出。

亢金龙兀自不觉，元始天尊的玄灵道心已经有所感应，暗忖一声不好，大袖拂处，玄能激扬，便欲将亢金龙一袖拂开，但已是不及。

只听石矶手持的“乾坤弓”发出一阵细绵悠长的龙吟之声，一条细若游丝的奇光闪过，那迫人压力陡然增强数百倍，除了白须老者外，在场众人还不知是怎么回事，亢金龙已经大吼一声，鎏金战甲上的四条金龙纹发出金色玄能光芒将他全身护住，金光之外，一条似有若无的箭影一闪而过，只听咯咯连响，亢金龙身上的战甲如摧枯拉朽，化成无数金色碎片，四处乱飞。

亢金龙感应到一股莫可抵御的强大妖能倏然出现，透过自己的护身结界，将金龙战甲击得粉碎，整个人被打得直飞出去，五脏六腑好似万箭穿心，难受无比，一口鲜血直喷而出，就此昏死过去。

二十八星宿神将的参水猿、轸水蚓、柳土獐、月燕等五六人大惊之下，首先飞身上前，接住自半空落下的亢金龙，其他诸人也随后而至，却见亢金龙七窍流血，身上战甲全被震碎，露出的古铜肌肤上，有无数箭形的黑色气线乱窜。

诸人惊怒之下，都不知是怎么回事，正自焦急，忽听元始天尊一声道号响起，一股充沛莫御的柔和玄能如春风般卷来，将亢金龙全身包住，轻托在浮空中，流光湛现，那些黑色气线在玄能逼迫下纷纷急窜，从亢金龙身上破体而出。

参水猿诸人见元始天尊替亢金龙疗伤，心中不由都放下一块大石，齐声呼道："天尊!"

"亢金龙大意中了那妖孽借助'乾坤弓'发出的妖能，身受重伤，此时不治，必然会有后患。"元始天尊神情肃然，一面双手环抱如太极替亢金龙疗伤，一面又道，"虽然这妖孽初得'乾坤弓'，未曾参悟'震天箭籍'，但其所发的妖能经'乾坤弓'转换，威力便增强数十倍之上，绝对不可小觑!"

诸星宿神将见元始天尊都如此说，不由骇然失色。

石矶见稍借"乾坤弓"之力竟然将神宗高手打得口吐鲜血、生死不知，也是始料未及。见状心下狂喜，心中想着不枉自己这千百年来密谋一场，不由仰天狂笑起来。

一旁其他星宿神将见亢金龙受伤，而石矶又如此张狂，如尾火虎、星日马、奎木狼等性情暴烈之人，便要上前与石矶拼命。其中奎木狼犹甚，一声怒啸，首先动手。

两道犀利的蓝色光芒元能自奎木狼身上涌出，互相缠绕，在"天狼啸月诀"的催动下，化成一个巨大的蓝光狼头正要扑向正手持"乾坤弓"得意大笑的石矶。广法天尊已然抢先一步，挥臂止住奎木狼的出手。

奎木狼见广法天尊阻止，不客气的道："广法天尊，你这是什么意思?"

广法天尊也不答话，双手旋转，万点金星爆射向石矶，整个人也随即飞起，跟着石矶急转，在石矶的周围，刹时间幻化出数十个广法天尊的影子，令人眼花缭乱。

却听石矶狂声笑道："广法，你以为这样做就能拦住我吗?真是天大的笑话!"

太乙真人也在这时出手，只是此次，他竟然不用他常用的"天丝拂尘"，而是拔出背后那把形式古拙的松木符剑，在广法天尊幻化出的身影外缓缓飞动，左手指诀不停变幻，面上露出凝重之色，掌中剑不时发出火一般的光芒，所过之处，四周空气都开始变得灼热起来，现出轻微的火红色。

奎木狼看着广法天尊和太乙真人的石矶相斗的样子，向身旁的心月狐奇问道：“心月，这是怎么回事，太乙跟广法两人怎么不直接去收拾那妖孽?”

一旁一直关注战局的心月狐面色沉重道：“奎木，其实广法天尊阻止你出手是一片好意，若论这妖精的功力，我们二十八星宿任谁也不会惧她，只是她盗得‘乾坤弓’，那便不是我们可以应付的了，你没见广法天尊与太乙真人也是联手而上的吗?”

此时，广法天尊分身化影，使石矶一时之间无法瞧清广法天尊本体所在，不敢乱用“乾坤弓”，而太乙真人更是动用了他金光洞镇洞之物“南炎火剑”，趁此机会来布下极耗玄能的结界。

心月狐见在广法天尊和太乙真人合力围困下，石矶暂时没这么容易脱困，心中念头一转，猛然想起另外两个闯入玄门大阵的妖魔，急转头看时，果然见两条人影正悄无声息一向南，一向北逃去，眼看便要穿出玄门大阵。

正是闻仲与妲己!

闻仲与妲己见石矶以“乾坤弓”一招便将亢金龙打成重伤，目睹了“乾坤弓”的威力，心中不由对石矶又羡又恨。但此时，神玄二宗这么多人在场，哪里还敢生出异心，只有先逃走要紧。

妲己更因石矶不曾明言有破阵夺得“乾坤弓”之法，害得自己白忙活一场，差点便被困在这玄门大阵中出不去，最后竟然被石矶独吞，更是将之恨之入骨。

此时，两人见在场神玄二宗诸人因石矶与“乾坤弓”的出现而放松对他们的戒备，而且玄门大阵已停，正是良机，于是不约而同各选一个方向，向外逃去。

妲己抢先一步，运足妖能，轻纱展处，便向玄门大阵外逃去，眼看逃生在望，妖灵邪魄一动，一股锋锐已极的强劲元能从背后排山倒海地涌来，知道又被神玄二宗的人拦阻，银牙暗咬，纤纤玉手捏起“玄阴九姹诀”，暗青色妖能发出，回身挡过这一击。

就在妲己稍做避敌的片刻，七八道人影一闪而过，又将她团团围住。

一身穿白色战甲的心月狐手持形式奇古的弯刀，冷声道：“我看你还是不要跑的好!”刚才那阻止妲己逃跑那一击，正是他发出来的。

妲己口中娇声道：“哟，这不是二十八星宿神将中的心月狐天将吗?谁说我想跑了?”却听得另一边传来闻仲的闷喝之声，却原来闻仲也未曾逃走，被七八个星宿困住。

妲己心中暗自算计如何才能逃出生天，知道二十八星宿神将中，唯有心月狐智计深沉，不易对付。一声轻笑，玉手轻纱，一片青色妖气遍布她周身三丈，妖魅蛊人的笑声不时地从中传来，忽而在东，忽而在西。

另一边，闻仲双手掐诀，魔能源源透体而出，发出诡异莫测的光芒，挡住了室火猪、轸水蚓、娄金狗等七八位星宿的攻击。他虽然不惧眼前诸人，但是却不得不惧元始天尊，虽然他现在并不出手，但只要他在，闻仲就有种芒刺在背的感觉。

当下唯一的办法就是尽快冲破眼前诸星宿神将的合围，否则，只要元始天尊收拾了石矶，再来对付他的话，那就凶多吉少了。想到此处，闻仲把心一横，拼着耗损魔能，口中喃喃念动魔咒，运动全身魔能，双手结出东圣九离族的无上印诀，眉心一目猛然张开，射出紫色的光芒，东圣九离族至强法诀之一“赤阳离火咒”已然发动，浩大魔能催动体内的九离魔火，将闻仲整个人包在一团青紫色的火焰中，然后连人带火直扑娄金狗。

娄金狗尚不知怎么回事，闻仲已经迎面扑来，双手拍处，九离魔焰将娄金狗刚以元能结成的护身结界破得一干二净。二十八星宿神将虽然是神玄二宗第二代弟子中的佼佼者，但毕竟不能与闻仲这样在魔门五族中有数高手之人可比，娄金狗惨叫一声，直飞出去。

众星宿大惊，闻仲不待他们反应过来，身形一晃，便诡魅的遁至斗木豸眼前，九离魔火到处，将斗木豸打得七窍鲜血直流，狂喊一声，从空中掉了下来。围困闻仲的轸水蚓等其他星宿神将这才醒过神来，一面分人去救娄金狗和斗木豸，一面合众人之力，勉强抵住闻仲的九离魔火。

闻仲见自己虽然大发神威打伤了两名星宿神将，可也是趁其不备而已，这时其他星宿合在一起，只要自己稍露出手之意，便合力发出元能攻向自己，使自己只顾躲闪，却无法脱困，这些人虽然不如自己，但合力发出的元能却绝对不惧他的九离魔火。

闻仲正自心焦，打算下狠心使出东圣九离族更为厉害的法诀时，猛听有人高喊一声“师尊!”一人由远及近，已然飞入玄门大阵。来人手持三尖两刃刀，一身龙鳞黄金战甲，英威不凡，闻仲一见，心中大喜，来人正是他的得意门徒——杨戬!

当时杨戬在二十八星宿神将赶来虽然和魔门五族一起撤退，但他知道最后闯入破天阁的是他的师尊闻仲，神玄二宗必齐集于此，虽说师尊神通广大，但双手也不敌四拳。杨戬自幼便是孤儿，由闻仲亲手带大，故而闻仲在他心中不但是师尊也是父亲，更是其最亲的人。他挂念师尊安危，所以一直躲在暗里观望。

此时看见闻仲被十来人围困不能脱身，竟然使出了急耗魔能的“赤阳离火诀”，知道若非师尊遇上劲敌，绝不轻施此术，便连上次在轩辕古墓与“万妖魅后”妲己相斗，也未曾使出。当时想也不想，立时便急扑进玄门大阵，想助师尊脱险。

杨戬刚一进阵，还没飞到闻仲身边，身穿生满到刺的黑蓝色战甲的土雉，已然拦住了他，杨戬怒叱一声，三尖两刃刀挥出一道道玄异魔能，与土雉斗在了一起。

闻仲正自心喜杨戬的到来，九离魔火“噌”地一下发出强烈的光芒，魔灵异心忽然大动，一股纯厚柔和却又浩大无比的玄能倏来涌来，且来势迅急无比，魔灵异心才感应到，那玄能已经将自己前后左右围住，体内魔能经这玄能相激，气机立时一阵紊乱，九离魔火立时返扑体中，焚烧灵元，受伤已是不轻。而那玄能经魔能引发，立时化成五道耀眼金光朝闻仲当头扑下，声势之烈，无以复加。

闻仲大惊，知道知道这是昆仑道宗无上玄法“太清一气诀”，元始天尊已然亲至，此时想要全身而退，已是不能，何况就算躲过这一击，神玄二宗还有其他高手在，脱逃之生机已绝，心中不禁一念觉起，暗忖道：“戬儿，休怪为师心狠了！”

闻仲双手十指纠缠，魔诀立起，额间魔目倏然紧闭，却透射出一道幽蓝如碧的光芒，体内魔能起轻转脉，逆转三魂七魄，牵机引神，发动东圣九离的“还魂蕴魄化劫诀”，在那强大玄能合扑之下，闻仲竟然舍身撞向元始天尊的巨灵一掌。

只听“轰”地一声大响，闻仲化出一道炫眼之极的黑光，借元始天尊一掌之力穿过所有玄能结界的阻碍，一声凄厉长啸，便逃出玄门大阵，转眼消失不见。

与此同时，正与土雉相斗的杨戬，魔能异心也自一动，还未有所反应，猛觉体内三魂七魄一阵急动，周身忽被无形无影的玄能笼罩，其压力重如山岳，周身骨骼咯咯直响，杨戬大骇，“师尊”二字尚未出口，念头转得半下，只觉心头剧痛，整个人好似化身为二，一声大响，被那无形玄能压得粉身碎骨，化为飞灰，连手中的三尖两刃刀也碎成无数片残铁，四处乱飞。

胃土雉、轸水蚓等人都面面相觑，不知是怎么回事！

妲己知道闻仲以东圣九离族秘法借徒弟杨戬的魂灵魄体挡住元始天尊一击，然后趁机逃遁，心下也自佩服闻仲的阴狠毒辣手段。她眼见自身的魅邪结界蛊惑不了心月狐等人，而元始天尊那柔中带刚、隐含威煞的深邃目光已经朝她这边射来，心中暗想不妙，念头急转，心想倒不如搏上一把，或许还有机会逃脱。

当下妲己玉手挥处，收去“魅邪结界”，娇笑一声道：“你们这么厉害，奴家不打了。”

心月狐等星宿见她突然住手，都不知道这妖女想做什么，惊疑不定之下，却不敢大意，趁机布下结界，将妲己困在中间。

妲己一双凤眼朝心月狐不停抛放媚眼，道："哟，几位天将，奴家不是说过不打了吗？怎么还这么对待奴家。"一面拿眼去偷觑元始天尊的动静。

元始天尊见在自身"太清一气诀"之下，闻仲还能脱身而去，果然不愧是魔门东圣九离族宗主。他目光何等敏锐，见杨戬无故爆成灰飞惨死，立时发现异样，心下不由暗叹魔门中人的狠毒，为了逃生竟可下此狠手，心中着实不忍，宽袖微扬，几丝微不可见黑光被他的浩大玄能卷入袖中。

便在此时，白须老者通灵无比的玄灵道心一动，银眉一竖，身形倏然凭空消失。

广法天尊和太乙真人一个化身分形，分散石矶心神，一个趁机布下结界拦阻石矶，眼看结界已成，石矶在内久无声息，正自心喜，猛听一声大喝："两位道友速退！"

此时已听得石矶在结界内狂笑道："广法、太乙，你们以为这样就可以困得住我吗？且让你们神玄二宗之辈见识见识这'乾坤弓'真正的威力！"话音甫落，只听得弓弦响动，声若龙吟，霸道气劲再现。

广法天尊与太乙真人同时感应到奇绝妖能破开自己布下的结界，裂帛般一声响，数十道箭形黑芒，发出犀利已极的光芒，朝两人袭来，大惊之下，两人齐齐冲天而起，躲过这一击，谁知那数十道箭形黑芒也改变方向，如影随形，再度追向空中二人。

元始天尊的伟岸身形倏然出现，渊峙岳亭般双手环抱太极，一团无形的神能旋涡陡然出现，将那七八条箭形黑芒吸入其中，一番急转之下，立时消失不见。

广法天尊与太乙真人见元始天尊相助解围，双双松了口气，同声道："多谢天尊。"

"你们二人且退下，这里有我。"元始天尊点了点头，眼中精芒四射，对着长声狂笑，一脸得意的石矶道："本尊观你修为也是不浅，如何不识天地正逆，为取'乾坤弓'，竟然不顾三界六道之安危，盗取'天一玄水珠'，发动四海之水，淹没陈塘，你可知如此一来，天地之气逆转，有多少地方会受劫吗？照此行为，本因速速加以诛戮，本尊念你修为不易，应迷途知返，只要你速速交出所盗之‘乾坤弓’与‘震天箭籍’，可饶你不死，由本尊禀明天帝，将你送至凌虚山‘碧落界’中，若由此潜心问道，不再为非作歹，或许还有出头之日，不然，灵元俱灭，悔之晚矣！”

“哈哈……你这老不死的，要我去‘碧落界’还说什么饶我不死，我宁愿灵元俱灭，也不会贪生怕死去你神玄二宗的天牢‘碧落界’！”石矶仰天狂笑，长发如箭，“何况，我得到‘乾坤弓’与‘震天箭籍’，难道还怕你们神玄二宗的人吗？”

元始天尊目中精光如电，沉声道：“如此说来，你是死不悔改了？”

“不错！本……”石矶正要再讥讽几句，一见面前这白须老者的不世气概，妖灵邪魄一动，想起一人，虽然仗着手中得到魔门至宝“乾坤弓”，但面对此人，心中也不禁咯噔一声，身上妖气急涌而出，在她周围形着一片黑色薄雾，道：“你是元……始……”

元始天尊缓缓点头，话如万钧之雷，道：“正是本尊！”

石矶大惊，她虽然得到“乾坤弓”，可是若想全力发挥，还要假以时日。但此时如果不拚，恐怕连逃生的希望都没有了，当下咬牙切齿，暗诵妖咒，运足妖能，左手五指攥紧弓弦，妖能源源不断发将出去。

“乾坤弓”好似一无底深渊，妖能甫一涌出，便被“乾坤弓”的弓弦吸了过去，石矶感应到自己妖能自弓弦两头分别进入那组成弓身的两头狰狞蛟龙紧咬弓弦的嘴中，然后，妖能以诡异之极的轨迹在蛟龙身内急转，每运行一次，妖能便强盛多倍，最后，妖能齐聚在龙尾相交处的血红大珠上，越聚越多。整张弓也开始发出浅红色的光芒，龙吟之声越来越响！

在场神玄二宗诸人都感应到了那铺天盖地的诡异压力，一个个心头烦闷，受伤诸人更是难受。

一声响彻天外的龙吟，石矶猛然觉得所发出的妖能不由自主，嗡地一声响，化成一个若拳头大的黑点，由“乾坤弓”上破弓而出，向元始天尊直扑过去。

那黑点刹时间由拳头大小化为弹丸大小，毫无声息地射向元始天尊，元始天尊脸上红光闪过，大袖展处，玄门无上印诀发动，双手掐诀，环抱太极，玄能倾泻而出，幻化成一个又一个方圆丈许大小的金光屏障，光芒耀眼，共有九个之多，重重叠叠，九又化一，挡住“乾坤弓”发出的黑点。

神玄二宗诸人本以为以元始天尊浩大无力的玄能与魔门至宝“乾坤弓”两种绝世力量相撞，必然会惊天动地，各人都不由自主放出元能护体。谁知当黑点与金屏撞在一起，只产生出轻微的响声，然后周围的空气忽然如流水般动了悠然一动。

众人正在莫名所以，“轰隆隆”的惊天巨响便在这时爆发，四周空气竟然因为爆声发出簌簌之声，众人被震得心旌摇摇，心跳加剧，不由众皆骇然变色。

奇光爆炸，金黑二色光芒电射，纵横交织，满空都是，彩丝幻灭，金芒暴长。

元始天尊双手一招，发出一种不可思议的吸力，将金芒吸回手中，化成一耀眼夺目的金球，喝道：“妖孽，你虽然得到‘乾坤弓’，但如何是本尊的对手，既然你不知悔改，本尊也就不客气了！”语罢，双手变幻，结成昆仑道宗的“玉清阴阳诀”，那金球呱地一声，化成六道金光，如神龙出渊，扑向石矶。

石矶正震惊于元始天尊竟然能抵挡“乾坤弓”的莫大威力，再看眼前元始天尊还击，认得那是昆仑道宗无上法诀，威力之大，不可思议，不由妖容失色，全身衣服崩裂，露出雪也似白的肌肤，一头青丝全部向天竖起，惊急之下，为求一线生机，将通体灵元妖能注入“乾坤弓”中，发出本命一击，迎向元始天尊以“玉清阴阳诀”施展出的绝世玄能。

这一次两股力量相撞，发出了响彻九霄的巨响之声，一声又一声，恍若无数个震天霹雳，震耳欲聋，响在在场众人耳边。场中各色光芒如箭激射，脚下坚如玉石的地面也被炸成一个数十丈大的坑，土石激飞，情势之猛烈，在场众人从未经历过，骇然失色。

猛听一声凄厉已及的惨叫，一股青黑色妖气在无数光芒中一闪即逝，所有光芒也都逐渐消散，地上多出一个好大的坑，地面上一片凌乱。在场神玄二宗诸仙及被困在结界中的妲已这才看清，一张长大黑弓与一卷玉石卷册浮在空中，正是“乾坤弓”和“震天箭籍”！

元始天尊左手抚胸立在虚空之中。

而石矶却在这两股绝世力量相撞之下震得灵元俱灭，灰飞烟散！

众人一时惊呆了，场中一片鸦雀无声。

元始天尊左手五指微动，浮在空中的“乾坤弓”和“震天箭籍”缓缓飞入他手之中。他双目发出阵阵奇光，注视着这上古奇宝，略为惋惜地道：“可惜，仍然走脱了一个魔门余孽。想不到妖魔如此歹毒，不顾万千黎民的生死，水淹陈塘。”说着，对着东海龙王，道：“陈塘水患祸及万千黎民，如今有四位龙王齐在，尚有玄宗众多弟子，足可助你等平息水患，我自先去天庭向天帝禀明此事。”

东海龙王敖广苦笑两声，道：“天尊宅心仁厚，隐恶扬善，不提小犬之过，真乃道德之士。不过四海之水涉及天地平衡、三界六道之本，如今又加上上古密宝，兹事体大，寡人身为四海龙族之主，不能姑息逆子，还是和天尊一起面见天帝为好。”

元始天尊闻言，微笑着道：“龙王刚正不阿，堪为我神玄二宗之表率，三太子不过一时不慎被妖人控制，发动四海之水又非是出自本意，本尊亦会为三太子向天帝求情，不过四海之水以及陈塘受灾的百姓，又该当如何处理？”

东海龙王道：“此事好办，我的几位王弟都在此间，可由西海王弟敖顺率领我四海水族平息水患。天尊门下李靖乃陈塘关总兵，可由他率领手下军士救助百姓，不知天尊以为如何？”

众多玄宗弟子本就不喜敖丙，见龙王并不包庇逆子，如此处置，就连太乙、广法等人心中也都无话可说。

元始天尊环视众人，将其反应一一看在眼里，心中暗叹：“如今三界六道，已然发生极大的变化，人间也是祸事不断，玄宗门人因诸多原由和龙族摩擦不断。不如借此机会让大家合作一下，消除误会，也好为今后早做打算。”遂开言道：“陛下处置极为妥当，不过陈塘关万千黎民身受水患，需要处理之事甚多，如今玄宗弟子在此甚多，也让他们出一份力，可好?”

广法天尊可以体会元始天尊的苦心，心中亦知此乃和龙族修好的契机，连忙同太乙真人躬身道：“我等愿附随骥尾，听候龙王的差遣。”玄宗弟子等也一一表示，愿为平息水患，救助黎民出一份力。

元始天尊又道：“广法，太乙，玄宗弟子就有劳二位了。”

广法天尊与太乙真人二人忙谦让不已。

东海龙王见此，也知此乃和玄宗示好的机会，遂带着三位龙王与广法天尊等人商议四海水族如何平息水患之事。

李靖一脸愧色，忙上前请罪，跪在地上道：“弟子李靖有负师祖和师尊所托，破天阁密宝，关系重大，弟子未能尽到守护之责，实在罪该万死，请师祖降罪。”

元始天尊大袖轻挥，一股柔和的神能破体而出，将李靖轻轻托了起来，道：“你无须自责，魔妖两宗之人处心积虑，操控龙三太子，发动四海之水，水淹陈塘，此事任谁也想不到。现在亦不是你请罪之时，尚有陈塘关数万受灾百姓等待你的救助。”

李靖如被当头棒喝，道：“弟子明白了，这就带人前往救助百姓，请师祖放心。”说完伏身行礼。

元始天尊见此，大是欣慰，转头对二十八星宿道：“各位星宿奉天帝之命缉拿魔星，可有什么发现?”

二十八星宿中因老大亢金龙受伤，心月狐上前行礼道：“禀报天尊，两个魔星就在东海龙宫之内出现，末将等曾拿住其中一人，后来在陈塘用‘逆天制魂术’之时，归元魔能突然爆发，破了弟子们的结界，然后那名魔星被一身形不满三尺之人救走。末将等适才商议，魔星兹事体大，只是现在毫无线索，准备派出十六位星宿分成四组往四方查询。”

元始天尊对这神宗新秀颇为赞赏，道：“各位星宿直属天帝，很多事情本尊不便插言过问，我可告知门下弟子留心那身形不满三尺之人和魔星，若有需要，亦可助尔等行事。”

心月狐忙道：“我等星宿神将谢过天尊。”

元始天尊道：“且慢，尚有一事，需要各位星宿神将帮忙。”说完，挥手一招，奎木狼、星日马、张月鹿、鬼金羊四星宿神将已然将束手就擒的妲己押了过来。

元始天尊双目凝视妲己片刻，道：“前次冥界之中，‘五彩石符’曾出现在你手上。玄冥帝君告之神玄二宗，才知你乃女娲娘娘座下侍婢九尾狐。听闻你奉娘娘之命到人间甄别善恶，如何却与魔宗妖人混在一起，窥视上古魔宝？你既是女娲娘娘门下之人，本尊亦不便处置你，自有娘娘会详细查问此事。”

元始天尊对领头的奎木狼道：“四位星宿可先将妲己送往姑射山灵鸾宫，然后再去搜索两个魔星的下落，并可将这里发生的事情详细禀告女娲娘娘。”说完，左手掐着灵诀，右手食指点在妲己眉心，“封魔金印”随着指上浩瀚无匹的神能化作一道金光罩向妲己，妲己身影慢慢消失不见，变为一个金光闪闪的巴掌大小的光球，显然已被元始天尊用无上神能封印在其内。

元始天尊右手中指轻弹，金色光球准确无误地落在奎木狼手中，奎木狼毕恭毕敬地接过光球，放入腰中的豹皮囊中，欣然领命，与鬼金羊、星日马、张月鹿一同押解妲己前往姑射山灵鸾宫。其他十六位星宿也分为四组，四处搜寻耀阳和倚弦二人。

一身玄白云裳、神情恬静的幽云仙子，这时轻移玉步带着身后两个女童，用她那甜美清脆的声音道：“晚辈蜀山剑宗弟子幽云参见天尊。”说完，姿态极为优雅地行了一礼，此时场中众人都将目光集中在这位美艳不可方物，却又有着凛然气质的美人身上。

元始天尊也饶有兴趣的看着这蜀山剑宗地杰出弟子，道：“前次在女娲娘娘灵鸾宫听洪钧道兄所言，收了一个天赋异禀、修行极为刻苦的女弟子，想来就是你了。”

幽云淡然谢道："谢天尊夸奖，幽云得蒙师尊收为门下。此乃得天独厚的机缘，幽云怎能不珍惜，只有勤奋苦练来报答师尊。"

元始天尊面上微露惊讶之色，大笑数声道："洪钧道兄果然不凡，教出像你这样出色的人物，怪不得肯将'灵睿剑'交付你使用。"

"天尊再三赞赏，幽云怎当得起！"幽云道，"幽云此来，是和天尊以及龙族几位陛下，还有神玄二宗的各位道友告别的。"

元始天尊轻咦一声，关切问道："你急着赶回蜀山，难道另有要事要办？"

幽云点头道："陈塘风云突变，这几日发生的事情事关重大，我蜀山剑宗在外游历的弟子不多，此地更是只有我一人。如今有四海龙王和神玄二宗的诸多高人在此，平息水患指日可待，幽云想回蜀山将这里发生的事情详细禀告师尊。"

元始天尊点了点头，略有所思地道："蜀山剑宗门规森严，洪钧道兄更是强力约束门下弟子专心修行，修为不到一定境界，是不会让你们下山的。想来在外游历的弟子确实不多，如此大事亦应该有人详细禀报。你亦曾亲身参与此事，由你相告洪钧道兄确实最好不过。此次你回蜀山，可代我向你师尊问好！"

幽云轻揖一礼，道："晚辈一定会代天尊向家师问好。那幽云就先行告退了。"说完，对着四周神玄二宗诸仙一一行礼，然后和身后两个女童一起化作一道白光，消失在蔚蓝天空中。

元始天尊见东海龙王已和众人商议好平水之策，道："陛下，你我就此前往天庭，拜见天帝，其他事可以交付他们处理便是。"

东海龙王敖广点了点头，道："好。"

元始天尊带着亢金龙等六星宿，敖广押着敖丙腾空直上，遁飞向天庭而去。

第三十六章　再获肉身

闻仲身负重伤，不得已运起体内不多的魔能，使用“隐灵遁法”飞遁前行。为免神玄二宗之人跟踪，也为防备魔宗之人捣鬼，他一路上故布疑阵，勉强飞到陈塘关外一处乱石峥嵘、杂草丛生的小山头上，遁入一处枯藤环绕，四处野草过人的小山洞。

闻仲身形踉踉跄跄，体内魔能不受控制，断断续续絮动起来，魔能觅脉循行也与平时不同，全身经脉都已出现虚脱乏力的现象，心知这是因为本命元体受到严重伤害，必须先用密法压住伤势，以便应付现在的危局。

闻仲深吸一口气，平复了一下自己的心情，忖道：“神玄二宗之人要对付妲己与石矶，加之还要平息四海水患，根本不可能有时间和人手前来捉拿我。相反魔门五族中刑天放、淳于琰、祝蚺都是心机深沉、狡诈凶横之辈，适才肯定在破天阁远处隐身窥视。见我受伤如果伺机挟持我，谋夺东圣九离的宗主大权。若门内再有人与其暗中勾结，那事情可就复杂了。”

他心神不定，体内魔能根本无法控制，“修罗封魂诀”一松，一道绿荧荧的光影掉落在地，正是倚弦。

倚弦灵体一震，眼前一阵光明。脱困而出后第一眼就看到了不远处披头散发、一脸狼狈的闻仲。

闻仲一惊，心中不由一动，一条毒计涌上心头。他坐在地上一动不动，豪不掩饰他身负重伤的事实，用低沉嘶哑的声音道：“你是小倚吧，此时应该最想知道你兄弟现在的情况如何?”

倚弦想起方才在破天阁内的情形，忙急声追问道：“他怎么样了?”

闻仲见倚弦没有立刻逃走，心中暗自高兴，脸色丝毫不变道：“你兄弟已经被妲己抓走，不过……如果你肯帮我一个小忙，我或许可以考虑帮你寻回兄弟，并答应你不再为难你们!”

倚弦一怔，不知闻仲是何意思，心中忖道：“耀阳被妲己抓走，那可不妙，这些妖魔都是为归元异能而来，不过看这个老家伙现在好像受了极重的内伤，倒不如趁这个机会逃走?”

闻仲见倚弦面色犹豫不定，忙道：“你可知外面现在已被神玄二宗布下天罗地网，更有魔门五族的人在一旁窥视。若是仅凭你一人之力，根本没有一丝逃走的机会，就连我现在也没有什么把握。若是你我此时一起同仇敌忾，或许还有一线生机。”

倚弦无奈道：“你们魔宗之人何来信义可言，我们兄弟不知被你们骗了多少遍？何况我现在被你所擒，又能够帮到你什么呢?”

闻仲阴笑道：“你不信我圣宗之人，我无话可说。可你亦要明白，现今只有我能帮你寻回兄弟。妲己行事缜密，又狡诈凶狠，如今又贵为纣王之后，你拿什么去救你兄弟？若让妲己逃往一个不为人所知的密巢，天下之大，岂是你一人之力可以寻得？如果你肯助我逃脱此劫，我必帮你寻回你的兄弟。适才我为逃离破天阁，被元始天尊打伤。魔宗之人见我受伤，必会前来窥视我的虚实，所以需要你在旁相助。”

闻仲说话急促，牵动了体内的伤势，脸色变得青中夹白，接着说道：“时机紧迫，我一路上虽然有所布置，但肯定瞒不过祝蚺、刑天放等人，你若同意肯助我一臂之力，我们就要立时行动，否则你若落入淳于琰、祝蚺的手里，必会让你生不如死、受尽苦处，你更将失去寻回兄弟的唯一良机。”

说完，闻仲闭目不理倚弦，运转魔能调理伤势。

倚弦思绪一片混乱，闻仲是魔门九离宗主，自是不应该相信他，可是耀阳生死未卜，若不答应，天下之大，他不知该去往何处寻找耀阳，何况现在亦未必能逃出闻仲的魔掌，就算逃出，外面尚有神玄二宗之人以及心怀叵测的魔门五族……

想到这里，倚弦猛然想起土蟹曾经说过的炎黄旧事，心中主意一定，点头道："好，我可以答应你，不过你要必须以'本命魔元噬心诀'立誓。"

闻仲听得此言，面上微露出一丝不易察觉的笑意，掌中魔决一掐，右掌勾起拇指与小指，其余三指向天，周身魔能齐聚，朗声诵咒道："好，我闻仲愿以'本命魔元噬心诀'立誓，必帮倚弦找回其兄弟耀阳，并从此不再为难你们兄弟俩，否则必被万魔唾弃而死！"

倚弦感应到闻仲一身魔元涌动，心中将信将疑，却也无话可驳，只有点了点头。

闻仲看了他一眼，道："魔门五族千年一直平静无事，但这只是表面现象，五族之内互相提防，更有野心勃勃之辈想吞并五族，统一三界，一续上古刑天氏与我族之祖蚩尤的威势。就连我九离门下，也不是个个齐心，你所见过的蚩伯就一直不服我，更有其他心怀不轨之辈同其他门族暗中勾结，等会儿必有魔门之人前来，你自会知道我所言非虚！"

说完，闻仲额上魔眼睁开，一道黑光疾射而出，双手十指交叉成一种宗门法印，身上漆黑朝服开始由内及外有节奏地一鼓一涨，然后双手一翻，手上出现两个白色的小亮点，原来是收藏在闻仲额上怪眼之内的杨戬的仅剩的一魂一魄。

闻仲吃力的将不多的魔能注入眼前杨戬的一魂一魄，眼前的白色光点慢慢化为人形，连手足眼鼻也一一显现出来，分明就是杨戬的样子，只是面上毫无生气，神情木讷。

倚弦看着大吃一惊，仿佛又见到了金身一般，心中对闻仲魔能的深厚极为讶异。再看闻仲之时，仿佛苍老了好几岁，头上白发也似变多了一般。

闻仲深吸了一口气，脸色转为红润，平静道："小倚，你身为灵体，可曾进入过他人的身体？"

见倚弦点头，闻仲接着说道："那就好，你现在只管帮我假装杨戬，等会儿切记要小心行事，不可妄动。一切听我指挥便是。此举事关你我生死，千万慎重！"

倚弦依言运转体内异能，扑入眼前的杨戬身体，等到自身灵体完全融入这具假体，他才发觉这和金身微有不同，心中神识毫不费神便立刻和这个身体融在一起，他试着活动了一下，发现并没有任何不妥之处，只是隐隐觉得有一股若隐若现的魔能穿梭身体之中，根本不受他的掌控，心中不安的情绪有些加重。

只听一声嘹亮的长笑从山洞外传来，一人大笑而至。

奎木狼、鬼金羊、星日马、张月鹿四人奉元始天尊之命带着被封印的妲己飞往姑射山灵鸾宫。

四位星宿神将都极为佩服元始天尊，一路上正回想适才陈塘关破天阁发生的大战，却没有注意到元始天尊的封印光球里已经悄然发生变化。

妲己虽被元始天尊以绝顶玄法封印，但她本识却一直清醒无比，心知若被四星宿带回到姑射山灵鸾宫，肯定过不了女娲娘娘那一关。女娲娘娘一旦查出是她私盗“归元魔壁”，导致天地之间万年以来三界六道之间的平衡被打破，定然不会轻易饶恕自己，如今只有想法在到姑射山灵鸾宫之前，破除封印逃遁，尚有一线生机。

妲己运起全身妖能，慢慢探向元始天尊的封印玄能，谁知才将元能自身上透出，封印玄能立时反击，如海潮巨浪，一波又一波，妲己直被震得心中气血翻涌，差点便因此受重伤，连忙收回妖能，不敢再轻举妄动。

封印玄能在妲己妖能敛逝后，也恢复回状。妲己心神甫定，忽然妖灵邪魄一动，一人已从自身封印中掉了出来，落在她的身旁，正是耀阳！

妲己大惊，连忙放出一丝妖能，一经试探之下，才发现耀阳依然昏迷不醒，心下才稍安，略一寻思，她随即明白过来，定是适才自己想以妖能破除封印时，玄能反击，激发了耀阳体内的归元魔能，而在玄能与归元魔能的合力下，自然破除了她对耀阳的封印。

想到此处，妲己不由心中一动，忖道：“即然耀阳在不知不觉中能够破除自己的封印，那么只要顺势引导，归元魔能应该有可能破除元始天尊的玄能封印。”

她为人本就见缝插针，如何肯放过任何脱逃的机会，何况即使逃生不成，触发玄能反噬也无大害，死的人又不是自己，而且也正好可以见识一番归元魔能的威力到底如何。

妲己慢慢调整自身妖能集于一点，然后猛的狂涌而出，果然妖能一经放出，封印玄能立时猛烈反激，其势之强，远胜刚才。妲己趁其将至未至之前，妖能全力一撤，敛回自身，施展出妖宗的“妖灵换形诀”。

她这身“妖灵换形诀”并不是防御攻击之用，而是以彼代己，将封印玄能的反击全数移向耀阳，想以耀阳身上的归元魔能来破除元始天尊的玄能封印！

妲己将妖能尽量收敛，自身的妖灵邪魄开始感应耀阳身上归元魔能的反应。

果然，封印玄能甫一触及耀阳，封印之内立时大放光明，清晰可见是无上无下无左无右的一片灰蒙蒙的空间，耀阳身上立时涌出一股强大异能分成五道，护住耀阳身体，并将封印玄能拦阻在外。妲己定睛一看，那五道异能居然不是归元魔能，而是五行玄能，不由心下大感疑惑不解。

封印玄能经此一激立时爆发，耀阳身上那五道异能也立时反击，狂暴、锋锐、柔和、厚重、纯和，五道异能齐齐闪耀，回环反复，层层交织，发出瑰丽已极的光芒。

妲己感应到两股元能相击的威猛震荡力，目力所及耀阳似隐似现的灵体竟越来越清晰，正感到惊讶之际，耀阳身上忽然涌出一股强悍至急的魔能，将五行玄能再度吸入体内，而归元魔能亦立时回缩，只在耀阳体外布成一层薄薄的结界。

封印玄能立时还原不见，而她与耀阳身下那层灰蒙蒙的空间忽然云烟翻滚，渐渐变得稀薄起来，最后居然被耀阳身上的归元魔能溶成一个洞，二人的身躯同时往下沉去。

妲己借机一把抓住耀阳，施展妖能隐去两人身形，自奎木狼的豹皮囊中逃遁而出。

奎木狼与其他三名星宿神将正自飞行，神识玄心无缘无故一动，但绝未想到元始天尊的封印也会被人破除，所以不曾放在心上，只是顿住身形四下了望片刻，径直往姑射山灵鸾宫飞去。

妲己带着耀阳与四星宿神将的方向背道而驰，一路隐形急飞，一直飞出数百里远，才在一隐秘之处落下来，举目四望，发现落身之处是一处小山谷，杂树横生，山石嶙峋，应该绝没有人能跟踪到这里，这才放下心来。

她正想将手中的耀阳放下，却猛然发现耀阳的灵体竟无故重了数十倍，心中大讶，忙将他放下，凝神瞧去，却见耀阳周身上下竟然不再是隐隐约约的灵体之状，而是变得与常人无异，且赤裸全身，身形骨骼竟是长大了许多，面貌也只有四五分原来的样子，仿佛在这片刻间长大了数岁，变得阳刚气十足。

妲己知道耀阳无缘无故已由灵体转变成肉身，却怎么也想不到是何缘由，唯一的可能是，耀阳在玄门大阵中吸取了五行玄能，更在元始天尊的封印中，被归元魔能与元始天尊的绝世玄能互相冲击下，凭借五行玄能造出了肉身，虽然五行玄能正是天地万物生成的基本，但若没有两股绝世元能的激荡，也无法使五行玄能由气生质，重塑了耀阳肉身。

妲己一眼瞧去，忽然瞧见耀阳赤裸裸的下半身，不知是何缘故，心中竟然生起一种玄妙至极的感觉，玉靥不由一红，便在这时，耀阳“哎”地一声，醒了过来。

“我怎么这样子？我的衣服呢？妖……娘娘，你、你、你对我做了什么？”耀阳一醒来便即大叫，他自玄门大阵内被震晕后，一直迷迷糊糊，虽然体内元能翻腾，但他本人却没多大感应，只感到自身起了一种奇妙的变化，这时醒来却发现自己竟然赤裸全身，而妲己一双妙目也紧盯自己，心中大感不妙，不知这妖狐在自己昏迷中做了什么手脚。

妲己媚眼如丝，“呸”了一声，道：“小王八蛋，本宫能对你做什么？”

耀阳松了一口气，但仍对自己赤裸的身体大感狼狈，双手护着下身，道：“可是，我记得自己明明有穿衣服的，现在怎么会变成这个样子？”

妲己冷哼了一声，玉手挥处，旁边一棵小树连根拔起，在妖能催化下，化为一团青色，最后抽丝剥茧一般变幻出一件青色长衫，落在耀阳手上，看着耀阳七手八脚往上身套，这才冷着脸道：“那是你身为魂灵魄体时，归元魔能根据你心念神识幻化出来的，现在本宫已经以无上法术替你重塑肉身，当然没有衣服。”

耀阳听得一愣，一时间对妲己的话反应不过来，举起手来在眼前晃来晃去，使劲捏了一把自己的脸，立时痛得他倒抽一口冷气，而且周身异能流转回荡，循经走脉，令他感觉格外踏实，旋即又高兴得大喊起来，这一段身为灵体的日子让他与倚弦憋疯了，如今竟然凭白变回肉身，如何能不高兴。妲己冷笑道：“臭小子，少在本宫面前耍什么花样，不然，本宫即然能让你重塑肉身，也可以让你再变回魂魄！”

正满心高兴的耀阳被她的话说得整个人如一桶凉水泼下，心中猛然忖道：“这死妖狐哪有这么好心，无缘无故替自己重塑肉身？莫非此中有什么不可告人的他妈的阴谋？”

当下，耀阳小心翼翼地问道：“娘娘不是对我们兄弟俩一向没有好感，那为什么要替我重造肉身呢？”

妲己心知这臭小子起了疑心，不过看样子他亦不知自己的肉身是怎么来的，正好可以借风使船，便冷着一张脸道：“你以为本宫吃饱了撑着，若不是你们两个臭小子得了归元魔能，我会理你们吗？”

说到这里，妲己看着心惊胆颤的耀阳，故意透出极强的妖能逼近他，道：“所以，本宫替你重塑肉身，只不过是为了吸取你身上的归元魔能而已。”

耀阳表面上战战兢兢，心下大骂道：“他奶奶的，我就知道你这臭妖狐没安好心！”不过，他听妲己这么一说，他心下倒也有四五分相信是妲己替自己造了肉身，无论如何，有肉身总比没肉身好，当下上下打量自己新的肉身，显然比原来强壮了许多，正自满意之际，忽然“啊”地一声大叫。

妲己吃了一惊，道：“怎么了？”

耀阳急道：“娘娘，我兄弟倚弦怎么没在这里？”

妲己没好气地道：“你以为本宫不想把他捉住？可恨闻仲老鬼，抢先一步，你那什么倚弦兄弟给他抓走了！哼，闻仲那老鬼眼看被元始天尊捉住，下狠心牺牲了得意弟子杨戬那小子，才逃得性命！若不是本宫眼明手快，先一步全身而退，你小子早被神玄二宗当作魔星抓走，不知该受何种酷刑了！”

耀阳心中一阵焦急，倚弦给闻仲抓走了，那不是和自己一样危险，闻仲与妖狐可是一心想逮住自己兄弟俩的人，这番自己兄弟俩分别落入了别人手上，可真是下下大凶了，口中却敷衍道：“那可真多谢娘娘！我不过一个小人物，就连娘娘你一个指头都能拿住我。虽然那个归元魔能什么的在我身上，可我自己也不会用，怎么就被那些神玄二宗的人当作魔星呢？”

妲己厉声道：“小子，神玄二宗定人罪还讲理由吗？别怪本宫没警告你，你最好乖乖听本宫的话，别玩什么花样，等本宫找到你那兄弟倚弦，取得归元魔能后，不但可以饶你们不死，还可以替他再重塑肉身，让你们至少活个百八十年的，若是你不听话，本宫照样有办法收拾得你求生不能，求死不得！”

耀阳虽然知道眼前这妖狐讲话虚虚实实，绝不可信，可是能重塑肉身对他来说实在是再好不过的事了，而且此时他想跑也跑不了，当下硬着头皮道：“只要娘娘帮我找回我的兄弟，我一定不会玩什么花样。”

耀阳看了她一眼，忍不住问道：“娘娘，我们现在该怎么去救我的兄弟呢？”

妲己冷哼一声，阴着脸道：“这还差不多，要救你兄弟得听本宫的话，闻仲那老鬼这时多半已经回朝歌，事不宜迟，我们也立刻追去吧！”

说罢，妲己一把抓起耀阳，破空遁飞而起，耀阳心中大喊倒霉，却不敢说出来，而且嗅着妲己身体传来的幽幽体香，再看着山峦起伏、若隐若现的妙曼身材，他感受到重造肉身之后的第一次冲动，鼻血差点就这样溅了出来。

倚弦倏地一惊，循声望去，只见一玄衣男子正信步闲庭般自洞外走来，束髻顶冠，姿势优雅，满脸孤傲之色，正是魔门刑天氏的后起之秀——刑天放。

倚弦知晓闻仲此时身受重伤，再依闻仲先前所言推断，刑天放此来定无善意。而他又深知妖魔两宗人的行事作风，生怕一个不好便殃及自己这条无辜的小鱼。

正自胡思乱想、不知所措之际，倚弦神识思感之中忽然传来闻仲的思感传音："小子，你且勿慌张，只要依本太师之言来做，刑天放那娃娃不会对你我造成什么危险！"倚弦这才放下心来。

刑天放此来确如闻仲所料，殊无好意，方才闻仲受伤时他一直在旁守望，后又一路寻来就是要来试探闻仲伤势如何。如若能够找准机会将闻仲杀死，九离族定然会为争夺宗主之位而掀起轩然大波，届时他刑天一氏定可从中得利。

但现在他看到杨戬，却再也不敢轻举妄动，因为陈塘关与杨戬会面时，他还能清晰的把握到对方的元极魔能，然而现在的杨戬洒然立于闻仲身前，整个人浑若天成，元能似无似无的流动之感却又好像裹带全身，毫无破绽可言。如此感觉，刑天放只在那种本身修为已达灵元合一者身上见过，因此他根本没有把握胜过杨戬，是以他不敢轻举妄动。

刑天放更不想就此离去，因为适才陈塘一役他明明看到闻仲与杨戬双双受伤，为证明其中虚实，他当即对闻仲垂首有礼道："天放拜见闻宗主！"旋又对杨戬拱手道："杨兄好！"

倚弦不知这个时候究竟是什么该说什么不该说，所以只有打马虎眼，嗯了一声算是和刑天放打了招呼。

闻仲面不改色哈哈笑道："天放贤侄，今天竟如此有空跑来这深山老林见本太师，实在难得！难道有什么紧要的事吗？"

刑天放面带愧色道："适才陈塘一事因为有神玄二宗的人在场，小侄实在不便现身。后来见到宗主受伤，小侄心下实在难安，是以未经宗主同意私自前来探望，还望宗主见谅！"说着又对杨戬道："我想杨兄也应该不会介意吧？"

倚弦对刑天放一语双关的阴险意图十分厌恶，当下冷冷哼了一声，不予理会。

闻仲却故作吃惊道："天放贤侄竟然如此好心，与你父刑天灭、你弟刑天抗的一贯作风可真是有天壤之别！本太师暂时无恙，再者就算有事，只要有戬儿在身边，本太师什么都放心，贤侄就不用操心了。"

刑天放闻言眉头一皱，心知如此试探，以闻仲老奸巨猾的性格，肯定是毫无收获可言，心念骤然一动，于是计上心头。

倚弦忽听闻仲思感传音道："你右脚向前五寸处迈出，左脚后撤半步，侧身对他！"倚弦虽然不知闻仲究竟何意，但还是依言缓缓向前埋了半步，侧身对向刑天放。

一步踏出，倚弦心中忽然涌起一股极为亲切而又不太清楚的感觉。他微微一怔，倚弦立时想到这是"无极秘境"中他跟耀阳之间形成的那种思感传递，一念及此，倚弦心中不由狂喜不已，忖道："难道……难道是小阳现在已经脱困了？"

倚弦自顾在想自己的事情，但方才半步对刑天放来说，就完全不同了。倚弦不着痕迹的半步把他正欲驱步上前相逼的进路悉数封死。而倚弦由于得知耀阳消息而面部显现出来的笑意，更是让刑天放误以为他在嘲笑自己，刑天放心中惊羞成怒，暗暗恨道："这世间究竟有何种办法才可令人在短短数个时辰内修为如此暴增？难到我刑天放还不如他杨戬不成？"

尽管愤恨交加，刑天放还是打了退堂鼓，淡淡一笑，拱手道："既然如此，那小侄就先行告退，不打搅闻宗主与杨戬兄了。"

原来适才刑天放正要上前试探闻仲伤势时，闻仲早已料到，是以嘱咐倚弦前迈半步，故布疑阵以做威吓。现在见到一切均在意料之中，心中冷笑连连，口中却道："贤侄且慢，本宗有几句话想要告诫于你！"

刑天放心中一突，暗自推想闻仲这老狐狸究竟意欲何为，面上却不敢有丝毫不敬，恭声道："宗主请讲。"

倚弦却在旁暗自着急，不解为何这刑天放明明就要走了，闻仲却又留住他。

闻仲长身而起，缓步上前，沉声道："贤侄此来用心良苦，本宗知道……"

倚弦与刑天放两人闻言均是一震，刑天放更是生出警戒之心，暗自催动魔能以待应变！

闻仲不紧不慢地说道："……但，本宗绝无怪你之意，你自己想想这一路寻来有否异样之处？我九离氏与你刑天氏关系虽未达到莫逆，但千数年来也相安无事，贤侄不要妄信小人谗言挑起两族间的矛盾。现今三界大乱，我魔宗浩劫将至，还望贤侄日后做事当再三斟酌才好！"

刑天放闻言想到来此之前与祝蚺的一番对话，不由恨意大起，暗骂祝蚺果然老奸巨猾。但面上却露出受教的神色，垂首道："天放受教，宗主且慢休息，我先行一步！"说罢御风出洞而去。

刑天放走后不久，闻仲又自沉默半晌，方望向洞外，笑道："他们也应该都走了！"转身对倚弦道："我们也要走了，你先与本宗回朝歌办点事情，之后本宗就带你去找你的兄弟！"

耀阳和妲己破开云雾来到朝歌城上空。

一种熟悉亲切的感觉立时从耀阳心底涌出，当耀阳从空中望向朝歌时，他明确无误的知道，这种熟悉而亲切的感觉不是来自于朝歌城那些熟悉的景象，而是来自于他的好兄弟——倚弦！

耀阳心中不由忖道："一定是小倚来过朝歌，那就是说他现在还没被闻仲那个混蛋给炖来吃，真是命大！"

想到这里，耀阳一路喜滋滋的与妲己落在殷商皇庭"寿仙宫"前，当他看到自己兄弟俩以前住过的小院时，即便是已经经历了诸多事情的他，也像以前一般茫然若失地怔在当场，思绪如寥寥细丝，昔日之事与幽云的倩影浮浮荡荡游于心头，转眼又尽化烟云。

耀阳随着妲己慢慢走着，有种悲哀与惆怅的情绪猛地涌上心头，不过好在他的情绪来得快去得也快。

进得寿仙宫主楼，耀阳只见又有一名妲己迎面而来，心中正自吃惊的时候，那妲己已然跪在地上小心翼翼地问道：“喜媚恭迎姐姐回宫！”随即变回原形，却是喜媚。

耀阳这才明白，原来那个妲己乃是喜媚幻化的，不由对妲己笑道：“嘿，我说娘娘怎么总有时间出去瞎逛，原来是有你妹子在这里顶着。”

“没有本宫的允许谁让你说话的？”妲己闻言眉头一皱，斥完耀阳转身对喜媚道：“妹妹起身吧！”

耀阳听得一愣，随即嘻嘻一笑不再言语，心中却早已破口大骂。

喜媚不露声色地起身，看着耀阳，问道：“姐姐，这家伙是谁？”

妲己淡淡道：“一个新收的弟弟而已。”再冷冷望了喜媚一眼，岔开话题道，“最近朝中有没有什么事情发生？闻仲有回来过吗？”

喜媚回道：“除去现在各路诸侯那些杂七杂八的事情以外，倒是没别的大事。至于闻仲，今日早朝他忽然进宫求见纣王，不知何故竟告假离去。”

耀阳听后心中好不是滋味，暗自懊恼道：“如果早一点，或许还可见到小倚哩。”紧接着又安慰自己道：“这样也好，最起码兄弟俩还能把小命保住一段时间。”

这一切早在妲己预料之中，但也是她最不想见到的，因为九离氏对归元魔壁异能禀性无疑是最为熟悉的，闻仲带走倚弦的后果是谁也无法预料的。

就在这时，一个宫奴打扮的小妖精忽然跑了进来，报道：“启禀娘娘，梅山七圣中的灵圣袁洪与力圣朱子真前来拜访娘娘，此时正在宫外等候。”

妲己沉吟一下对那宫奴道：“让他们进来吧。”

喜媚却在一旁脸色稍有不悦。

妲己见状走到喜媚身边搂着她的肩膀道：“且让我来看看他们来的目的，再作计较吧。妹妹既然看着他们生气，那就先回去吧！待会姐姐还有要事找你商议哩。”

喜媚道：“那妹妹先告退了！”

喜媚方从后堂走出，寿仙宫的院内就传来脚步声，妲己回头横了耀阳一眼，说道：“小鬼，你可不要总是给人家找麻烦，待会儿老实一点不要乱说话，他们可是我妖宗的绝顶高手。”

耀阳闻言拍着胸脯保证道：“放心，耀阳我怎也不会落了我们兄弟俩的名号，去给娘娘惹麻烦呢?”

此时，宫奴在外高声报道：“梅山袁洪、朱子真到!”

妲己连忙走到上座坐定，再三嘱咐耀阳站在她身侧不准多言，这才命宫奴，将来人带到楼内来。

来者是名黑衣男子，约莫四十多岁的样子，身形颇高脸庞削瘦，一脸亲切的笑容让人平添好感，但他眼光转扫间，偶有精光暴闪予人不容轻视。而且耀阳明显感觉到袁洪的眼神有意无意的在他身上转了好几圈。

袁洪发出一声长笑，道：“当年青丘一别，转瞬间即是五百载，如今为兄不请自来，不知妹妹可否欢迎啊?”

妲己娇笑道：“袁大哥可真会开玩笑，你我情同兄妹，青丘一役小妹更是谨记于心，难得大哥肯来，高兴还来不及呢，又怎会不欢迎哩？赶紧看座、上茶!”

宫奴小妖立时移来凳椅，让袁洪坐了下来，并随即送来茶水点心。

妲己招呼了几声，道：“袁大哥来此，应该不只是为了找小妹叙旧聊天那么简单吧?”

袁洪微笑不语，眼光扫向庭中几名宫奴。妲己立知其意，素手轻挥，那几名宫奴识机地跪安退去。

耀阳四处瞄找，心道：“这便是那个灵圣袁洪吗？可是方才不是说有两人?”

正在耀阳疑惑间，一个矮胖的侏儒忽然从袁洪身后钻了出来，紫衣红带，肥头大耳，四尺来余的身躯一直躲在袁洪身后，怪不得见不到他。但他却有一把与身形极不相符的火红色络腮胡子，一双铜铃巨目白多黑少。

此时，矮胖侏儒正眼巴巴地扫视妲己的胸部，甚至直勾勾地瞄向妲己两条美腿之间，嘴角一丝口水缓缓垂下，说道：“妲……妲己妹子可真水灵，俺老朱可从没见过这么美的佳人儿呢!”

袁洪听后眉头一皱，喝道：“朱三弟，不可无礼!”

耀阳这时再也忍耐不住，“噗嗤!”笑出声来道：“朱子真，朱三弟，猪头三？哈……”

那矮胖侏儒朱子真听到一愣，问道：“你小子怎么知道的?”随即又反过神来，脸上骤起阴云，他平素最恼恨别人叫他猪头，此时气得满脸的络腮红胡全部翘起，喝骂道：“混蛋小子，你奶奶的一个小奴才怎么还待在这里，没看我们要和你主子谈事，赶快给我滚出去!”

耀阳嘻嘻一笑，反问道：“你陪你大哥，我陪我姐姐，如若本少爷我这个奴才需要出去，那你……你奶奶的这个猪头奴才岂不是也要滚出去?”

朱子真听到耀阳这般说，登时怒火高涨，跳起老高，撸起袖子就要上前揍人，却被袁洪瞪了一眼，这才怏怏退了回去，可见这猪头三该是特别惧怕他这位大哥。

妲己心中也是大感爽快，但表面上还是狠狠瞪了耀阳一眼，适时地斥道：“弟弟不得对朱大哥无礼!”然后转头对袁洪与朱子真两人嫣然笑道，“袁大哥、朱大哥，我这个弟弟平素最爱胡闹与人斗嘴，你们切勿在意才好。”

朱子真心头高涨的怒火，立时被这饱含魅心术妖力的话语吹灭，满脸肥肉乱颤地连声道：“不在意，不在意……”

袁洪再一次狠瞪了朱子真一眼，道：“无妨，还是正事要紧!”

妲己连忙招呼两人喝茶，肃容道：“袁大哥有话尽管道来。”

袁洪端起桌上清茶，轻啜一口道：“袁洪此次前来朝歌，实是想借助妹子之力连同各方同宗道友，以消弭我妖宗大劫!”

妲己发出一阵娇笑道：“袁大哥可真会说笑，如今天下太平，三界四宗虽小有间隙，但也能相安无事，我妖宗又何劫之有?”

袁洪微微一笑道：“妹妹消息灵通，应该对日前陈塘关一战有所耳闻吧?”

妲己点头道：“小妹确是略有所闻，但其他三宗之事与我妖宗何干?”

袁洪长身而起，缓步踱到厅中，正容道：“当今天下虽表面风平浪静，但暗里却波涛涌动，各路诸侯蠢蠢欲动，都在私下招兵买马培植势力。而神玄二宗也都有人介入其中，其中以四大伯侯中的西伯侯姬昌势力最为雄厚，昆仑道宗的姜子牙已偕同玄宗诸仙加入西岐……”

听到此处，妲己俏脸骤变，柳眉深蹙，不知心内想的是什么念头。

耀阳乍听姜子牙的名字，心神巨震，想起那日午后藏道阁中的淡溢茶香，一时间不由陷入回忆当中。

袁洪注意到妲己面上神色，继续说道：“东伯侯姜桓楚因姜后之事，早有起兵之心，现下只是在等待时机！南伯侯鄂崇禹管辖之地物资丰富，得天独厚，唯一好在此人无甚野心，但他这种态度相反引起手下不满，相信两年内必有巨变。北伯侯崇侯虎虽现今仍然听令于纣王，但却开始私下拉拢朝中重臣，以此来巩固实力，只怕有谋殷商而取而代之的意思！”

妲己听袁洪的分析确有道理，不由连连点头。

耀阳更是被这家伙的一番话勾起兴趣。看袁洪忽然顿住，登时忘记了妲己的话，问道：“这就没了？”

朱子真在旁叫道：“黄毛小子知道什么，我大哥在这说话，你少插嘴！”

袁洪展颜一笑，又道：“当然不止，如今朝中有费仲、尤浑等人把持朝政。又有北方土方、舌方与鬼方三族垂涎殷商已久，好在他们互相压制相互忌惮，短时间内应该不会有所动作，但为期也不会太久。所余各大诸族东有黄方、虎方，西有羌方、犬戎、氐方，南有大英、南巢氏与雄踞西南的濮国，可谓内忧外患！”

妲己听他说到这里，稍整思绪，娇笑道：“哟……看不出来，袁大哥什么时候把当今局势了解的这般透彻？妹子身处深宫倒是不知道这许多，看来我们妇道人家还是不去管这些事情的好。”

袁洪当然听得出妲己的话中意思，道：“这些当然不是重点，重点是这一切都因为有神、玄、魔三宗的插入，所以各大势力之间才会出现现在这番明争暗斗、搞风搞雨的局势。”

妲己淡淡问道：“那又如何？”

袁洪反问道：“妹妹身为万妖之后，难道对我妖宗的以后就没有一点打算吗？”

“终于谈到关键地方了！”耀阳心内不由冷笑，或许对妖魔二宗的作风领教多了，相反对袁洪这冠冕堂皇的话感到有些反感。

妲己叹道：“妹妹我一介女子还能有何打算？”

袁洪又道：“妹子何苦妄自菲薄，以妹子在朝中手段，如若在加上为兄在各方道友中的几分薄面，咱们如果登高一呼，必可做出一番事业！”

妲己故作沉吟，说道：“此事非同小可，小妹必须与众家妹妹商议才是，大哥给小妹几天时间考虑，如何？”

袁洪悠然回座，缓缓道：“为兄此意无论于你于我，乃至整个妖宗都有莫大裨益。上次轮回集时小兄已然有意说出，但忙于帮妹子从玄冥帝君之手救出你那两位兄弟，这才拖延至今日才跟妹子提到此事，还望妹子此次切勿推托才好。”

耀阳这才明白为何当时他们坠入轮回殿，而玄冥帝君却没有及时追来的原因，原来是袁洪这人从中帮忙。想到这里，他不由暗自揣测这袁洪究竟能耐如何，竟有本事敢去捋玄冥帝君的虎须。

妲己暗骂袁洪狡诈，竟用昔日人情做交易，于是只能苦笑道：“袁大哥都如此说，小妹如果再有异议也太说不过去了，那就全依袁大哥所言就是！”

袁洪闻言大喜，站起身来笑道：“妹子果然爽快！不过还有一事要借助妹妹。”

妲己咯咯笑道：“看大哥怎么还这么见外，有事尽管说！”

袁洪道：“其实也不是什么大事，只是为了方便咱们以后便宜行事，就要劳烦妹子在朝中替为兄谋个一官半职……”

半晌不说话的朱子真这是也一把跳了起来，大声道：“是啊，是啊！我们兄弟苦修多年，也是该享受一下人间的荣华富贵了！”

妲己走下台来，望着袁洪与朱子真两人说道：“这还不容易，就算袁大哥不说小妹也会这么做的！”

各怀鬼胎的袁洪与妲己相视大笑。

第三十七章　九离魔窟

有遗山脉由南而北，绵延千里，其间险峰无数，将寒域隔绝东西两翼。往北便是更为荒凉之地，八千里冰原裂谷，终年冰雪，是北极寒地。再往北三千里，便到了北涯，比邻北海苦狱。

在泛着凄冷光泽的落日余晖中，墨玉麒麟嗷嗷吼叫，踏空疾驰，麒麟背上的闻仲稳坐在化身杨戬的倚弦身后，双目似开还合，一如既往的高深莫测。

倚弦虽说很早就乘坐过蚩伯的“天乌虎骑”，但那晚毕竟夜深天高，从未好似今日这般在如此高空中乘物飞翔，尽管还是颇不适应，不过在闻仲的教授下，也能逐渐掌握翔御之道，慌乱心情逐渐平定下来，反而大觉有趣过瘾。

他答应等闻仲回“离垢城”疗伤之后才返回人间寻找耀阳，所以跟着闻仲从朝歌一路向东北疾飞，寒冷益甚。漠漠寒山交错高矗，霍然倒掠，瞬息百里。

过了半个时辰，闻仲终于在一座山脉前停了下来，扬眉道：“‘离垢城’就要到了，如果你劳脑伤神想要记住到达我九离氏族地的路线，那么就大错特错了，仅看这土方大地上山川何止千万，我九离氏居地又一向隐秘，岂是你等可以轻易寻到！”语罢，闻仲这才驱使墨玉麒麟向东方一座直插云霄的险山绝壁飞遁而去。

倚弦被闻仲识破心中所想，但毫不在意的嘻嘻一笑，举目向目的地望去。

只见东侧山峰尖崖兀石，风雪卷舞，陡峰峭壁，冰霜覆盖。望着难比登天的山路，倚弦心中不由暗惊。

倚弦、闻仲二人胯下墨玉麒麟在那座山峰周围环绕飞舞，盘旋而上。白雾离散，大浪般从头顶呼啸拍过，不多时墨玉麒麟已经乘带两人来到这座不知名的山顶。

倚弦以为已然到了地头，岂知闻仲驾驭墨玉麒麟毫不停留，仍旧向上冲去，“嗤！”的穿进山顶上数十丈的云层中，在其中留下一道狭窄的缝隙后，再次破云而出。

倚弦顿感眼前蓦地一亮，周遭寒风凛凛，烈烈有声。前方乃是一片极为广阔的云海，隐约中倚弦似是看到云海四周飘浮着无数淡蓝色光球，如虫子一般轻轻颤抖蠕动，围绕着正中的玄白云海团团飞舞，发出幽幽碧光，像是万千浮动的灯盏，将空中一切照得青光碧影，颇为亮堂而又诡异！

倚弦自是不知他与闻仲两人现今所处的这个地方，正是九离要地——“离垢城”外的“魔蓝结界”。

闻仲道：“如果你关心自己兄弟的话，那么进得离垢城后，千万不要胡乱说话！”

倚弦点头称是，闻仲这才对他和颜道：“那我们就进城吧！”倚弦虽然十分想问既然进城却又要跑到空中来做什么，但是又生怕触怒了这个老家伙，张了张口还是乖乖闭上了嘴巴。

闻仲驱动胯下墨玉麒麟，一头扎进前方诡异的云海中，倚弦立刻感到散布在空中的那些怪异光球倏地齐震，一种很轻的异能波动相连而起，环环相互，层层相扣，俨然是一道威力巨大的结界。而且在倚弦眼中，他看见在每个光球之间，都存在着一层蓝色的薄芒，非常规律地闪烁着，以致于整个空中，就像是由数千数万片的蓝色薄片组成，紧密地罩住了目力所及的整个虚空。

倚弦还准确无误地感觉到，随着他们穿过结界，霎时间，每个光球均射出道道蓝色芒线，穿插于空中，以令人咋舌的速度织丝布网，转眼一道满蓄攻击灵能的法阵就在这离地数千丈的高空结界中展开了。

墨玉麒麟忽然侧身顿住身形，前去之势戛然而止。随即又仰天一阵狂暴吼叫，爪踏蓝色光线沿一种奇异而有规律的弧线向前飞去。倚弦立刻感那本来蓄满狂暴力量的法阵，就在墨玉麒麟踏出第一步的那刻起，倏地变得柔和起来，仿佛它的存在就是为了附衬墨玉麒麟的步伐而来。

不多时，二人乘坐墨玉麒麟冲出云海，眼前豁然开朗——

由远及近，终见得前方数里处一座盘踞千丈的雄伟城堡，森然矗立于虚空之上，城楼处“离垢城”三个金光闪耀的大字触目惊心！

倚弦瞠目结舌，惊叹道：“好一座天空之城！”

寿仙宫中，妲己玉眉微皱，凝神沉思，忖道：“适才袁洪所言，神玄二宗高手无数，内中更有擅长权谋机变之辈。姜子牙弃官不做，投奔西岐，此事不可不防，一人之力虽然渺小，但若让他联结西岐诸侯之力，就不易处理。当务之急，就是先避开神玄二宗的追捕，不若此时诈做思母成疾，潜回冀州，将身体放回绝阴之地自行修炼，这样又可惑人耳目。”

想到此处，妲己主意已定，便吩咐身边小妖黑狐狸报之纣王。

不多时，纣王驾临寿仙宫内，见床头的妲己脸色微黄，玉容枯槁，忙惊问道：“美人，你这是怎么了？”

妲己有气无力地道：“大王，臣妾闻母亲病重，这一日茶饭不思，才致如此，如今不能服侍大王，还请大王见谅。”说完，眼泪汪汪地注视纣王。

纣王满脸爱意，伏身坐在妲己身边，轻轻摩娑着妲己的头发，温柔的细声安慰道：“美人，既然思念母亲，不如孤王下旨召来朝歌就是。何必糟蹋自己的身体，可让孤心疼死了。”

妲己道：“臣妾之父冀州侯，派手下异人袁洪前来报信，说臣妾之母年老体衰，一别数年竟思女成疾。臣妾心中担忧，如今老母身弱，不能经受车马劳顿。所以……臣妾想亲自返回冀州探望母亲。”

纣王忧虑地道：“只是，美人的身体……”转眼看着妲己两眼泪汪汪地望向自己，只得长叹一声道，“就依美人吧，不过此去一路舟车劳顿，切记千万小心。”

妲己柔声道：“臣妾先谢过大王。只是如今天下异象纷呈，前次更有妖孽冒充臣妾之妹柳琵琶，臣妾着实担心大王的安全。正好臣妾之父的座上异人袁洪前来报信，此人道法通神，更有擒魔拿妖之能，大王若能以此人为将，广招天下奇人异士，必可保京师重地、皇宫内院无忧。”

纣王闻言，毫不迟疑地道：“既是美人所荐，又曾为国丈上宾，孤就封他为虎贲将军，领司礼下大夫，为孤招纳贤士，广聚人才。这样安排可如美人的意?”

妲己欣然，起身做势下拜道：“大王厚恩，妲己感恩涕零。臣妾就此早做准备，明日上路!”

纣王连忙阻拦道：“美人切记速去速回，孤再赐国丈白银一千铢，黄金一百铢，白璧十对，明珠一双。”

妲己勉力施礼道：“臣妾代父亲，谢过大王。大王日理万机，还是以国事为重，早早休息去吧。”

纣王闻言只得依依不舍地离开寿仙宫。

次日黎明，天刚拂晓，骄阳尚未从东方升出地平线，天色还微蒙蒙亮，三百魁梧英武的虎贲勇士早以列队护着妲己的凤仪銮车，五人一排并驾齐驱，前后左右隐隐将中间三辆凤辇车围在其中。

一路上，妲己沉心屏息，不知在想些什么。

耀阳坐在她身后，也不敢乱动，只得非常无聊地看着四周的景色，一边心中暗用思感试图感应倚弦，可惜仍然只有一丝若有若无的感觉。

闻仲与墨玉麒麟倏一出现，离垢城大门业已敞开，两队驾驭怪鸟，身着青碧盔甲的兵将由内冲出，眨眼即到闻仲面前，齐齐拜倒在鸟背上，高声喝道：“恭迎宗主回城！恭迎戬少回城!”

离垢城的宽大还在其次，倚弦从上空俯视它时，首先让他觉得最为明显的，是城中的那些独特而又奇怪的树木，不论是圆圆像个罩子的树，或者尖尖的宛如棘刺的树，每一株都充满了一种怪异而又自然到极点的感觉。它不能完全被称作是一座城，而是一座有着城墙护卫的魔域森林。

这种感觉是那样明显，以致于即使现在倚弦已经身在城中，本来怪异的各式树木，现在已经变成两侧雄伟奇丽的亭台楼阁，但却依然让他有一种怪异的感觉。这些房子的高度，都至少有十余丈以上，在这些楼阁的外侧，还生长着很多倚弦从未见过的奇花异草，使得整个离垢城充满一种幻异的美感。

而且，那些房屋居然寻找不到丝毫斧凿的痕迹，就好似是树木自然生长而成，让倚弦咋舌不已！

倚弦正在惊叹城中奇景之时，神识中忽然出来闻仲思感传音："'嗤天楼'已经到了，本宗主要与几位长老商讨一些事情，待会儿你不要说话，只管站在我身侧即可！"

倚弦听到闻仲这么一说，才知道出现在眼前，这个位于中城大道末端的巨大高楼，名字叫作"嗤天楼"。

嗤天楼绝对是离垢城中最高的楼阁，因为此楼居然分属一十六层，高达二十余丈。倚弦从未看过能够搭建得这么高的巨伟楼阁，就连陈塘关的破天阁与其相比都显得矮小。尤其是整栋楼的外表，与城中其他楼阁都有不同，它全是由大片淡绿色宛如镜子般的不知名片状物体嵌合，因此整眼望去，只觉得光闪亮丽，气势逼人。

当倚弦仰头上望时，闻仲轻声喝道："发什么呆，进来哩！"

"这个楼为什么建得这么高？"倚弦终是少年心性，忍不住问道。

"这是本宗主居住之地，也是本族要地。"闻仲望着他，冷冷道，"你的问题最好少一点！"

倚弦想想也是，他闻仲身为魔宗东圣九离氏的宗主，所居之处自然应是整个宗派的重心所在。倚弦跟在闻仲身后走进嗤天楼，一股清新花草香味迎面扑来，钻入鼻息，透彻心扉，使人心旷神怡。

"这……这是嗤天楼的后花园吗？"倚弦不由愣在那里，只见眼前一片空旷，上有天空下有大地，其中奇花异草遍地皆是，飞鸟走兽、山丘小溪应有尽有，仿佛就似一座与世隔绝的世外桃源一般。

闻仲继续向前走去，直到一株参天巨树旁才停了下来，回头示意倚弦过去。

倚弦一面举步向闻仲走去，一面心想这肯定是幻术，就像在轩辕古墓时闻仲所使一般。闻仲首先叮嘱他一番关于宗族长老的事宜，然后举步径直向巨树走了过去，在倚弦还未回过神来之前，闻仲魔神般雄伟的身影就已消失，看得倚弦瞠目结舌，连忙跟了上去。

回往冀州的凤辇车队一路上舟车劳顿，马不停蹄，十日之后，终于来到冀州。

凤辇队伍直接送入冀州城中苏侯府上。门前侍卫一见凤仪金銮来到，立刻飞报冀州侯苏护。凤仪金銮停在苏府门口，一个面目英俊、相貌颇似妲己的三十岁男子，飞身出来相迎，大声道："妹妹，你回来了，母亲多年未见你，正颇多思念。你回来正好和母亲多聚几日。"

凤仪金銮里的妲己先是应了一声，然后低声对喜媚道："你装扮我的样子，在这里惑人耳目，一切自己小心，切记约束手下小妖，不要在这里惹是生非。我出去看看能不能再寻几个高手，助我等成其大事。"

喜媚连忙答应，随即幻化成妲己的样子，行了出去和苏家众人周旋。

妲己悄然隐去身形，去到另一驾凤辇叫醒沉睡中的耀阳，道："走哩!"

"去哪里?"耀阳揉了揉蒙眬睡眼，伸了个懒腰。

妲己低声说出一个诡异莫测的地名，眼神蓦地闪过一丝妖邪异芒。

"妖月梦冢?"耀阳只闻其名，便立时来了兴趣。

妲己带着黑妞、耀阳隐去身形，在车外一众人等毫无所觉的情况之下，悄然遁去。

三人遁行不过片刻，已然来到冀州城外三十里。

一处四面俱是灵秀峰峦，前面山阿碧岑之旁，有一棵大楠树，高只数丈，树身却粗有一丈五六尺，横枝低丫，绿阴如盖，遮蔽了三四亩方圆地面；树后山崖上面，藤萝披拂，许多不知名的奇花异草生长在上面。

妲己指了指楠树道："你们就在这里等我一下，不要走远了。"说完，趁着耀阳只顾眼前景色之际，双手十指飞快闪动，一丝微弱的青色妖能罩向耀阳，然后飞身闪入树后的奇花丛中，身影居然消失不见。

妲己右手食指一点楠树中干，一股妖能破体而出，大树中间立刻现出一道仅可容人的小门，飞身闪入之后，树内完全中空，可容三两人，树身下凹，一个黑幽幽的洞口就显现在地底之下。

妲己飘然下降，洞口之下，数十丈之深，有一张白玉床，四下里黑暗无光，只有四壁隐隐映出淡淡微芒，阵阵寒风冰冷彻骨，空气就像被亘古不化的万年坚冰封住，完全无法流通，就连妲己这种修行千年的妖宗高手也不得不运转妖能相抗，浮在空中十丈之处。

妲己屏神静气，心中思绪万千，想到以前，自己身为九尾狐在女娲娘娘座下随侍修行，可惜却因自身肉体局限，无法达到更高的境界。后奉女娲娘娘之命游历天下，监察三界六道之是非善恶。

十五年前，她在冀州城外偶然发现这极阴幽碧石穴，后去"梦冢"求三界六道见识最广博的"苦鳖婆婆"探询利用之法，并让其指点自身修行的密法，才知这绝阴之地蕴涵天地至阴之气，虽有利于修行，但非常人体质所能承受，即使是修行极深之士，也只能呆立片刻，必须得阴年阴月阴日阴时生成，身承九阴绝脉之女方能吸收这极阴之气。

可惜人界九阴绝脉之女极少，一般都会因身体柔弱不堪体内阴气负荷，早年夭折，而能在阴年阴月阴日阴时出生者，就更是少之又少。这天地至阴之气，不但对自己修行有极大助益，九阴绝脉之女的体质更可解决自己寄体化身的烦恼。

需知妖怪修行达到一定程度后，因自身形体所限制，无法同人一样寻经导脉，必得占据一个人类身体才能继续修行，才能令自身法能更上层楼。

于是，她在人间寻找数年，才发现所寻之人就在眼前。冀州侯苏护之女苏妲己，只因身负九阴之脉，从小体弱多病，积弱成疴，药石无效，其时已经病入膏肓，时日无多。为救女儿，苏护发榜，寻求医救之法。她遂幻化成一仙风道骨的有道之士，指点苏护，将女儿每月置入幽碧石穴中数个时辰，并将“玄阴九姹诀”中关于吸纳天地灵气的法门教于妲己，每日修炼不缀。

待妲己身体好转，就可在幽碧石穴中待更长的时间，增长体内本命灵元，苏护爱惜女儿，更将家中珍藏的“白玉温润床”放入幽碧石穴中供女儿练功。等苏护之女长大，可以随时自如地吸收极阴之地幽碧石穴内的天地至阴之气时，九尾狐遂将妲己的灵神完全封闭，占据了她的肉体，进行更高层次的妖法修行。

又穿过几道幻象结界，终于来到一处大殿。

刺眼光线痛目射来，倚弦眉头微皱，轻眯双眼总算适应过来。环目望去只见殿中已有数人分成两列，或站或坐等候在此。

殿中摆设甚为简单，两排古色古香的藤椅，迤逦排列到大厅正东的高台台阶处，空间显得颇为空旷。一条巨大青龙盘踞高台之上，张牙舞爪甚是威武吓人，倚弦仔细瞧去才知竟是雕刻的巨石，这才放下心来。而强烈的光线正是龙首上两只脸盆大的巨目中射出。

倚弦跟随闻仲身后循阶踏上高台，闻仲傲然坐于青龙巨口中的宝座上，倚弦立见台下诸人齐齐拜倒，高声呼道：“恭迎宗主圣驾回城！”

闻仲高坐其上面目冷厉不作一语。

倚弦耳旁听到闻仲传音指示，忙缓步上前大声依照闻仲指示说道：“各位长老请起！”

“谢宗主！”众人依言起身回坐。

倚弦这时才看清台下诸人样貌，依照方才闻仲跟他所讲，左手首位那名一身玄黑衣衫，满脸孤傲的清瘦老者该是九离氏的大长老蚩螟。据闻仲所说他还是蚩伯的族弟，倚弦不由对他多望了两眼。蚩螟立有所觉，似开似合的双眼蓦地睁开，向倚弦望来。

两人目光在空中相遇，倚弦登时感到双眼一阵刺痛，连忙转过头去，再也不敢看他，转首向右面看去。

那是一位布衣老妪，不拘言笑的样子肯定就是四大长老中唯一的女长老魔婆婆了。由于有蚩螟的前车之鉴，倚弦也不敢仔细去瞧魔婆婆，免得露出马脚，于是将目光移向她身后的那名少女。

那名少女约有二八之龄，面目姣好，但姿色却只能算是一般，可她身上流露出的那种娴静气质却为她平添妙笔，虽然比之倚弦所见幽云、婥婥、妲己等美女略逊一筹，但也着实不凡了。

可她此时怔怔地望着倚弦，却使倚弦不敢再望向她。倚弦心中也在惴惴不安，难道这个女孩子与杨戬十分熟捻，已然看出我的破绽？

魔婆婆下首还有一位老者，红光满面，一副笑眯眯和气生财的样子，倚弦立刻断定他就是主管离垢城内外事务的无鸢长老。虽然他一脸标准的富家老爷形象，但倚弦却也不敢小看他，因为他知道这厅上端坐的三人，无一不是东圣九离一氏中的重要人物，每一个皆是跺跺脚都能令山河变色的人物。

还有一人站在蚩螟身后，显然不够资格坐在这厅中椅上，可倚弦看清那人面目后却是双腿发软心中惧怕难当，连忙低下头来不敢向那人望去。

那人正是他与耀阳兄弟俩的老相识——申公豹！

这时，蚩螟对闻仲拱手道：“听闻宗主在陈塘关一役已然身受重伤，不知宗主如今圣体如何？”话虽是关切之意，但举止神态中却毫无恭敬之心。

无鸢也在旁说道：“宗主圣体安康关系到我九离一氏数以万计的族民，确是不可等闲视之……”

闻仲冷冷道：“不劳两位费心，一点小伤本宗早已痊愈！”顿了一顿又道：“本宗决定在三日后的祭天族会上精选弟子前去人间历练，其中细节就由无鸢负责吧。几位长老有什么不同意见吗？”他虽在问询其他人的意见，但倚弦却也听出他语气中不容置疑的坚决。

而且看他们暗里的勾心斗角，倚弦这才知道闻仲先前所言确属事实，心中对魔宗中人又多了几分厌恶。

无鸢听后立刻跪伏在地高声奉承道："宗主睿智！如今人间乱作一团，其他几族早有所动，族中弟子都在期待着进军三界，相信只要在宗主的英明领导下，复我东圣昔日威名指日可待……"说到此处，无鸢发现闻仲面色不对，急忙岔开话题道："启禀宗主，妖师元中邪近日因有要事在身，不能前来参加我族祭天族会，不过他已经遣派他的弟子云雨妍代他前来，估计应该今晚便到！"

"云雨妍……"闻仲轻念一遍，才恍然道："哦，本宗在人间界也是久闻其名，申公豹，今晚你就带着那些小辈去给她接风吧！"

申公豹鞠身领命。

倚弦心中惊骇，心想如果这群妖魔真的前去人间滋事生非，不知道又要掀起多少腥风血雨，想到此处，他忽然对自己相助闻仲有了一种罪孽深重的感觉，反倒没有注意到闻仲与无鸢两人后面的对话。

闻仲对众人道："相信三位长老已经对蚩凫的事情有所耳闻吧？"

蚩螟闻言一直微眯的双眼倏地精光暴射，缓缓道："宗主，蚩螟对族兄之死有甚多疑问，想当宗主圣面请教申护法，不知宗主准——是不准？"

倚弦心知此事关系到自己兄弟俩人，不由转首去注意魔婆婆与无鸢的反应，两人果然都露出极其关心的样子。

闻仲冷哼道："准！"

蚩螟站起身来，沉声道："依申护法所说，我族兄乃是为取回我族至宝归元圣壁才和妲己发生冲突，而后被妲己三姐妹所杀！那么本长老就要问了……"说到此处，蚩螟忽然在原地消失，眨眼间又出现在申公豹身前，道："我族兄并非草根树皮一类，怎会随便就被妖宗妖女杀死？"

申公豹安然答道："公豹当时并不在场，所以并不知道其中原由，只知当时有数位高手在围攻蚩长老！"

蚩螟冷笑一声道："族兄出事那晚，申护法身在何处？"话到此处，蚩螟双目忽然耀出魔异魅芒，一字一顿道："申护法又为何姗姗迟去？"

申公豹答道："为避九星蚀月之天劫，公豹当晚身在东玄别院。蚩长老临走之前也并未说出前去何处，但公豹后来感知附近有本族高手与人激斗，于是前去相助方才知晓此时，但是那时蚩长老已经施出本族的元灵焚体魔诀……”

此言一出，众人登时哗然，方才知晓原来蚩凫竟是死在元灵焚体魔诀之下。

“蚩长老认为还有何不妥吗?”倚弦循音望去，只见闻仲不知何时已然来到高台边缘，双手背负于后，冷冷盯视着蚩螟。

蚩螟脸上闪过一丝怒色，随即平服，道：“蚩螟不敢，但……”

“够了!”闻仲冷冷打断蚩螟的话，转首望向魔婆婆与无鸢两人，缓缓道，“另外，本族四大长老一职不可空缺，本宗已经决定暂由申护法代替蚩凫以前的长老之位!”

这话一出，冷眼旁观的魔婆婆忽然道：“我族长老皆是劳苦功高、为本族立下汗马功劳的人，申公豹有什么资格任我九离长老之职?还请宗主收回成命!”

闻仲本已转身走回坐上，闻言立即转身问道：“申护法忠心我族已有数百年，虽不是劳苦功高，但也劳心劳力忠心耿耿。此次更是将归元圣璧现世的事情及时报回本族，立此大功，难道还没有资格吗?”

蚩螟却已回到坐上面色阴沉，不作一语。剩下两名长老也慑于闻仲平日独断专行的威势，不敢再发一言。

倚弦首次领教到魔宗强者为尊的一贯作风和闻仲的铁腕手段。

闻仲见此才满意一笑，说道：“今日议事就到此为止吧。蚩螟长老，如果还觉有何可疑之处，不妨直接来问本宗吧!”说罢当先走下宝座，倚弦连忙紧随其后而去。

只余下议会席上各怀鬼胎的几位长老。

妲己脑中虽然思绪万千，双手却没停歇，十指法诀飞速变换，双手食、中指抵在太阳穴上，全身妖能立时爆发，全身被一团青色光影结界包住。慢慢的，身体开始往下沉去。不多时，一只五尺大小，毛皮雪白，却长着数条长粗大尾的狐狸浮在空中，看着躺在幽碧石穴中玉床上的妲己，那只九尾狐的脸上泛出非常人性的神秘一笑，然后身形悄然隐去。

出得石穴，九尾狐已然幻化成妲己的样子，悄然出现在百无聊赖的耀阳和黑妞身后，神色平静道：“走吧，咱们去‘妖月梦冢’！”语罢玉手一挥，一股妖能轻轻将二人托起，带着三人往偏南方的难泉山上飞去。

耀阳浑然摸不着头脑，不知道妲己来这里做什么，但见妲己不说，耀阳也不敢问，只得摸摸鼻子，暗暗将这个地方记在心里。

三人遁飞迅速，来到一处树木蓊翳的山林中，四处可见大可人抱的老树盘根纵横，山中白雾弥漫，四处坟茔冉冉，更可见处处怪石嶙峋，寸草不生，偶有几个森然白骨散落其中。

妲己带着两人遁至白雾之外，转过几处山坳，远处微微见得几处房屋林立，数个人影出没其间，更传来时有时无的阵阵嘈杂之声，不但有叫卖，吆喝，更有女子打情骂俏之声，只是在白雾之前，一股无形的力量阻拦住三人。

妲己道：“梦冢到了。”

耀阳愕然看着眼前白雾，不解地问道：“这就是妖月梦冢？怎么就是一团白雾，里面的东西都看不清楚。”

妲己没好气的道：“‘妖月梦冢’乃天下万妖的乐园，所以这里自然会有防御结界，不然岂不是任何人都可以随意来去？”

妲己伸出一双玉手，轻轻按于白雾之上，耀阳身体一震，只觉得心神恍惚，被若隐若现的白雾所吸摄，他就像陷进一个梦魇里，周遭的空气变得如有实质，沉重如巨石压体。

妲己带着三人进入白雾之中，耀阳的心神才回复宁静，发现自己站在一个高十数丈的牌坊旁边，牌坊上刻着两个斗大的四个红字“妖月梦冢”。放眼望去，牌坊内房屋林立，两边更有不少小摊，卖什么的都有，不远处，更有不少商铺、酒家，颇似人间的繁华市集。

耀阳看得目瞪口呆，想起了冥界的轮回集。

更令耀阳注意的是这四周来来往往的人群，真是千奇百怪、无奇不有，有幻化成人形的妖怪，更有不少妖怪直接以本体出现，大大咧咧地行走其中。

“我有要事去办！”妲己看着呆头呆脑的耀阳，对旁边一直不吭声的黑妞冷声道，“黑妞，你带着这小子四处转转，切记不要惹是生非。”说完，暗里打了个眼色给黑妞。

黑妞心领神会，点了点头，拉着耀阳往“梦冢”内的繁华地段走去。

妲己环视四周，见不少妖怪目不转睛地注视自己，心中微怒，身上妖能迸发，体外“魅邪结界”立刻形成，强大的妖能威势立刻充斥整个空间。

四周妖怪立刻让出一条道路来。

妲己身形一动，如老马识途般在“梦冢”繁杂错乱的街道上快速行走，眼睛警惕地注视四周，一直在梦冢内兜了好几个圈子，看着四周没什么可疑人物，妲己在一处毫不起眼的小巷停住，进入一间看起来普普通通的木房之内。

妲己进入后，对着房间内的高不过一尺的小铜钟，轻轻敲了九下，一短两长，一长两短，三声长音。

过了片刻，房间内突然幻化出一个黑漆漆的洞口，妲己立刻闪身进入，身影和那黝黑的洞口全都消失不见。

进入洞口后，妲己运转妖能，将“魅邪结界”满布在自己身外，形成一个圆罩护界缓缓下沉，轻轻将周围的泥土分开，如水滴溶入大地一般，不过片刻已来到地下深处。四周黝黑一片，妲己将结界形成的圆罩抵住上下四方泥土的压力，轻车熟路在厚重凝实的泥土里飞速行走。

前方的地底空间突然变得空旷起来，一个方圆数百丈的黑沼泽地挡住了去路，十几丈宽的沼泽地里布满黑水淤泥，更有层层气泡从沼泽地里泛出，均匀地漂浮在沼地之上。不远处，一座阴暗神秘的大殿被黑沼泽地如护城河般拱卫在其中。

妲己站沼地前，朗声道：“晚辈妲己求见苦鳖婆婆。”

黑沼泽地中的黑水突然分向两边，一道宽约半丈，长约十五丈的拱形石桥伸了出来。妲己轻移玉步，缓缓通过拱桥走向大殿。殿内空间广阔，却只有两三个石釜闪着微微的光芒。

整个大殿灯光幽暗，阴暗的空间予人一种凝重肃穆的感觉。

大殿正中，一个形容枯槁、身形矮小、双目小如绿豆但却英皑有神的白发老婆婆，身着漆黑纱裙，扶着一根高一丈雕着奇怪花纹的鳌头拐杖，坐在一张黑木长桌旁，尖声问道："何人有事相询?"

声音时断时续，时长时短，有种难以言喻的味道，在广阔的地底空间里回音缭绕，更是显得缥缈虚无，神秘莫测。

妲己先施一礼，面带微笑，正声道："晚辈见过苦鳖婆婆!"

苦鼈婆婆双目如电闪般扫过妲己，道："坐下来谈，让婆婆我看看。"说完，仔细端详了妲己几眼，又道："原来是你，小女娃，记得十五年前，你还找我问过绝阴之地的事情。看来你现在受益匪浅，而且以你现在的法道修为，在三界六道都算的上是一流高手。不知现在又有什么稀奇古怪的事要问啊?"

妲己欠了欠身，坐在对面的席位上，轻笑道："婆婆真是好记性，晚辈十五年前确曾来过，更身受婆婆指点大恩。如今晚辈幻化成另一身形，婆婆仍能一眼看穿。看来在妖灵邪魄上的先天修行，婆婆理应是我妖宗第一人。"

苦鳖婆婆脸上喜色一闪而过，道："小女娃，你真会哄人开心，婆婆我老了，就算妖灵邪魄上的修行再高又怎么样?现在还不是坐在这里等死吗?"

妲己连忙道："婆婆别这么说，晚辈不敢耽误您过多的时间。此次前来，确是有要事相问。"

苦鳖婆婆笑道："那好，小女娃，你知道规矩，婆婆我可是先钱后货。"

妲己轻笑道："天下万妖，谁不知道婆婆您是三界六道里学识见闻最广博之人，我等小妖若能得您指点，那是三生修来的福气。您现在还是老规矩吗?"

原来苦鳖婆婆是一只活了一万多年的老金鳖，曾经经历过两次神魔大战，更身受两次天劫，虽然侥幸不死，但全身妖能消失殆尽，只能以多年修炼心得和广博的学识见闻换取其他妖魔的元能，方能延长生命。妖物修炼，原本就比人类修炼难上千百倍，如今有这身受两次天劫的老前辈指点，众妖自然是趋之若骛。而且有些三界秘闻，魔玄两宗之人也会亲自前来寻求指点，所以不少人都愿意以本命元能来交换。

妲己知道苦鳖婆婆的规矩，提问前必先提供元能，连忙玉手轻握苦鳖婆婆瘦若鸡爪的老手，一股妖能立刻透体而入，一边轻声道：“婆婆应该知道‘归元魔壁’吧？”

第三十八章　身陷魔城

倚弦随闻仲在嗤天楼中左转右转了好半晌，只觉得这嗤天楼怪异无比，像是一个巨大的迷谷一般，处处皆是幻象迷境。饶是他记性再好，也不知已经走到什么地方，又该如何回去了。

直行到一道山壁前，闻仲才停了下来，看了倚弦一眼，大袖在空中一引一拂，说道："以后三天我都必须闭关疗伤，你就在这里面等我吧！"

山壁一阵青光闪烁，一道石门显现出来，石门上方刻有四个大字——琅寰洞天。

倚弦皱眉问道："你准备把我关起来吗？"

闻仲丝毫不理会倚弦的问题，冷冷道："这琅寰洞天乃是我九离一氏珍藏各种法道典籍的地方，这三天内你就在这里翻阅这些卷籍吧，相信定然会收获不小的！"

倚弦虽然知道闻仲绝对不会如此好心，但能够遍阅九离氏珍藏典籍，应该是一件不错的事情。

石门已经打开，倚弦不再言语向内走去，身后传来闻仲的声音："你安心待在此处，此地除去本族长老，不会有其他人可以进来。三天后祭天族会一过，本宗就带你去寻你的兄弟耀阳……"

倚弦背靠石门，脑中一片混乱，从记事起他从未与耀阳分开过。许多年来同甘共苦、相依为命，但是现在他却连耀阳安危都不知晓，而且自己又身处魔门老巢，心中怎能耐得住焦急彷徨。

"奶奶的，管他呢！"学着耀阳平时的语气骂了一句，倚弦心中郁闷稍有缓解。这才抬起头来，想见识一下这琅寰洞天到底有什么惊人之处。

原来这所谓的琅寰洞天不过是一处凹陷的熔岩洞而已，不同一般的是不足十丈的溶洞中竟然摆置了数十个青铜架子，铜架上分门别类地摆放着竹简、石简甚至玉简、丝帛等。

倚弦在这诸多密法隐闻的卷集中游来荡去，东翻西翻一时间不由看得眼花缭乱，心花怒放。最后，倚弦的眼光落到一个古朴的藤盒上，那藤盒盒面上飞龙舞凤书有四个碧光吞吐的大字——《幻殇法录》!

“难道这就是当初土老爷子提到的那卷《幻殇法录》吗？不是已经被他们有炎氏盗走了吗？怎么还会放在此处呢?”倚弦一面想着，一面走过去将藤盒打了开来。

盒内，空无一物。

就在这时，一个略带羞涩的娇柔女音骤然在他耳边响起——

“戬少，你怎么也在这里?”

苦鳖婆婆干笑几声，道：“小女娃，你可知道这几日来，你是第一百七十七个前来打探‘归元魔壁’之人。想知道具体情况不难，只要你能让老婆子我满意。”说完，两只绿豆小眼儿贪婪地看着妲己。

妲己心神一转，银牙微咬，双掌缓缓贴在苦鳖婆婆的背上，手上妖能立刻汹涌而出，一丝丝尽数沁入对方体内，而后者体内也相应涌出一股柔韧的托力，将那些元精慢慢吞噬殆尽。仅只片刻，妲己顿觉一阵体乏，脸色一白，玉容娇媚懒怠的绝美神情连苦鳖婆婆也看得一呆。

妲己喘了一口气，问道：“婆婆，这样行了吗?”

苦鳖婆婆凝神归元，将妲己输入的妖能一一炼化，只觉通体一阵舒爽，面上笑容仿佛都年轻数岁，道：“九阴纯元果然不同凡响，小女娃也还算得上豪爽。老婆子我也就多给你点提示。”

苦鳖婆婆舒舒服服地吁出一口气，道：“‘归元魔壁’的来历早已不可考究，最早可上溯到第一次神魔大战之时。欲知‘归元魔壁’的来历，就不得不提及二次神魔大战与魔帝刑天此人。要说现今三界对此事知道最详细的人，除了女娲娘娘，那就是我了。”

苦鳖婆婆顿了顿，神情专注，似乎已经是想起了什么人，片刻后，叹了一口气，道：“当年我师父曾经参加过第一次神魔大战，在魔帝刑天手下出谋划策，运筹帷幄，助其统领万千妖魔，故对魔帝刑天此人知之甚详。魔帝刑天战败后，盘古上神重造天地，我师傅苟延残喘，活了几千年，死前曾将此段秘闻告之于我。”

妲己在一旁仔细倾听，不敢漏却一字。

苦鳖婆婆思索半晌，道：“你可知，天地之初，神人均生活在一起，人妖之间也是和平共处，根本无有神魔玄妖四大法宗之分。刑天当时乃是夷方一族的宗主，据说在某一处神秘地方，悟得天地本源的无极力量，超脱了生死的局限，成为古往今来第一人。其人凭借一身超凡入圣的元能魔功，妄图改变三界六道，想成为一统天地，古往今来的唯一霸主。为达此目的，他聚集了东圣九离氏，西魑共工氏，南魁祝融氏，中正防风氏，还有许多服从他的大小氏族，更对天下万妖许以厚利，准许它们为了提高自身的修行，自由残害人类。”

说到这里，苦鳖婆婆叹了一声，继续道：“如此一来，天下众多野心勃勃之辈纷纷聚集在他手下，为其征战三界。而一些漠不关心此事的部族，终于尝到了苦果，被魔帝刑天征服或消灭。剩下的天地众生在盘古上神领导之下，聚集了众多有道之士，经历了无数次的大战，付出了难以计数的牺牲，终于将魔帝刑天所领导的势力击败。然而魔帝刑天不甘失败，发动他那一身来自天地源头的超绝元能，企图颠覆三界，倾覆六道！”

倚弦倏然一惊，手中藤盒“哐！”的一声掉在地上。

少女看到“杨戬”如此紧张，大为不解，问道：“戬少，你怎么了？”

倚弦这才知道自己失态，连忙捡起地上藤盒，笑道：“我没事，只是刚才想事情想的入神了。”

少女见到他的笑容，脸上明显浮起一片红晕，小声问道：“素柔听说戬少这次外出受了伤，不知道严重吗？”

倚弦看到她的样子，心中喊糟，暗道："这丫头不会与杨戬有一腿吧……惨了，惨了！"口中却道："不妨事，我的伤基本已经好了。"

少女素柔奇怪地望了他一眼，又问道："戬少，听说你去过轮回集，那应该是一个很奇妙的地方！还听说陈塘关的事情也不小，魔门五族和神玄二宗的人都去了，戬少能跟素柔说说这次都见到、遇到些什么吗？"

倚弦听到她这么问立感一阵头痛，说道："是发生了很多事情……"他一面说话又一面踱步上前，将藤盒放回青铜架上，借着这点时间脑中飞快整理在轮回集的经历，以便小心应付素柔。

随即倚弦将轮回集的见闻，换作杨戬的经历讲与素柔听，当然话语当中倚弦小心翼翼，尽量避免说出当时心中的感受，以免露出马脚。

不知为何，倚弦总是觉得素柔表情有些古怪。尤其当素柔追问陈塘关的事情时，倚弦只能含糊其词的把自己所知道的事情告诉她。

素柔听到陈塘关当时居然这么危险，担心地道："戬少的伤真的好了吗？素柔最近医术又有长进，可以为戬少把脉查看一下伤势。"说罢，素手轻探就要为倚弦把脉。

倚弦慌忙躲开，强笑道："真的没事了，你不用担心。"

素柔听到倚弦这句话，心中一酸，心道："他终还是和我保持距离，但他的本命灵识虽然较之以前强盛太多，可他为什么不让我帮他查看伤势呢？"一念及此，素柔又忽感不对，杨戬虽然从未对她有过任何表示，但也未曾对我如此冷淡过，今日为何一反常态。她不由疑惑地望向倚弦。

倚弦被素柔瞧得难受已极，心想："还是赶紧离开这里，免得被她纠缠不清，到时候看出破绽就糟了。"

倚弦主意打定，就要借故离开，却听一声嘶哑长笑声骤然响起，申公豹不知何时已经缓缓走了进来，道："戬少与素柔姑娘真是好兴致，竟然躲在这等秘密的地方谈情说爱。"

苦鳖婆婆苦笑数声，道："哎，要不是老婆子看你是诚心相问，加上你乃是近千年来我所见到过最杰出的妖宗新人，不然这段秘闻我是不会告诉你的。我也不知道自己时日尚有多少，许多关乎我妖宗生死的秘闻，若不告诉给你们，以后只怕就没有机会了。”

妲己闻言心中惊喜，欣然道：“婆婆抬爱，晚辈不敢。”

苦鳖婆婆接着道：“盘古上神重新开天辟地，天地重归混沌。女娲娘娘更是重塑万灵，于是大地才有了无限生机。但魔帝刑天的剩余势力，仍存在于天地之中，其行迹隐秘，也即是如今的魔门五族。其时，天下万妖以及后来天地自然繁衍的妖物，如今就被称为妖宗。”

妲己追问道：“婆婆，你是说现在的魔门五族，就是当年第一次神魔大战时魔帝刑天的剩余势力？那为什么神玄二宗却不将他们赶尽杀绝呢？”

苦鳖婆婆冷哼一声，道：“魔宗势力大减，神玄二宗何尝不是势力大减。你可知道当时战况激烈，几乎所有的超绝高手全都死光了，盘古上神一方虽胜，却也是惨胜，更要重新维护天地三界六道之间的平衡，根本无力顾及魔宗的剩余势力。为了防范魔宗势力反扑，当时有高明之士提议将修为高深之士集中在一起，组成神宗，主管监察三界六道，其中选出天帝负责调度，称为天庭，而负责主管冥界则称之为冥帝，而叛出我妖宗的龙族更被神宗吸纳，主管天下水脉，统领四海水族。剩余一些修为不够或不愿在天庭为官的散仙，则被组成玄宗。玄宗乃以轩辕黄帝之师广成子为宗主。”

说到“玄宗”，苦鳖婆婆冷哼几声，道：“当时有一神秘传说，魔帝刑天在灵元俱灭之前，曾将体悟天地本源的秘密以及自身的本命元能注入一块壁石之中……于是便有了‘归元魔壁’由来。以至于神魔玄妖四宗更为此展开了长达千年的争夺。这是‘归元魔壁’第一次为世人所知，不过其来历却无法考证。老婆子我也是苦思良久，记得我师曾经说过，‘归元魔壁’可能出自天地源头，亦有可能是当年的魔帝刑天所造。皆因魔帝之前，无人知道‘归元魔壁’。不过有一点是可以肯定的，‘归元魔壁’中蕴涵着可改变天地，颠覆三界六道的巨大力量，更的确有魔帝刑天的一身灵元精华。”

"梦冢"的另一条宽畅大街上此时挤满了群妖。

耀阳正想挤进去看看发生什么事，便只听"哇哇"两声，人群立时闪开，头顶上空飞出两条人影，"扑通！扑通！"两声摔在地上，半天爬不起来，竟然便是方才嚣张跋扈的千里眼和顺风耳！

两人勉强爬起来，大吼一声，又扑了过去，然后，砰的一声，又飞了回来，摔在地上。

耀阳正想过去看看怎么回事，一个熟悉的声音传了过来："他妈的，什么狗屁千里眼顺风耳，竟然和朱爷爷我做对，真是不知死活，赶紧统统给我滚，爷爷我要带这小娘们风流快活去了，别妨碍爷爷我的雅兴！不然，爷爷我将你们两个打成肉饼生吞了去！"

听到这口齿不清，偏又装着充满豪气的声音，耀阳差点没有"扑"地一声笑出来，原来说话的人，圆球身材，耳大鼻扁，一双铜铃大的眼睛白多黑色，一张络缌红胡猪脸，正是被耀阳称之为"猪头三"的"梅山七圣"力圣朱子真。

只见朱子真手上还抱着一个女子，衣服零乱，朱子真一边说话，肮脏的手还不停地在她身上又捏又摸，鼻子在她身上嗅来嗅去，口里馋涎咕噜噜直响。

一见那女子一张涨得通红的俏脸，耀阳不由一愣，心中忽然生起一种重见故人的感觉。这世界看来可真小，这名叫小仙的女子居然是他和倚弦被蚩伯骗往"东玄别院"时，服侍过他们的美貌俏丫鬟桃儿，只是不知她怎么也会出现在"梦冢"。

这时，千里眼和顺风耳再次爬了起来。千里眼叫道："他奶奶的！你不把小仙放下，我们就跟你没完！"顺风耳也道："你个臭猪头，快把桃儿放下，不然，不然，老子拼死也要一刀剁了你！"

朱子真淫笑道："放了这小美人？你们想得天真，这小骚货竟敢来偷爷爷的东西，爷爷不让她死去活来几次，她也不知道爷爷我姓……"

"姓猪名头三，是吧？"忽有一人笑嘻嘻地接口道。

"你怎么知道我的名……"朱子真一愣，才回过神来，隔空一拳打在地上，妖能涌出，土石纷飞之下，一个大洞平空出现，他大喝起来：“谁？谁敢骂爷爷？有种就站出来！”

妖群一早便哗的一声闪了开来。

在纷飞土石中，耀阳一袭青衫负手而立，一身归元异能与五行玄能运转开来，丝毫无惧任何元能劲气。耀阳依然是一个大大咧咧的笑容，道：“猪头三，我们又见面哩！怎么你也来梦冢了，色心还不改，难道不怕你老大发火吗？”

朱子真看见耀阳，一双铜铃眼睁得更大，道：“你，又是你小子？”

耀阳冷哼道：“怎么，你难道忘了这‘猪头三’的名字，还是在我姐姐那里，我给你取的，怎么不认识我这个大恩人了吗？快点把这女孩子放下！”

旁边围观的众人见耀阳居然叫他猪头三，不禁“轰”的一声大笑起来。

千里眼和顺风耳见居然有人出来帮他们打抱不平，不由大感诧异，这时再一听得“猪头三”这三字，虽然全身疼得龇牙裂嘴，也忍不住“扑”地一声笑了出来。

朱子真又羞又怒，咆哮一声，道：“你跑到这里做什么，居然敢来坏我的好事？”

耀阳再哼了一声，道：“我和我姐姐来这里有要事要办，碰巧撞到你又闹事，我劝你快把这女孩子放了，不然我可要你好看！”

朱子真暴跳如雷，他最恨别人叫他猪，可是耀阳偏偏叫他猪头三，还在大庭广众之下这么叫他，他如何不恼。他虽然心中十分不愿，但想起老大袁洪的嘱咐，不欲因此得罪妲己，满心不甘地把手一松，正想放开手中的小美人，忽然捂嘴惨叫一声，手中的小美人儿已经跌落在地，跑到耀阳身后躲了起来，向他怒目而视，手上拿着一根沾了血的金钗。

耀阳却差点笑弯了腰，原来桃儿趁朱子真松手之际，拔出头上的金钗，将朱子真厚厚的大嘴刺得鲜血直流，那张丑脸显得更是滑稽。

朱子真放下手，见满手鲜血，凶性大发，哪管什么得不得罪妲己，吼叫一声，全身妖能涌出，一步一步向耀阳背后的桃儿走来，狞笑道：“小贱人，竟敢伤你朱爷爷……”

桃儿吓得悚悚发抖，躲在耀阳背后，使劲抓住耀阳的胳膊，千里眼和顺风耳也感应到朱子真那强大的妖能，同时躲到耀阳身边，心里忐忑不安地看着满脸凶相的朱子真，他们只是在“妖月梦冢”混饭吃的小妖精，如何能与“梅山七圣”这等高手级人物相比。

一干看热闹的小妖感应到朱子真强大无比的妖能，顿时跑得一干二净，气得千里眼和顺风耳心里大骂这群不讲义气的家伙。

耀阳心中尽管有些打鼓，但毕竟这是重造肉身以后的第一次，他在跟随妲己回冀州的路上已经成功调动元能运转，并根据《玄法要诀》修炼了好些天，正想借机试试归元异能的强弱，忽地心中一动，便听得旁近有人尖着嗓子沉声道：

“老三，你在做什么？不是和你说不要在这里闹事吗？你怎么改不了这毛病？”一个人突然出现在朱子真身边，长得骨瘦如柴，面色蜡黄，两腮无肉，颔下几根长须，一双小眼睛隐露凶光。虽然身上没有散发出任何妖能，却让耀阳觉得他比“猪头三”危险多了，心下忖道：“这家伙叫‘猪头三’老三，看来也是梅山七圣一伙的，不知是老四呢还是老五？”

“二哥！你来啦。”朱子真见着那人，嘴里的唾沫直喷到天上，“你不知道，刚刚是那个小骚货想偷我的东西，被我逮着了，所以……而且你看我的嘴巴……”

那个“二哥”一把拦住朱子真的话，眼神往耀阳一众人射来。

耀阳忖道：“原来这人是‘梅山七圣’里的老二，果然有两把刷子。”注目看时，与朱子真“二哥”的眼神正好相撞，耀阳只觉得眼前一热，对方眼神忽然变得像刀般锋锐利。

那位“二哥”似乎也吃了一惊，一把拖住朱子真道：“打狗也得看主人，我们还是办正事要紧！别在这里和这些小妖怪瞎胡闹了，走吧！”说罢，他也不理朱子真愿不愿意，便拉起朱子真刮起一阵旋风，两人消失在当场。

耀阳见这两个家伙离去，不由松了一口气，心中不知该庆幸还是该可惜。

“什么小妖怪，他奶奶的，我们是大名鼎鼎的‘梦冢三少’，你们两个有种就别跑，看我们不打得你趴下为止!”见朱子真二人离去，一直提心吊胆的千里眼和顺风耳立是凶相毕露，跳着脚直喊。

耀阳听得又好笑又好气，这两家伙竟比自己还要厚脸皮。躲在他身后的桃儿已经唬着一张俏脸道：“这时候，你们逞什么英雄？不知道刚才是谁被人打得还不了手的?”

一听到桃儿的呵斥，千里眼和顺风耳立时像湿面团一样软了下来，刚才那一副凶相完全被可怜兮兮的模样代替，头也不敢抬的只能任凭桃儿斥责。

耀阳暗暗好笑，道：“桃儿，你没事吧？刚才那个是‘梅山七圣’里的猪头三，以后没事千万别去招惹他!”

桃儿这才想起自己的大恩人还在边上，连忙整衣低头故作娇羞道：“小仙谢过公子搭救之恩。”顿了一顿，她脸上骤然现出惊异之色，问道，“公子怎么知道我叫桃儿?”

耀阳神秘地一笑，道：“桃儿姐姐，难道你忘了‘东玄别院’的事么?”

桃儿面色大变，退了一步。

顺风耳和千里眼立时扑到她身边，满眼警戒地看着耀阳。桃儿指着耀阳颤声道：“你……你到底是谁？怎么，怎么会知道东玄……别院的事?”说着仔细端详耀阳，从他大大咧咧的笑容中，她终于反应过来，道，“你……你是耀公子?”

耀阳更加神秘地道：“你附耳过来，我才跟你说。”

桃儿看了他半天，终于抵挡不住耀阳诚挚的目光，走到他身边，将耳朵附在耀阳嘴上，千里眼和顺风耳只看得心中妒火焚烧，恨不得过去踹耀阳两脚。可是当耀阳在她耳边低声说了几句话后，桃儿像见鬼了一样跳了开去，看着耀阳的脸，道：“你真的，真的是……耀公子?”

耀阳怕她不信，又道：“桃儿，你还记得小白吗?”

“嗯，当然记得！小白当初被你和倚公子整得成天惨不忍睹！”桃儿“扑嗤”一声笑了出来，也相信了耀阳的话，道，“原来你真的是耀公子，可是公子你怎么跟以前一点也不像了，变得……”

“变得怎么样了?”耀阳忙问道。

桃儿面色一红，道：“变得比以前更俊朗，更有气势了!”

“真的么……”桃儿一句话让耀阳高兴莫名，同时也感叹良多，连忙问道，“对了，桃儿，你后来去哪里了？怎么跑到这‘梦冢’来了，而且还换了名字，叫什么小仙?”

桃儿脸一红，低首道：“不瞒耀公子，其实我真名叫小仙，桃儿是蚩伯他们抓我去役使时起的名字，后来，我从东玄别院偷偷溜了回来，因为梦冢就是小仙一直呆惯了的地方。”

“喂，喂，难不成你们两人还要找一个地方，边喝茶便聊吗?”千里眼走到耀阳和桃儿中间，一脸嫉妒地盯着耀阳。

耀阳直至此刻才明白过来，笑道：“原来小仙你就是他们所谓的第三少!”

小仙点点头。顺风耳瞪着耀阳道：“别以为你救了我们‘梦冢三少’一回，就很了不起，你放心，这个人情我们兄弟俩一定还，在‘梦冢’，无论什么事，你都可以开口。以后我们就两清了，省得你借着这点用下三滥的手段，来靠近我们小仙姐!”

“就你们?”耀阳哑然失笑。

顺风耳和千里眼被耀阳轻视的态度激得跳了起来，叫道：“你别瞧不起人，我们这名字可不是浪得虚名的。”

顺风耳自报家门道：“我是顺风耳，‘耳听八方，无所不闻’!”千里眼更是一脸得色，道：“我是千里眼，当然是‘眼观千里，无所不见’!”

耀阳看着二人的大耳与大眼，有些啼笑皆非，但此时小仙从旁说道：“耀公子莫要小看他们，他们确有远听远视之能，公子不信，一试便知!”

千里眼与顺风耳见小仙帮忙说话，性情更是高涨，道：“对，不信尽管试试!”

耀阳将信将疑的点点头，心中立时想到一人，脱口说道：“那你们试着帮我找一个人，如何？”

“申护法莫要乱开玩笑才好！”倚弦心中对申公豹厌恶烦憎，又有三分惧意存在，虽不想理会他但是现在的身份却不容许他这样做，当下拱手笑道：“杨戬倒要恭喜申护法荣升长老一职。”

素柔听他直言不讳地反驳申公豹，心中骤然感到一阵难过，怔怔的半晌说不出话来。

“承蒙宗主赏识，申某自当效犬马之劳！”申公豹城府似海，哈哈一笑，出言问道，“只是不知宗主伤势如何，戬少怎么没有陪在宗主身边呢？”

倚弦心中冷笑一声，终于知道申公豹的用意，道：“师尊早已无事，只是最近对圣门密法诀要又有精进，遂决定闭关三日，静候三日后的族会。杨戬自然不敢松疏对自己的鞭策，所以特来此‘琅寰洞天’苦修精进，以待日后问鼎人间，能够陪侍师尊身侧！”

申公豹刚要继续说话，却听旁边的素柔忽然插口道：“申长老前来‘琅寰洞天’定有要事，素柔与戬少就不打搅了，戬少，咱们走吧。”

倚弦闻言如逢大赦，连连点头道：“既然如此，申长老，杨戬先走一步了。”虽然他觉得跟在素柔身旁不甚妥当，但是怎么也应该好过跟申公豹这条毒蛇待在一起。

申公豹轻抚颚下山羊须，道：“那公豹就与戬少改日再叙。”

倚弦就这样迷迷糊糊的随素柔走出了“嗤天楼”，沿着离垢城的主要街道向回走去，一直快要走到城门时才转到另外一条街道，停在一处巨大的丹鼎状房屋前。

倚弦心中疑惑道：“难道这里就是她的住处吗？”

思忖中，倚弦就见素柔樱唇开合，素手轻挥，一处炉脚缓缓倒下，露出一道圆门，圆门顶上有两支飘展招摇的异草，拼合而成“药庐”二字。

素柔这才转首对倚弦嫣然笑道：“戬少请入内坐。”

说罢，素柔当先款款行去，倚弦本是不想再与素柔多做接触，但是此时骑虎难下，当下只能收拾心情，勉强做出一副见怪不怪的样子，随后踏进屋里去了。

地心大殿中，妲己心思一转，心道：“‘归元魔壁’的来历虽然从苦鳖婆婆口中大略得知，然而吸收归元魔能之法应是自己此次前来最大的问题，不知该不该行险一问呢?”

妲己沉思片刻，心中打定主意，轻声问道：“婆婆所言，晚辈明白了。现在听闻此壁被两个无名小子所得，更阴错阳差被二人融入身体之中，晚辈有些好奇，如果有人得到他们的话，不知会用什么法门诀窍才能让人吸收这‘归元魔壁’的精华呢?”

苦鳖婆婆笑道：“小女娃，你的心思我能理解，婆婆我要是年轻数千岁，一身妖能尚在之时，必然也会去抢夺这两小子。不过你算是问对人了，两千年前，东圣九离宗主蚩尤也曾提过同一问题。我妖宗之人最擅长摄取任何先后天的元能，不过归元魔能不比寻常，我师智比天人，当年也曾为此思绪良久，只告诉我归元魔壁里蕴涵着亦阴亦阳，亦正亦反，亦静亦动，亦刚亦柔的力量，它们一而二，二而一变化无穷，有如天地奥妙一般。”

“至于这吸收之法?”苦鳖婆婆寻思良久道，“元能虽有先后天之不同，然神玄妖魔四宗皆最重灵元合一。记得前些年你问极阴之地时，我即明言妖物修炼不比人类，修行到一定时候，需得占据人类身体方可继续修行，然人类身体与我等身体不同，若不能灵元合一，则身体反而会束缚我等继续修炼。吸收元能也一样，需得和本命灵元相符。虽然归元魔能神秘莫测，但也会符合这一原理吧。我思索良久，只因从未亲自见过归元魔壁，故不敢轻言断定。”

妲己闻言愕然，沉吟片刻，再又问道：“婆婆，晚辈还想知道这几日来，曾有谁前来探询过‘归元魔壁’的吸收之法呢?”

苦鳖婆婆干笑几声，道:" 小女娃，你倒是不肯吃亏，其实这几日来，问者虽然踊跃，但如果真正想知道吸收之法者，你是第三个。至于究竟是谁，因为这当中牵扯太大，容老婆子我不能明说了！"

说到这里，苦鳖婆婆矮小的身形兀自站起，在大殿内来来回回走了几步，道："给你一个忠告，'归元魔壁'虽然可说是天地间的圣物，但从古至今得到它的人均无好下场，强如魔帝刑天也被盘古上神消灭，一千六百年前的蚩尤，最后仍然败在轩辕黄帝手下，争夺者众，得其善终者又有几人？"

妲己冉冉站起，对苦鳖婆婆施了一礼，道："多谢婆婆教诲，晚辈一定铭记在心。晚辈身有要事，就先告退了。"

苦鳖婆婆摆了摆干枯的小手，闭上干涩的双目，不再言语。

妲己身形闪动，身影在幽暗大殿中立时消失不见。

千里眼、顺风耳与小仙三人带着耀阳来到梦冢一处偏僻的小巷子附近。

然后，千里眼和顺风耳拖拖拉拉，慢吞吞的开始行法，惹得小仙生气，再次狠狠地敲了两人一个暴栗。

千里眼盘膝坐下，手捏法诀，将心神凝聚归一，片刻后道："看到了，刚才那黑衣女子还在和苦鳖婆婆对话，顺风耳，你听见什么没有？"

顺风耳两只尖尖的大耳朵不停的微微颤动，惊声道："那女子问还有什么人问过她问的问题……不行，好像她问完了，要出来了。"

千里眼也说道："是啊，那女子给苦鳖婆婆行了一个礼，正要走出来。"

耀阳知道已经错过时机，眼珠一转道："你们赶快收工，装作随便一点的样子，记得不要多说话。"

看着顺风耳和千里眼浑不在意的样子，小仙怒斥道："你们要听耀公子的话，不然……"

顺风耳和千里眼连忙正声道："一定会听的，小仙姐，你放心！"

一股淡淡的药草味道回荡在整个屋子里，倚弦下意识的四下打量，庐中布置甚为简单素洁，除去一床一桌一椅外，各种药草卷籍分门别类地置放在靠墙的木架上。

素柔早已俏丽桌旁，手捧茶壶羞涩地笑道：“戬少，素柔已经为你沏好了你最喜欢的‘含语心’，戬少你慢用。”

倚弦哪里知道杨戬喜欢什么，只好随口敷衍着在桌旁坐了下来。

不知是否出于有意，素柔又问起了此次轮回集的事情，倚弦依照先前所说小心对付，但他心中却在暗暗着急，如此下去不露馅才怪。

想到此处，倚弦环视四周，忽然灵机一动，想到一个一举两得的应付之法，站起身来说道：“这次在轮回集，我意外得到一卷玄门典籍，发现其中的修炼途径与我族大相径庭，尤其其中一些描述似乎跟丹方药草有关，不知你可否帮我一把……”

“好啊！”素柔见对方主动提出要求让自己帮忙，立时喜出望外地答应下来，“素柔研究药草丹药已有百余年，相信我应该可以帮到忙的，戬少，请说吧！”

倚弦大喜，连忙道：“如此甚好！”

于是，倚弦将心中关于《玄法要诀》的所有疑惑细细整理，参合方才在“琅寰洞天”所翻阅的魔宗典籍，说道：“神玄二宗讲究天人合一之论，追寻自然中天地日月生成运转之法则，以乾坤阴阳为本，逆天地之易夺造化之功，由而阴阳合道返本归元复归虚无。但我族却秉承体本一元之说，谓之人之体躯，元精云布，只要以阴阳为渡互为室宅，乾动以直，坤静以合自能元布精流，摄情归性而达归根返本之效。这两者相差如此之多，而且神玄二宗似乎有关于‘龙虎丹鼎’、‘既济炉灶’之说，不知这些指得是什么？”

素柔闻言一怔，明眸中闪过一丝异色，接口道：“所谓‘龙虎道鼎’、‘既济炉灶’指的不过都是本命元身而已，虽然说法不一，但本意相通。当然神玄二宗有这样的说法，也是因为字里行间大有寓意，素柔平常研习医术难免也会触及这些方面，所以略有参研，且让我详述以解戬少疑惑。”

倚弦正是求之不得，忙道：“正合我意，还请素柔姑娘指点一二！”

素柔缓缓道：“‘龙虎丹鼎’、‘既济炉灶’是以龙虎、既济等阴阳互济之词寓意阴阳五行等基本诀要，丹鼎、炉灶等等则是指具体的修炼方法。比如像我平常施药炼丹，最看重的便是丹鼎的火候，所以类似此等说法，通常都是指修炼的具体火候把握而言，只要戬少通悟法诀上下，自会发现在这些隐语前后都或多或少的提示，然后按照提示注重修炼的火候，自会达至任何法决所言的至境！”

倚弦听得心花怒放，心中顿时对以往不通之处了如指掌，感激道：“谢过素柔姑娘指教！”

素柔苦笑一声，忽然回头问道：

“你，究竟是谁？”

倚弦闻言倏地一惊，双手一颤，手中的茶盅立时落地，“啪嗒”一声摔了个粉碎。

素柔又道：“你不用慌张，我只是想知道戬少到底怎么样了。还有就是，素柔与戬少自小一块长大，他的一举一动素柔都无比熟悉，你外表虽像但举止神态，甚至称呼等等方面都露出了马脚。”

倚弦苦笑道：“姑娘厉害，我的确不是杨戬。至于杨戬在哪里，又或现在怎么样，我确实也不知道，这一切全是闻宗主安排，我只是听令行事罢了。”

素柔神色黯然道：“原来是闻宗主安排的，那戬少他……”话到此处素柔忽然意识到自己失态，连忙转移话题，问倚弦道，“你方才询问玄宗密典修行的法门，难道你是玄门弟子？”

倚弦刚要回答不是，却感到心神蓦地一动，转首向外望去，只见孤高冷僻的魔婆婆不知何时已向药庐走来。

身后忽然传来素柔冷冷的声音：“既然如此，戬少请回吧！”

倚弦望向素柔，见她杏脸若冰，虽不知她为何忽然间冷淡如斯，但也不好再坐下去，拱手道：“那杨戬就先行告辞，如若你还有事找我，去琅寰洞天即可，三天之内我都会在那里。”语罢，又向进屋的魔婆婆施礼告退，转身而去。

倚弦走出药庐只觉无所事事，又看这离垢城中景物奇特难见，虽然已然入夜，但他还是不由顺着城中街道一路漫无目的地逛了下去。

由于祭天族会的缘故，街上人流却并没有减少，来来往往都在忙碌着。时有倚弦见都没见过的人，来到他身边问好请安。声声“戬少”叫的他好不心烦，再无丝毫游兴。

就在倚弦转身准备回嗤天楼时，忽然从斜里钻出两人来，在倚弦没有看清来人样貌时，其中一人已经揪住他大声道：“戬少，这就是你不对了，回来了也不通知兄弟们一声，也好让我们为戬少接风啊！”

另外一个也在旁附和道：“就是，就是，待会儿一定要罚！”

倚弦这才看清揪住他的乃是一个身着白绫丝袍的胖子，那胖子眉目清秀，但脸上苍白浮肿，显得萎靡不振，仿佛惺忪未醒，一副酒色过渡的样子。

那胖子身后站了个竹竿似的白衣男子，长了一张马脸，细眼长鼻，正满脸笑嘻嘻地望着他。

倚弦打个哈哈，道：“小弟今日实在事忙，这才忘了。”心中却在想到这两人对自己的言语虽然随便，但却隐有巴结的意思，而且十分熟悉的样子，该是平日常来与杨戬交往的朋友，想着也得小心谨慎应付才是。

那胖子忽又鬼鬼祟祟地向四下里张望几眼，压低声音说道：“戬少，今天云雨妍那妞来了，胖子我可是看得清清楚楚，那小妞可真是水灵的让人心痒难当，不信戬少可以问老哮！宗主还吩咐咱们小一辈的去招呼她，戬少你还不是……嘿……”

“近水楼台先得月！”竹竿似的老哮在旁色眯眯地接道，二人之间颇有默契。

倚弦一听要出席人多的地方，知道又要糟糕，连忙说道：“今日不行，我有要事在身实在……”

“就为了这绝世美人儿，什么事情也都得放下！”胖子说完就与瘦子两人不由分说的将倚弦拉了便走。

第三十九章　妖门魅徒

迎客园，是进入离垢城后的第一座楼阁，与嗤天楼列在同一轴线上，遥相呼应。

整座迎客园是由东西南北四座双层楼阁合抱而成，四楼均以四方圣象为名依次为龙吟、虎啸、凤鸣、玄龟。各楼均设有十数个独立厢房，面向园地的一方搭有露台，使房中人可将园内景色一览无遗。各楼虽都雕梁画柱，美轮美奂，但却风格殊异，或龙吟大气，或虎啸威霸，或凤鸣典雅，或玄龟空灵，不一而足。

四重楼阁中央围有一广阔近达五十丈的园地，一道长廊将各楼与园地核心处的一座小湖连接起来。池中豢养不下数十种珍贵难见的观赏类鱼贝，使整个迎客园平添几分令人激赏的生气。

湖旁空地中遍植碧绿矮草，各色花枝，间有碎石小径与潺潺小溪串联点缀。

此园专属迎接四方来客，但离垢城所处位置终年漂离不定又戒备森严，不要说平常人，就算是四大法宗有数的高手也是无法进入。而魔门五族千数年来也无甚交往，所以这迎宾楼也就闲置下来。可今天却张灯结彩，人声鼎沸，好不热闹！

倚弦与胖子无棣、瘦子老哮三人穿过虎啸厅沿碎石小径一路走到龙吟阁。

倚弦站定在这气势磅礴的楼阁前，暗叹一声方踏入迎宾楼。门卫见他来到均肃然起敬。

妲己鬼魅般的身影突然出现在小巷口，一眼见到耀阳，眉头皱了皱道：“耀阳，你怎么在这里？黑妞呢？”

众人吓了一跳，梦冢三少心中齐的一惊，暗忖道：“这两天怎么出来了这么多的高手，这女人的遁法来去毫无异兆，应该是妖宗的绝顶高手。”

耀阳神情尴尬地道：“娘娘，黑妞说她去找老相好了，让我一个人转转，我随便找了几个朋友在玩，谁知这么碰巧在这里见到你了。”

“哦！”妲己脸上神情不变，但双目中厉芒一闪，眼中神光如厉刃般扫过小仙等三人，淡淡地道：“看不出来三位都是我妖宗的后起之秀，想来应该各怀异术吧。”眼光还特意在千里眼那大大的眼睛和顺风耳那尖尖的大耳朵上停了一停。

三人立刻拘谨起来，还是小仙胆子大一点，上前行了一礼，道：“耀公子方才从恶人手中救下晚辈，晚辈无以为谢，所以正准备带耀公子到处逛逛梦冢。”

妲己对小仙微一点头，心想耀阳新得肉身，灵元尚未合一，不由对耀阳如何救人也颇感兴趣，淡淡地道：“你是怎么救下你这三位朋友的？”

耀阳急忙辩解道：“是猪头三想占小仙的便宜，最后我一抬出娘娘的名号，他就放了小仙。”

妲己看了看耀阳道：“原来如此，那你现在就和我一起回去吧。”她心中却是一动，暗思朱子真和戴礼二人来梦冢做甚，莫非和“归元魔壁”有关？想到这里，她面上神色依然不露任何神色。

耀阳连声应是，眼睛却对小仙眨了几眨，道：“三位，我先和娘娘回冀州了，有空可以去找我玩。”说完，他背着妲己向小仙连打了几个手势，示意三人去冀州找他。

妲己皱了皱眉头，玉手轻挥，“魅邪结界”将自己和耀阳护在一起，体内妖能微动，二人立刻消失不见。

小仙、千里眼与顺风耳看得目瞪口呆。

千里眼和顺风耳还沉寂在妲己的美色之中，小仙一手拉着顺风耳的大耳朵，一手弹向千里眼的大眼睛，面若冰霜地道：“是不是看到别的美女，就忘记我了？”

千里眼和顺风耳连声解释不是，更不停地讲话逗小仙开心。

半晌，小仙才眉开眼笑地道：“你们到底愿不愿意听我的话？”

千里眼和顺风耳齐声道：“听，当然听，我们不听仙姐的话，听谁的？”

小仙满意地点了点头，道：“那好，你们两人帮我跟踪那女人和耀公子。然后我们去冀州见耀公子，他好像有事要我们帮忙。”

千里眼和顺风耳互望一眼，讪讪地道：“这，这，我们……”

小仙气鼓鼓地道：“哼，还说听我的，怎么我一让你们办事，你们就拖拖拉拉的。”

千里眼和顺风耳只能咬了咬牙，道：“好，我们听你的。”然后，小仙带着二人打打闹闹地走了。

就在几人走后，一个高顶羽冠，玄衣华服，身形不动如山的人影慢慢显现在这偏僻小巷的偏墙之上，伴随着几声阴冷的笑声飘在秋风萧瑟之中，显得极为诡异莫名。

妲己带着耀阳一路飞回冀州。

苏护侯府后花园中，妲己冷冷对耀阳道：“这几天你待在府中修炼《玄法要诀》，更要细细体会你这新得的身体，若有不懂之处，记得要来问我。还有就是不要随便和府中之人说话，更不可轻易离开后花园。”说完摆摆双手让耀阳离开，自己却用妖宗特有的传声密术发出信息，召唤喜媚前来议事。

耀阳巴不得自己一个人能够好好研究下自新肉身，闻言立刻飞快地跑了。

喜媚闻声，连忙前来，见了妲己后忙施一礼，道：“姐姐回来了，可想死妹妹我了，不知道姐姐去‘梦冢’可有何发现？另外苏护那个老匹夫好像对我颇有微词，时常在我耳边说些忠君爱国什么的话。而且这几日，据说北伯侯崇侯虎一直在边界整军备战，好像北方的局势要起变化了。”

妲己双目神光暴射，盯着喜媚道："小媚，你跟了我这么久，自然知道有些事情是不应该问的，你若想任人鱼肉，自然大可投靠魔宗五族，可惜他们可不像我这么好伺候。苏护这里，我来应对就是。如今天下大乱，我们办好了这里的事就得回朝歌，只要一天纣王在我们的控制之中，那这天下就还在我们的控制之下，我妖宗的出头之日，也就指日可待。"

顿了一顿，妲己略为沉吟一下后，道："朱子真和戴礼曾在'梦冢'出现，你我也应该提防一下袁洪。我这几日就留在府中，你可自由行事，只是小心不惹麻烦便可。"

喜媚道："知道了，姐姐，你也小心一点。"说完，身形飘然而去。

只留下妲己一人在花园中沉思。

阁内大厅中早已摆满了单席矮几，对列在厅中两侧，此时几乎坐满了人。

这富丽堂皇的大厅右上角，业有十几位乐师模样的人，手持各种乐器肃然静坐。

倚弦方一出现，早已在坐的一众年轻人就已纷纷离坐涌上前来，将包括无棣、老哮在内的三人团团围住，吵吵嚷嚷无非是请安问好、阿谀奉承，搅得倚弦好不心烦。

好在身旁还有两个自己不认识的"好兄弟"去应付他们，他也顺机摆起宗主大弟子的架势，来个不理不睬。借机向里望去，却见申公豹高坐主位上，见倚弦向他望去，用手指着右面首席展颜笑道："杨戬贤侄来这里坐。"

倚弦朗声笑道："多谢申长老！"说着走过去依言坐下，无棣、老哮也与一众九离氏小辈弟子分开，依序坐在倚弦下手两个位子上。

申公豹又对倚弦打趣道；"贤侄，还以为你会错过今晚这个盛会，不过这个宝座可是一直为你留着哩。你的正对面可就是云雨妍的位置，让她与你面对面，待会能不能成功可就全靠你自己了！"

此言一出，厅中众人皆发出一阵会心而又暧昧的笑声，胖子无棣更将手中酒杯高高举起，呼道："让我们一块敬戬少一杯，预祝戬少马到功成，赢得美人芳心！"

厅中众人齐声符合，倚弦无奈下只好有含笑回敬众人一杯。一杯美酒下肚，倚弦却又蓦地想起了多年前初次与耀阳偷酒吃的情形，差点当场笑出声来。

他顿觉失态，连忙向四周望去，却见对面几名年轻男子正对他冷笑连连。其中左首第二坐上一名青衫男子更是满脸不屑神态，时有向倚弦投来挑衅的目光。

倚弦立即猜想到那人很可能就是杨戬的对头，看他下首数人均以他马首是瞻的模样，该是九离氏小辈中他杨戬以外的另一派系。他心中更感好笑，自己居然就这么莫名其妙卷进杨戬的权势斗争当中。

一念及此，倚弦不由苦笑出声。

这一声苦笑立即招来青衫男子的一阵嘲讽，"杨戬你何故苦笑？是不是觉得自己根本没有本事赢得美人放心？无妨，小弟倒是可以教导你两招哩！"

话方说完，对方诸人立即哄堂大笑。

倚弦毫无所谓，一笑置之。老哮却冷冷道："嘿，戬少哪还用费什么心思，此次奇湖一行就连防风氏的月魔女婥婥都巴巴的跟在戬少身后。不像有些人几次相邀都被人家拒之门外哩！"

倚弦听到这话后，居然莫名地感到心中一阵不舒服。

胖子无棣也在旁附和道："说的极是，说的极是！"

就在这时，悠扬的乐声骤然响起，绕梁回荡。

云雨妍终于来了！

耀阳回到后花园偏房，仔细想了想他和倚弦分别后的经历，对自己如何得到肉身，他始终无法肯定是妲己帮的忙，但却怎么也想不起来，只觉得似乎跟破天阁内的五行玄能有关。

他试着捏了捏手脚，肉身跟原来一样，但却各有不同，身上的肌肉筋骨明显变得强健有力，再细细体察，体内经脉如大江大河般宽广有力，五脏六腑各归其属，五行之力更是蕴涵其中。

耀阳现在精力旺盛异常，新的肉身内蕴涵着无穷的五行之力，却又和原本藏蕴在灵体之中的归元魔能水乳交融。体内元能有时如脱缰野马般在体内奔腾游走，四处经脉更和灵体时不一样，归元异能在经脉内运行，如万江归海，给耀阳非常深刻的感受。

他苦思良久，想起《玄法要诀》中“正和脉气，以虚迎实，散之千经百骸，聚之一气归元”的说法，心中不由一动，将体内异能随和经脉行走，更将仅能运用的一丝归元异能散之于身体各处，果然体内元能有微涨之势。再将散于四处的归元异能收于下丹渊海，体内元能似被抽动，渐与下丹渊海的那一丝归元异能聚为一体。

耀阳大喜，此法应是将体内元能聚集在一体，是增长元能的不二法门。此时效果虽然微弱，但他知道若能坚持修行，必能成为像闻仲、妲己一样的高手。

如此在偏房中进行了无数次的调息归元，耀阳只觉得身上似有无穷的力量要宣泄而出，于是准备去后花园试试玄法。

万里晴空，白云朵朵，微风轻轻地吹拂着大地。

耀阳的心情也如天气一样美好，看着后花园内菊花似锦，各色珍品争奇斗研，鲜红色的枫叶飘落在院内幽径之上，处处可见。耀阳不由苦笑，这样的地方只适合游玩观赏，他怎么能做出拿火烧石头、烧花草那么大煞风景的事情呢？

耀阳在后花园内转了转，只发现园中小径旁边还有几块大石头，一时心痒难当，便决定试试新肉身的“天火炎诀”有多厉害。于是，他首先任由体内异能陡转，手上舞动“七真妙法指”，串行在经脉之内的异能立时如烈火般焚烤身体，经脉更似被放入火中灼烧一般，各种痛楚自全身慢慢蔓延至手指上，那种熟悉感觉非常奇妙，比之第一次施放“天火炎诀”时更为强烈，就好像身体里孕育了一个新生命似的。

归元异能在体内蜂拥而出，耀阳只感觉身体快被撕裂一般，手指上的异能更是蠢蠢欲动。耀阳再也无法控制，也不想控制，指上汇集的元能狂然涌出，身体周围几丈之内立刻被炎热的气息所充满，一个车轮大小的火球在耀阳的神识控制之下，划出一道玄异的轨迹，准确无误地击中路边的一块巨石。

看着七尺见方的巨石被自己的“天火炎诀”一击而断，上面还残留着烈火焚烧后的黑色痕迹，耀阳难以置信的看着自己地双手，不由怔住了。

“好身手！”一声嘹亮的声音自不远处传来。

当云雨妍仿若幽梦中谪落凡尘的仙子一般，忽然出现在龙吟阁时，厅中所有人顿时都将眼光投在她身上，再也无法移开片刻。

包括倚弦在内，因为她让倚弦同时想到了两名美丽的女子——幽云与嫦娥。

她既有幽云那旷野烟树、空谷幽兰的仙子气质；也有后者稳重、典雅的仪态举止。这两种截然不同的气质偏又交融于她身上，形成了她决不逊于前两人中任何一个的独特魅力。

晚风轻摇，将她一身淡黄色莲裙荡起，随着她翩翩走来，修长匀称的身段仿佛已经耀出仪态万千的光环，她那对能勾魂摄魄的翦水双瞳，含情脉脉的唇角略带羞涩的盈盈浅笑，确是没有哪个男人能抵挡得住。

此时众人眼光虽都集中在云雨妍身上，但却无一人敢露出色令智昏的模样。一是为她高贵典雅的气质所慑，二是生怕会给她留下不好印象，以后再无逐鹿莲花裙下、讨她欢心的资格。

云雨妍美目流转将厅中诸人打量一番，晶玉纤手交叠腰际，微一福身，柔声道：“妾身来迟，万望各位切勿见怪才好。”

众人但闻此女声音直如泉水叮咚，珠走玉盘，婉转诱人。又有饱含女性独特磁性的清旖情味在内，着实有一番让人消魂蚀骨的味道。

众人纷纷离坐，申公豹也自厅中高台踱下，走到云雨妍面前，仿佛颇有感慨地道：“老夫与令师相识一场，如今见到雨妍不但将令师一身艺业继承，举手投足更有乃师的大家风范，颇感欣慰啊！”

云雨妍浅笑道："申长老过奖了，家师学究天人，雨妍不过只得乐舞一道十之二三罢了，如何敢当大家之称。雨妍是初次来到离垢城，还烦申长老代为引见在座的诸位公子。"

申公豹似是颇为激赏地望了云雨妍一眼，遂带她自左面席位的那名青衣男子处逐一引见。

倚弦这才知道原来那青衣男子乃是蚩伯的侄儿，也就是九离氏四大长老之一蚩螟的亲子，名叫蚩犹，怪不得对自己这宗主弟子不甚友善。而胖子无棣与瘦子老哮两人，前者是无鸢长老的亲子，后者的师父也是离垢城中的一位显要人物——离木神将赣乾。

倚弦不敢肯定杨戬与这两个家伙是不是真的那般要好。

思忖间，申公豹已引云雨妍来到倚弦席前，倚弦连忙起身相迎。

申公豹还未开口，就见云雨妍一双美目滴溜溜的在倚弦身上转过，娇笑道："申长老不用介绍哩，但观这位公子的傲人风采，舍贵宗主高足杨戬还有谁人？戬少大名，妾身可是一直如雷贯耳。"

她不但口齿伶俐，且深懂讨人欢心之道，捧赞人不但亲切而且不着痕迹，果然不愧是名震三界的妖师弟子。

倚弦站在她的近侧，看着她的动人曲线以及如花娇颜，虽有阵阵幽香钻入鼻息，但却抵挡不住心中忐忑，生怕开口应对就会露出马脚，又不得不去应付，当下镇定心神淡淡笑道："云小姐过奖。"

不知为何，倚弦忽然想到如果耀阳那个大色鬼现时站在这大美人面前，不知会是个什么龌龊的表情，十有八九又要死要活了。想到这里，倚弦不由轻扯嘴角轻轻一笑。

申公豹看出"杨戬"丝毫不为云雨妍美色所迷，心中颇为失望，转首吩咐侍立在旁的侍女引云雨妍落座，他也返回高台主席。

云雨妍转身时深深望了正若有所思的倚弦一眼，不但对他方才那个无意中展露的无邪笑容所吸引，更对自身无法吸引对方更多注目而感到心中大讶。

云雨妍早在少时就已美名远扬，后又经妖师元中邪悉心栽培，色艺双绝更是名动三界。自出师门游历天下至今，她向来自信自身举手投足间含蓄而动人的万种风情，鲜有像倚弦这种年龄的男子能够抵挡得住。

一旁的侍女引云雨妍落座，厅中除却申公豹与倚弦外纷纷离坐少许，直待这色艺双绝的绝代佳丽坐稳后方始回坐，以示尊重。

蚩犹首先出口对云雨妍道："蚩犹久闻云小姐乐声之妙舞姿之美，三界罕有，今日小姐姗姗来迟，想必早有仙舞天音准备了吧？"

蚩犹此言一出，立刻赢得众人心意，纷纷附和。无棣与老哮两人更是嚷的厉害。

申公豹也在旁道："雨妍啊，不是老夫偏心，咱们九离一族的后进之辈对你可是仰慕已久，你就答应了他们吧！"

云雨妍淡淡浅笑道："申长老有所不知，雨妍为了三日后的祈天圣典做准备，多有不便……"她稍作犹豫，轻转臻首对众人说道："好在妾身几位善舞的姐妹此次也随我而来，不如让她们舞上一曲聊以助兴，不知诸位公子意下如何？"

想到祭天族会的重要性，众人当然不会再有异议。

云雨妍当下伸出玉手轻拍两下，脆响过后丝竹声悠扬奏起。

七名红衣丽人掠空飞进厅中，蓦地自空中落地进跪，玲珑娇驱，曼妙舞动，不经意间众女骤然跃起，又倏地坠下，细瞀红衣簌簌飘摇，似蚕蛾纷纷高飞，欲飞身而去，远离俗世。一时间，厅中众女红衣飘摇，随着乐声的孤高清越、低回迂婉，时而激情放任，时而凄幽慵伤。毫无瑕疵的绝佳舞技与众女之间的默契配合，衬合着她们脸上丰富动人的万千表情，试问谁能不为之动容？

一曲即终，众女缓缓退出厅外。

诸人却久久不能自已，深深沉浸在那追魂摄魄的舞技感染力当中。

倚弦虽也被众女曼妙动人的舞姿所震撼，但内心却始终忐忑不安，不能将自己融入这龙吟阁的晚宴中，思忖道："或许现在正是最合适我离开的时间了。"

倚弦长身而起，拱手对云雨妍道："云小姐，今日能得睹如此仙舞，杨戬荣幸之至。但怎奈身负家师严命，不能久留此地，所以这就先行告辞，还望小姐见谅！”

此言一出，全场哗然。

胖子无棣更将一颗胖头凑到倚弦腰侧，嘿笑道：“老大你这一招真绝，那小妞说不定……嘿……”

倚弦听后哭笑不得地扭头望去，却见无棣与老哮两人正暧昧地望着他直眨眼睛。他怒瞪两人一眼，又转首对申公豹道：“申长老，杨戬先行一步！”

申公豹稍作沉默，方捻须一笑道：“如此也好，老夫也正有要事参见宗主，不如你我就一道去吧。”语罢，他又对云雨妍笑道：“雨妍，老夫就与戬少先走一步，免得留在这里让你们一帮年轻人有所拘束。”

云雨妍盈盈起身，道：“雨妍承蒙申长老百忙之中抽身来迎，已是十分高兴了，既然你与戬少有事在身，雨妍当然不会有所异议。”她这番话虽是对这申公豹所说，但是一双异彩连连的美目却一直停在倚弦身上。

倚弦被云雨妍瞧得神经绷得紧紧的，又见蚩犹满脸自以为是的冷笑，心下一阵厌恶，只恨不得立即飞出这离垢城，于是对申公豹说道：“申长老，我们走吧！”

一个锦衣玉带，头顶侯冠，身佩长剑，眼如鹰目，身体精壮的四十多岁中年人出现在园中，行至耀阳面前。此人面目俊朗，眼角处爬满鱼尾长纹，行为举止潇洒不羁，样子与妲己还略有几分神似，看的出来年轻时，一定是位风流倜傥的贵公子。

耀阳被这道声音惊醒，身体自“天火炎诀”发出后，更似习惯了深厚的元能在经脉内游走。深吸了一口气，平息将体内的元能平息下来。猜想眼前之人，应该是妲己之父冀州侯苏护，忙上前行礼，道：“妲己娘娘身前近卫耀阳，拜见贤侯。”

苏护立刻双手扶起耀阳，语气极为亲热地道：“耀公子适才用的可是法术？如此高才，怎会在宫中禁卫之中任事呢？”

耀阳立刻满脸堆笑，道："小人是妲己娘娘的亲卫，负责保护娘娘的安全，这法术乃是异人所授，玄门小术而已。妲己娘娘慧眼识人，所以小人才在禁卫之中任事。"心中却暗骂："老家伙，你生了个坏女儿，就快毁了商汤的天下，现在又来探老子的底细。"

苏护闻言，脸上更是笑容绽放，道："原来如此，北伯侯来信请我一同会猎于旄山，听闻他手下也有人会这些玄门法术。我欲请耀公子一同前去，保护中军，不知意下如何？"为防耀阳不去，更加了一句，"所得猎物不但皆归壮士所有，而且我更可送耀公子银铢百锭作为谢礼，如何？"

耀阳新得肉身，现在面对冀州这片花花世界，唯一最缺的便是金银黄白之物，此时听得有银铢可拿，再加上他玄法初成，对会猎的大场面顿感兴致勃勃，心思一转，忖道："妲己说话不算话，这么久也不兑现找倚弦的承诺。去旄山，也许就能借着这个机会摆脱妲己，也好回朝歌寻找小倚。就算逃跑失败，妲己也不会拿我怎么样，何不先答应这老头。"

耀阳对苏护行了一礼，道："贤侯如此抬爱小人，小人怎敢不从，只是，只是……"

苏护看着耀阳犹豫的神情，连声追问道："只是什么？"

耀阳吞吞吐吐地道："贤侯，我是娘娘手下之人，所以不管怎么样也必须征求娘娘同意，小人虽心里愿意，却不敢自作主张。"

苏护放声大笑，道："原来如此，我还以为是什么大不了的事。娘娘虽贵为国母，却也是我的女儿，我去向娘娘要人，她怎么样也要给我这个老父一点面子。你放心吧！"

耀阳闻言大喜道："既然如此，那耀阳就不敢推辞，不知何日动身？"

苏护淡淡一笑，道："暂时无妨，你和我先一同前去见娘娘，然后再跟我去校场点兵，为你配备车马。"说完，苏护拉着耀阳就向后花园深处走去。

适才耀阳体内元能鼓动之时，妲己的妖灵邪魄就有所感应，早在一旁隐起身影遥遥观看，所以苏护与耀阳之间的对话，妲己也听得一清二楚。见苏护来寻自己，只得先遁回后院。

苏护直接来到后院，让门口的侍婢通知妲己。耀阳虽知妲己暂时不会对自己不利，但长久处于其淫威之下，他现在的心中也难免有些忐忑不安。

过了片刻，妲己慢慢走了出来，脸上微带愁容，轻言细语地道："爹爹，找女儿何事啊?"

苏护面色慈祥道："女儿啊，你久在朝歌，不知天下乱象纷呈。前些时日，北伯崇侯虎灭掉建侯和文侯，今日早上更致信约为父会猎于西北旄山，虽说理由是旄山新近出现怪兽伤人，正逢秋高气爽适合狩猎。不过为父估计崇侯虎应是不怀好意居多。但若是我不去，只怕他异日挥军攻来，则冀州危矣。所以为父决定前去，只是这崇侯虎既然已露反意，可能会对女儿你心生不轨，不如你先回朝歌去吧。"

妲己轻声道："爹爹此言差矣，女儿贵为殷商皇后，崇侯虎若无十足把握扳倒殷商六百年江山，暂时岂敢触怒于我，所以女儿的安危倒不足为虑，只是爹爹此去旄山，可要一路小心。"

苏护放声大笑道："哈哈，果然虎父无犬女，女儿既然担心爹爹的安全，爹爹就找你要个身怀异术的高人来保护自己如何?"说完，指了指耀阳，道，"就是这位耀公子!"

妲己看着一旁赔笑的耀阳，思忖片刻道："爹爹，这位耀护卫身手确是不错，借给爹爹做护卫也行，不过他可是禁卫的虎贲勇士，可不能就此送给爹爹的。"

苏护开怀大笑道："哈哈，女儿肯借，为父去旄山就放心了。"

妲己道："对了，女儿还要吩咐耀护卫几句。"说着，扭头对耀阳道，"你此去可要好好护着我爹爹，切记一定要保护好他的安全。"

耀阳心中暗骂妲己假惺惺，但表面上仍然回礼称是，转身便随苏护就走。不想妲己那娇柔的声音在耳边传音道："混小子，你想要金银跟我说便是，何苦一定要搭上这趟苦差事呢。如果你只是想着逃走，那可要想清楚了，别忘了要救你兄弟，少了本宫的帮助可不行!"

耀阳回过身，不以为然地点点头，然后乐呵呵跟在苏护身后往后花园走去。他想起和小仙、千里眼与顺风耳三人的约定，向苏护编了个谎话，找借口偷偷溜到苏侯府外。

倚弦与申公豹出得龙吟阁，一路无语。

倚弦虽对旁侧的申公豹恨之入骨，直恨不得当场结果他的狗命，以报昔日一箭之仇，但想到现在的身份，他只能拼力忍住心中解恨的想法，终于忍不住问道："申长老真有要事去见家师吗？"

申公豹摇头不语，故作神秘地扫视四周，才凑到倚弦近侧，压低声音道："老夫正有一个天大的秘密要告知戬少！"

倚弦第一时间想到的是轮回集的奇湖宴会，心中不由冷笑连连，但表面上仍装作动容的样子，问道："哦，申长老尽管说来一听！"

申公豹摇头道："这事怕是一时半刻也说不清楚，不如戬少随老夫去一个地方，如何？"

倚弦虽然想看看申公豹到底在玩什么花招，但又担心有所闪失被他利用，心中摇摆不定，有些难以抉择。

申公豹见到倚弦如此犹豫，连忙道："那处地方离此不远，就在'药庐'，而且事关素柔姑娘，相信戬少不会置之不理吧？"

想到那个善良的女子，倚弦心中一动，叹了口气，点头应许。

申公豹领着倚弦鬼祟地潜进药庐隔街的一间房屋里，然后将几块晶莹玉石依一种独特的手法与位置摆成一个法阵，再施法将其悬浮在空中，他才迅速从怀中掏出"玄天八卦镜"掷入玉石法阵的中心，登时暴起一阵青光魔芒，映出申公豹脸上诡异莫测的笑容。

他深嘘了口气，指着玉石法阵对冷眼旁观的倚弦嘿嘿冷笑，道："一切都已经准备好了，现在可以开始了……戬少可以慢慢看，老夫避讳就先走一步！"

倚弦不知他在搞什么把戏，但只有耐着性子去看法阵中的"玄天八卦镜"。

"玄天八卦镜"发出的青光渐渐收敛至无，一幅画面在其中显现出来，旁边的玉石法阵也有声音应机传出。只见熟悉的药庐丹房中，面目狰狞的魔婆婆一脸阴沉，立在被禁制于椅上的素柔面前，冷冷道："不要再浪费时间了，你知道我想要的是什么！"

素柔一脸倔强的扭过头去，道："你不用再问了，我是不会说的！"

魔婆婆脸上闪过一丝怒色，喝道："死丫头，你有没有想过，这几百年来老身一直待你如何？"

素柔叹道："婆婆除了《圣元本草经》一事之外，不但一直都待素柔很好，而且还处处对我维护有加。否则以素柔区区一名他族奴仆，又怎能上得议会，出的了'琅寰洞天'呢？"

倚弦听到《圣元本草经》的名字，心中不由一震，立时想起土鳖老人曾经说过的话，心道："《圣元本草经》乃神农有炎氏一族的不传秘典，难道这位素柔姑娘……"

他正想得出神，玉石法阵中又传来魔婆婆的声音："知道就好！那你为何还是迟迟不肯说出《圣元本草经》的内容，而是一直推托到如今，老身既然已经答应当你将《圣元本草经》背写出来后，便帮你将有炎氏男亲族人本命元根的禁锢开解，为何你至今还执迷不悟？"

素柔又道："婆婆不用骗我，魔神蚩尤所种本元命根之禁锢，岂是你等九离后辈可以轻易将之解除。所以婆婆如果是要求素柔做其他任何事，我都会照做不误。唯独事关我族宗门宝典之事，素柔就算是灵元俱灭、死无葬身之地，也是不会透露半点的！"

魔婆婆无可奈何的冷笑一声，道："三日后即是我族祈天圣典，如果到了那时你还没有说出的话，哼……就不要怪老身无情了！"说罢，魔婆婆愤然转身离去。

倚弦心中巨浪滔天，他怎会想到会在此处遇到有炎氏的族人，而且依她身怀《圣元本草经》来看，该是有炎氏的重要人物，或许还与土鳖有所关联。倚弦顾及到土鳖对他与耀阳的救命之恩，如今他的族人有难，他自问岂能袖手旁观。

一念及此，倚弦再也顾不得自身安危，抛开任何心中顾虑，毅然走出房门，向对街的药庐行去。

望着倚弦消逝在“药庐”中的背影，申公豹细长的身影从房屋的一处暗角兀然飘出，招手便将“玄天八卦镜”与“玉石法阵”收回，脸上露出一丝诡异莫测的笑容。

魇婆婆走后，素柔心中思绪跌宕起伏，她想到自己自小远离族人，在尔虞我诈的魔宗要地受人奴役。除去杨戬以外，她从没受到任何一人的真正关心与爱护，即便是有，也是为窥探《圣元本草经》而来，就像魇婆婆一样，个中辛酸悲苦岂是他人可以明白。

她正思忖间，忽听外间传来一阵细微的脚步声，抬头望去，却见假冒杨戬的人正走进内来，不由娇叱道：“你又来做什么?”

倚弦四下望去见四近无人，方才急道：“小弟是为救素柔姑娘而来!”

素柔冷笑一声道：“你魔宗之人哪有这等好心肠，莫要以为我不知道你心里打的什么鬼主意!”

倚弦知道现在只有取得素柔相信，方可得到她的合作，但又担心申公豹在旁窥视，于是默运体内异能，按照新近领悟的丹鼎元能运转之法，在他与素柔之间设下一个元能结界，这才问道：“不知姑娘与土鳖老爷子怎么个称呼?”

素柔虽然被魇婆婆禁锢，但仍然可以感应到面前这人强劲的元能结界，冷笑道：“就算你知道我祖父的名讳又能如何？魔宗妖人，不要以为你们串通一气我就会信了你们!”

倚弦心中一惊，忖道：“原来她是土老爷子的孙女，那我就更不能坐视不理了!”

“素柔姑娘有所不知，小弟并非魔宗中人!”倚弦心平气和道，“在轮回集外的轮转山，我与兄弟耀阳都曾受过土鳖老爷子的救命之恩。而且当时答应他老人家，以后如若遇到有炎氏的族人，定要善待以作弥补。”当下倚弦将轮回集巧遇土行孙，直到轮转山顶土鳖舍身相救等诸多事情一一道来。只是间中隐瞒了一些事情，比如土行孙陷害他们与奇湖水底所见所闻等等事情。

素柔早在一旁听得悲从中来，目中清泪爬满脸颊。虽说她不太相信眼前这名叫作倚弦的男子的话，但是他所能说出的本族诸多秘闻，又不容得她不信。

倚弦看她满脸悲凄，心中不忍，愧疚地安慰道："素柔姑娘不要太伤心了，好在你还有一个弟弟在等你哩！如果姑娘恼我就尽管把气撒在我身上！"

素柔止住眼中泪水，苦笑道："人说这世间一切莫非前定，均属因果皆有定数，但我有炎一氏何曾做过伤天害理的事情，为何我族会落得如此下场。唉……素柔不会责怪尊使，只怪我有炎氏族人命运坎坷，恨这苍天处事不公！"伤感片刻，素柔又问道："只是不知我弟行孙现在怎么样了？"

倚弦叹道："陈塘关时我与令弟曾见过一次，他现在应该并无危险，似乎也在替闻仲办事，不过如今身在何处，就无从得知了。"

素柔得知土行孙尚在人世，心下稍安，道："我弟自小机灵通变，想来定能无事，纵是偶陷危境也自能化险为夷。唯今之计，我们只有先逃出离垢城再说！"

倚弦闻言一震，知道素柔已经信任他，便问道："难道姑娘有办法离开这里？"

"不错！"素柔点头道，"数百年来，素柔无时无刻不在思考如何离开此处与那解除禁锢我族本命元根的办法。功夫不负有心人，终于让素柔在百年前找到了逃遁离垢城的办法。同时也从一直参研的圣皇所遗《圣元本草经》中找出了解开封印的可行方法！"

倚弦心下一阵激动，喜道："究竟怎样才能离开离垢城呢？"

素柔一字一顿道："机会就在三日后的祭天族会！"

第四十章　旄山会猎

耀阳走在冀州城的承平大道上，心中发愁，忖道：“哎，忘记和小仙约定地方，现在到哪里去找他们呢?”

他正独自行走间，突觉一个熟悉的感觉充斥心神之中，警兆立生，身后有人偷偷跟在后面，耀阳心知应该就是小仙他们三人，于是想开个玩笑，突然转身立定。

身后三人虽然隐遁身形，但仍然无法立时停下脚步，齐齐直接撞在耀阳身上，一声娇叱从小仙嘴中传来：“呀，你怎么停了，我还想偷偷吓唬你一下哩!”

耀阳一脸得色，开怀笑道：“哈，我可是学过玄法的人，怎么说都会有两手的!”

千里眼不想见耀阳和小仙多说话，便与兄弟顺风耳进步上前，插口说道：“耀兄弟，你让我们跟来冀州，究竟为的是什么事呀?”

耀阳左顾右盼一阵，拉着三人来到一条僻静无人的小巷，道：“我现在被恶人所控制，根本无法脱身。三日后，我和冀州侯去旄山狩猎，我想趁机逃走，所以想请二位帮忙。”

顺风耳奸笑道：“帮忙可以啊，不过……”说着，他拿右手大拇指捏了捏中指和食指。

耀阳呆立半晌，无法明白是何意。

小仙气得打了顺风耳一个暴栗，道：“帮耀大哥做事，还想要什么报酬，真不害臊。”

顺风耳抱着头，满脸委屈地看着千里眼。

耀阳恍然大悟道：“小弟没什么稀奇东西，不过《玄法要诀》却学过几篇，不知可否对三位有所帮助？”

小仙等三人全都呆住了，千里眼颤声道：“蜀山剑宗的《玄法要诀》？那可是好东西。行，我们兄弟答应你了，你说让我们怎么做，我们就怎么做！”

小仙不好意思道：“耀大哥，我们不该要你的那些修炼法门，这么隐秘的东西是不可以胡乱示人的！”

耀阳极其随意地笑了笑，阳光映照在年轻的面庞上，仿佛被镀上一层金光似的，说不出的意气风发，道：“只要千里眼和顺风耳两位兄弟能跟在我身边，为我听声望远，那我逃跑的机会就大多了。不过你们切记不可出手，只要偷偷给我指示就好。还有就是这事情太过危险，小仙就不要去了。”

小仙痴望着耀阳，道：“不行，我要和你们一起去。”

千里眼和顺风耳满面嫉妒之色，道：“仙姐，这事情太过危险，你还是不要去了。”

耀阳神色也是格外坚定，道：“小仙，你不可以去，太危险了。”

小仙看耀阳打定主意，也不再争辩，心中却道：“那我就自己偷偷去，看你们能奈我何？”

耀阳和千里眼、顺风耳约定好碰头的暗号，决定让他们混入前去会猎的队伍。商议一切后，耀阳独自一人偷偷溜回了侯府。

三日后的清晨，苏护使人来传耀阳，耀阳跟着来人一路走到侯府大厅。

在侯府大厅中，耀阳参拜过苏护和其子苏全忠后，一身戎装的苏护亲手拉着耀阳往校场行去，一边走还一边问道：“耀护卫以前可曾上过战场？”

耀阳摇了摇头，道：“小人从不曾上过战场。”

苏护身形一顿，有些失望地说道：“其实倒也无妨，我这就带你去校场见识见识，你可以好好看看，顺便也学习一下军略之术。”

耀阳自小就对沙场纵横颇感兴趣，更对曾经俘虏过他和倚弦的诸侯万分痛恨，总想着有朝一日，自己能亲手雪恨，如今有机会接触本是王侯士族才能接触的军略之术，耀阳心中顿感欣喜万分。

冀州城北城，本就是兵营和校场，原本是为了抵御鬼方等外族而设。为方便战车出入，兵营的木砦门开合极大。自夏朝以来，天下征战，多以战车为主，辅以步兵。战车虽然在战场上威力巨大，但却过于笨重，行进之中转折也不易，而且雨季又无法作战，所受限制颇多，故多为军中大将所乘。

耀阳远远看着校场寨门之内，军旗挥展，两队光着膀子的士卒正手持长戈，在一片广阔平坦的黄土地上一招一式地演练着。秋风拂面，带来丝丝凉意，也给这宽广的军营蒙上了一层杀气。

守门的两个兵士看见苏护前来，一人立刻飞奔入内通报，一人则对苏护行礼道：“参见君侯！”

苏护对那兵士点了点头，带着众人入内，行不过几步，一个面如紫枣，满面虬须，身材高大，英武非凡的将军领着手下几个校尉上前参拜道：“末将郑伦参见君侯！”

耀阳侧面看着郑伦的英武高翘的大鼻子，差点没有笑了出来。

苏护看了郑伦一眼，道：“郑将军免礼，兵马是否已经集结完毕？”

郑伦最讨厌别人嘲笑他的鼻子，于是非常不满地看了看耀阳，嘴里应声答道：“已经集结完毕，请君侯上点将台！”

苏护带着耀阳上了校场偏东北一个五丈高、十丈见方的平台，正好苏全忠也已前来。苏护吩咐手下，击鼓点兵。耀阳站在苏氏父子身后，登高望远，才发现这校场的巨大平坦，至少可容得五千人，两旁军舍林立，西北角更有一排排养马棚，地面四处划出若干条路格，供军士、马匹与战车有条不紊的分别行走。

战鼓一声一声的响着，那重锤击下的咚咚之声，仿佛每一下都击在耀阳的心头之上，此时的耀阳的身体也被这军鼓之声敲的热血沸腾起来。

四周无数的军士早已熟悉这战鼓之声，在各自长官带领之下，列成一个个方队。马棚处，十几个军士手脚纯熟，分别将马匹套在战车之上。另一边，整好队伍的军士已经开始有条不紊的慢慢进场。

耀阳看着这雄壮的军营与英武的将士，心中却不由想道："也许有朝一日，我耀阳也要组建军队，做一个君侯，推翻纣王的殷商，给天下的老百姓一个平稳的生活，到那时一定不能再发生像自己和小倚那样的不幸。"想到这里，耀阳心中蓦然涌起一股前所未有的冲动，让他的呼吸骤然变得激动起来。

此时，一辆四马拉驾的黑色战车当先冲入校场中央，一个大汉挥舞手长戈向四周示意，左边有一壮汉跪地持弓，右边一人身形稍小，手中持一短矛，腰中佩着短剑。那战车奔跑起来再配合那大汉手中长戈挥舞的气势，颇有沙场上大军长驱直入，铁血无敌的气概。

后面一辆华丽战车跟在其后，不但车身四周精雕细凿，更漆成银白色，车旁插了一只锦旗，上绣一个斗大的"苏"字，迎风招展，不过车上只有一名御者。两旁跟着两辆稍小的战车，车上也是四人，各自挥舞手中的武器向点将台上的苏护示意。

两辆战车一左一右，配合默契，小心地拱卫着中间的华丽战车。车后跟着五百彪悍精干的兵士，手持长戈，动作整齐划一，随着头车上将领的指挥，各自做出不同的阵型和动作。四辆战车绕着校场一周，直接开到点将台下，剩下几队军士也分别在各自的将领指挥下鱼贯入场。

不到片刻，校场上已布满士兵，但却毫无声息，只能偶尔听见几声马嘶叫，整个校场显得庄严肃穆。

点将台上，苏护满意地看着台下自己的军队，对大将郑伦道："郑将军，由你点选勇士一千，本侯和你同去旄山。全忠，你带领众将守备城池，多派探子打探四周情形，以防被人偷袭。”

吩咐完毕，苏护挥手向众兵将示意，扬声道：“各位兵将军士，辛苦了！”

台下众将士喊着整齐的号子：“苏侯苏侯”，一边挥舞手中的武器向苏护示意。

苏护微笑着带领众人来到营后的“威武堂”。二十几位将领按职位分排坐下，整个大堂之内，鸦雀无声。

苏护轻咳一声，对着众将道：“各位，听闻崇侯虎手下有异人相助，而且其手下兵士实力雄厚，数十员大将也个个能征善战。为此，本侯特请来异人襄助。来，让本侯为各位介绍一下，这位就是懂得法道秘术的异人耀阳耀公子！”

耀阳忙上前行礼见过众人，道：“耀阳见过各位将军。”

几位偏将纷纷回礼，只有郑伦冷冷“哼”了一声，大大咧咧地回了半礼。

耀阳知道他必是烦恼自己笑他的鼻子，暗道此人心胸狭窄，于是也不计较，在苏护下首轻轻坐下。

苏护继续道：“各位，冀州乃我苏家世代受封之地，万万不可丢失。所以，全忠，你要小心守备城池，以防崇侯虎偷袭。至于赵丙将军，你且带一队人马在城外接应。郑将军，你则带一千精锐勇士，十辆战车和我同去。耀公子和我同车，随身护卫本侯。”

众将哗然，郑伦首先上前出列，气呼呼道：“君侯，末将自可保您平安，何需一无名小卒？”

苏全忠忙上前劝解道：“将军，不必如此，我想爹爹如此做法自有他的道理。”

郑伦却道：“行军征战不比平常，如果论贴身大将，一定要能确保君侯的安全，除非这小子能证明给大家看，他有可以保护君侯的能力，否则郑伦不同意其人同去。”

苏护自是不好违拂他帐下头号大将的意思，转头注视耀阳，意思是你最好能够露一手。苏护看耀阳微微点了点头，才回头对郑伦道：“好吧，那就让耀阳和郑将军比试一场，如何？”

耀阳心中早已有了主意，不慌不忙地站了起来，向苏护行了一礼，对郑伦说道：“小人弓马并不娴熟，唯独有几斤力气，不如我和郑将军比试握力如何？”

众将闻言大喜，就连郑伦脸上也微露笑意，原来郑伦乃是苏护帐下臂腕力最强之人。

郑伦大步上前，道：“小子，我可是军中有名的大力士，既然是你提出来比试握力，到时候你只要叫一声痛，我便自会放了你，给君侯面子不废你双手便是。”然后蔑笑几声，猛的用力狠抓向耀阳。

耀阳不置可否的笑了笑，上前握住郑伦的右手，忽的脸色一变，原以为新的肉身蕴涵天地间无穷巨力，任谁也休想从中讨得便宜，谁知这郑伦果然膂力惊人，耀阳的双手指节被捏的“咯嘣”直响。

甫见如此场面，下面众将以为郑伦必胜，都等着看耀阳的笑话，就连苏护也开始不怎么看好耀阳。

耀阳使出吃奶的力气，手上青筋暴出，仍无法敌住郑伦的怪力，正苦苦支撑之时，脑中灵机一动，体内元能微转，“天火炎诀”悄悄将右手层层包裹住，一层肉眼看不见的淡淡红色火焰均匀布在右手之上。

郑伦只觉手上像抓了火球似的，而且温度越来越高，片刻不到就连脸色也变得通红，豆大的汗珠从额头上刷刷落下。

耀阳微使元能，心中就已后悔，毕竟玄法对这些凡人来说实在太强，明明现在都快闻到一丝烤肉的香味，郑伦却还在死撑，看得耀阳心中佩服不已，同时也不愿这豪爽的猛士当众出丑，便立时松手道：“郑将军果然膂力过人，在下佩服，情愿认输！”说完，耀阳轻轻将右手从郑伦手中抽出。

郑伦闻言脸色大红，呆立半晌，大声道：“君侯，此次比试是郑伦输了！相信只要有耀公子在，君侯一定不会有事，末将愿将领军大将之职双手送上！”

耀阳连称不敢，心中也对这豪爽的汉子生出几分敬意。

苏护长笑数声，道：“耀公子从军日短，对军略之术不甚精通，所以领军大将一职还是由郑将军亲任，本侯则与他同乘一车。我等即时兵发旄山！”

随着将令一下，一千兵士缓缓护着十辆战车从冀州北门开出，浩浩荡荡向旄山进发。

耀阳坐在苏护的华丽战车上，看着车内有近一丈大小的空间，精美的镂花座架，身下的鹿皮软垫，兵器架上各种精美华丽的武器，甚至对一身戎甲的苏护也盯住不放，觉得一切都是那么新鲜。

苏护心中想道：“想不到这耀公子竟是一没见过世面的小子。”口中却道：“大军行进一日便可到旄山，晚上还要和北伯侯见面，你可先行休息一下，养精蓄锐。”说完，也不理耀阳，开始闭目假寐。

耀阳撩起车窗，看着周围并行的军士，心中感慨万分，长叹一声，思忖道：“人生际遇真是非常奇妙，早先在轮回集第一次看着蠡鱼的华丽战车，我和小倚都羡慕万分，那时候只觉得能坐上战车都觉得是幸福。想不到现在坐上真正的战车，怎么却没了当初的感觉呢？其实坐这战车，也没有想象中舒服！”

当他再一次将目光投向车外的步行兵士时，心中顿觉异感连连，连忙定睛看去——

兵士队伍中，扮成兵士的千里眼与顺风耳正向他打出约定的暗号，跟他亲热地打着招呼。

傍晚时分，冀州大军辛苦行军，已经赶到旄山山左。

整个旄山并不显得如何高峻，但占地却颇广，山腰里树木郁郁葱葱，落叶纷纷，山上怪石狰狞，齐人高的野草随风荡漾，起伏不定。突然听到一声怒嘶，如虎啸龙吟一般，又如小儿高声悲鸣之声破空传来，余音袅袅不散，在山中来回振荡，看情形应该有不少猛兽出没其中。

耀阳心中一惊，这是什么怪兽的声音居然能够在空中停留这么久？他再看山脚不远处，几面不同的路口都有军旗招展，营寨处处，内里不少人影来回走动。原来相邀而来的各个诸侯都将营地安扎在不同的山口处。

苏护命郑伦选择一靠近南山路口的向阳高地，设营架垒，埋锅造饭。然后，他在略作休息之后，带着一百亲兵和耀阳坐着华丽的战车向绣有“崇”字旗的营寨行去。

耀阳随着苏护的目光看去，崇侯虎的营地并未扎营在高地之上，而是在一片平地上，不过周围却被挖了一排深沟，沟后则是一片木栅栏，只有营门处没有。营寨内竖起两个三丈高的箭塔，上面各有兵士负责瞭望。

众人在营门口下车，通报姓名之后，等不过片刻，一个五大三粗，个子不高，满面凶悍之色的中年男子带着几个虽然也是华服羽冠，但却掩不住满脸忐忑之色的人慢腾腾走了过来。

苏护连忙上前行了一礼，道：“冀州苏护参见北伯侯与各位君侯，劳各位久候了。”

当先的中年男子眼中阴狠之色一闪而过，道：“崇侯虎怎敢劳国丈大礼，蔡侯、余侯和阌侯早已到了，各位见过之后，不如我们先饮宴一番如何?”

苏护忙和其他几个诸侯打了招呼，跟着崇侯虎等众人一起入内。

耀阳看着几个人虚情假意的相互打着招呼，心里差点没吐，转头注意营地内崇侯虎手下的兵士，只见他们个个身材魁梧，铠甲鲜明，戈剑锋利，就连远处几辆战车的车轴也比苏护的战车来得巨大，而且众多军士的眼神盯着众人就似看着猎物一般，让耀阳心中很不舒服。

再看营地里的军舍帐篷之多，耀阳按照苏护营中兵士规模估算了一下，崇侯虎带来的兵士最少有五千人以上。整个军营内更弥漫着一股阴冷寒凄的气氛，甚至让耀阳体内的元能也微有所动。

耀阳心中纳闷，感应到这军营里的气氛好像不对，却发现苏护对他猛打眼色，原来走着走着，他竟然差点掉了队，忙快步上前紧跟在苏护身后。

倚弦离开药庐，在城中转了好几个圈，确定没有人跟在自己后面，这才回到“琅寰洞天”。

这时，天色渐渐亮了起来，整个离垢城都蒙上了亮丽的晨光。

倚弦知道过了今天，明天闻仲就该出关举行九离族百年一次的祭天大典了。届时也是他和素柔商议逃离“离垢城”的时间，所以这个时候千万不要再节外生枝，遇上不必要的麻烦。因此倚弦打定主意，今天哪里也不去，只在琅寰洞天看那些东圣九离族的魔门典籍。

倚弦在琅寰洞天中，以最快的速度翻着一部又一部的魔门秘笈，虽然他看了不甚明白，但总是隐隐约约觉得，这些秘笈之上所载的玄法道术，与《玄法要诀》与《阴阳法要》所提的都大不相同，有些甚至是大相径庭、背道而驰，不过却又不是胡说八道，诸法都颇有深意。

他百思不得其解，只是努力将之记在心中，以待他日与耀阳重逢时，兄弟俩共同探讨。

倚弦虽然天资过人，但毕竟未曾真正得到名师指点，通晓入道法要，所凭仗的也只是昔日蚩伯一些含含糊糊的提点，以及那一卷《玄法要诀》，自行误打误撞和耀阳瞎自琢磨。虽然后来又偷听了太乙真人传与哪吒的《阴阳法要》，但真正对运用他体内归元魔能有所帮助的诀要，却未曾学到几分。

所以，虽然琅寰洞天中有着许多精妙深湛的魔门秘籍任他翻阅，但于他真正的补益却无多大。也正是如此，闻仲才放心将其软禁在自己九离族的要地中，无所顾忌。但却不知以倚弦过目不忘的天资，许多重要典籍早已被他记住，虽然暂时无用，却对他日后的法道修炼有着莫大裨益。

第三天一大早，闻仲便径直来到琅寰洞天，倚弦见他面上神光隐现，无形的压力显露无遗，显然伤势已经好得差不多了，心下不由暗暗叫糟，只怕这样一来，逃走就更加不易了。

闻仲见倚弦正在那里等他，微微点了点头，道："本族百年一度的祭天祭祖仪式立时便要开始了，你现在的身份是本宗唯一弟子，所以必须参加祭天！"

倚弦暗自心喜，素柔说的果然没错，于是故作惊讶道："我也要参加？我可不懂你们九离族的祭天仪式，到时要是露馅，被人识破身份，可怪不得我。"

闻仲一挥袖袍，无形压力暴涨，突然间双目神光暴射，凌厉的眼神直盯倚弦，似乎想看到倚弦的内心深处。倚弦装作若无其事的样子，心内也不停在打鼓，深怕闻仲看出什么破绽。

好一会儿，闻仲目中精芒才敛却，淡然道："你放心，本宗会教你详细应对之法，以及祭天大典上的举动，自是不怕他人能够识破。走吧！"

倚弦跟在闻仲身后，出了琅寰洞天，向离垢城东面行去。

一座高约数十丈的祭台矗立在离垢城偏东之处，配着周围的地势，显出一种抗天逆命的气势，祭台四周是一片能容纳数万人的广场，地面皆是青绿色玉石铺就，光可鉴影，人走在上面，如走在镜中一般。

祭台共分三层，每一层高下约相差丈许，整个祭台以合抱粗的大木搭成，成八角形状，每层皆立有八面神幡，幡上烟云缭绕，画着乾、坤、艮、兑、坎、离、震、巽八卦真形。而最上一层，更立着一个约有一人高的青铜巨鼎，鼎腹周围刻着许多道出不名字的狰狞怪兽，栩栩如生，不知做什么用途。

此时，除了祭台上空无一人外，广场上已经挤满了九离氏族民，黑压压的一片，偏又一点声音也没有，众人都一副既敬且威的神情，低头等待着这百年一次祭天大典的开始。

就在这一片难得的寂静中，不知从何处忽然传来一阵震天响的鼓声，半晌，鼓声停止，众人欢呼一声，其声几可撼天，人群齐齐向两边分开，露出一条路来。

八名身着青绿长裙的艳丽少女，手捧乐器羽扇，引着一队人以特定的步伐缓缓走来。

当头一人，三目异相，正是东圣九离氏宗主闻仲，这时只见他头戴冲天冠，身着一袭青色长袍，袍上绣着一条面目怪异的五爪飞龙，外面罩着玄色披风，与他平时狂放孤傲之不世神态相比，更多出三分凝重有如山岳的宗师气概。

他身后紧跟着的是九离氏四大长老，依次是蚩螟、魇婆婆、无鸢、申公豹。倚弦化身为九离宗主闻仲唯一的弟子杨戬，走在申公豹后面，他后面是粗犷豪壮的离垢神将赣乾，其后才是蚩犹、无棣、老哮等等数十名二代的弟子。

倚弦平心静气，在数万人的欢呼声中，按着闻仲所授特定步伐走在申公豹后面，深怕错了一步，让人瞧出破绽，而且，这时他亦感应到，初进离垢城时那厚重若木的无形压力弱了许多，心知这正是素柔所说的，祭祀开始，离垢城的护城结界便要弱却三分，正自细心感应之际，却根本没注意到身后有两道阴狠的目光始终不离不弃地盯着他。

闻仲走到祭台前站定，将双手高高举起，九离族民见自己宗主做出这个动作，再次欢呼一声，倚弦正给这数万人的竭力呼叫之声震得心魂皆动，这一声欢呼过后，全场又再度静了下来。倚弦暗自吁了口气。

闻仲身形一动，已经遁飞至祭台最高处。

倚弦抬眼望去，却见闻仲正绕着那巨鼎作禹步行走，做着各种奇异而有节奏的祭天仪式，口中发出洪大而诡异的咒声，手挽魔诀一指，一点金色火星立时发出，投入那巨鼎中。

众人来到后寨一个大牛皮帐篷内，内里设立五席，崇侯虎居当中主席，苏护坐在右首第一席，下首是余侯，一个二十几岁，吊儿郎当，面色惨白的年轻人。对面是蔡侯，五十多岁声若洪钟的红脸老人。左下首则是阌侯，一个愁眉苦脸的中年人。耀阳等几个护卫则坐在各自君侯的身后。

崇侯虎开口道："各位君侯赏面远道而来，本侯感激不尽，大家先尽情吃喝，其他之事，稍后再议。"

众人齐声道好，开始瓜分席间由崇侯虎带来的北地珍稀异物，然而众人都食不知味，只有耀阳早已看得口水暗吞，趁着这个机会好好吃了几道稀罕菜，像是什么烤梅花鹿腿、清蒸熊掌等等，却丝毫没注意到整个宴会的气氛有些沉闷。

半晌过后，崇侯虎见众人吃喝的差不多了，于是拍了拍巴掌，将众人目光集中过来，开口道："各位，如今饮宴完毕，不如我们商议点正事吧！"

余侯立刻附声应道："北侯请说！"

苏护和蔡侯、阕侯对视一眼，道："北侯请讲。"

崇侯虎示意下人将席上酒菜撤走，只有耀阳一人还依依不舍口中的食物，大口吞咽着，还不忘从将被搬走的桌席上拿过数样菜肴。

只听崇侯虎清了清嗓音，道："前些日子，文侯与建侯不听我之号令，因商主赐我专伐之责，所以我直接将他们剿灭。不知各位君侯可有异议？"

余侯立刻接声道："不听号令，自然该伐，北侯所做非常合理。"

众人眉头皆不由一皱，耀阳心中更是看不起这个脸白唇青，只知道拍崇侯虎马屁的小白脸。

蔡侯看了看其他几位诸侯，大声道："北伯侯总领北方两百诸侯，征伐一两个不听话的小诸侯，乃是小事，何况伯侯都已灭了文、建两侯，今天就不用谈这件事了。却不知北伯为何约我等会猎旄山呢？"

崇侯虎干笑一声，道："旄山新近发现一对怪物伤人无数，我派手下查探之后，才知是一对天昊异兽。据闻天昊异兽有三只头，性情暴虐。这几日秋高气爽，正是行猎的好时日，故而约各位来此会猎，不但可猎得珍稀异兽，更可为民除害、造福一方，如此好事，怎能不为呢？"

一直没开口的阕侯道："伯侯，既然行猎不如趁早，我阕城离此路途较远，为防备北方的蛮夷，国内囤积了不少重兵，所以此次前来只带了四百勇士，希望伯侯体谅一二。"

崇侯虎大笑数声，道：“我请各位来，就是为了会猎而已，而且可以加深我们之间的了解和感情。既然阌侯要求早日行猎，我看不如就明日吧，不过行猎须得有彩头，不知各位可否同我一博呢？”

众人点头称好，原来诸侯行猎确有不成文的规定，相互之间互换彩头，胜者可得猎物和彩金。

苏护问道：“那彩头为何呢？”

崇侯虎笑道：“不如我们各写一个彩头放入盆中，只有胜者方可实现打开彩头来看，如何？”

众人一听，立刻交头接耳议论起来，苏护也眉头紧皱，犹豫再三。

耀阳闻言大声道：“怎么有这么不合理的提议，若是你写的彩头是败者献地或自裁之类的，那该如何？”

此语一出，众人全都愣住，呆望向暴起而言的耀阳。

第四十一章　问天魔舞

“轰——”

只听一声巨响，巨鼎中立时冒出一股碧焰，约有数丈高，熊熊烧向天空，映得周围的人与事物一片碧绿。

火焰冒出，祭台下八名手持乐器的女子立时将手中的乐器吹响，肃严庄重的乐声便响在整个离垢城中，只是在倚弦耳中听来，却隐含凶杀之声。正在倾听时，他一眼瞧见风姿绰约的云雨妍带着八名舞女自天而降，落在祭台的第二层，随着乐声翩然起舞。

四大长老亦同时站到了第三层祭台上，齐齐跪了下来。只剩下倚弦和其他人站在祭台的最前面。

四大长老一跪下，祭台下的数万九离族民也齐齐跪了下来，倚弦事先已由闻仲指示过，知道这是九离氏祭天大典的仪式，早已跪了下来，只不过其他人都是诚心诚意地跪下，他不过是敷衍了事做个样子，故而不像其他人诚惶诚恐，径自张眼偷看。

祭台上，云雨妍正率众而舞，只见她裙带翻飞，玉臂清寒，举手投足间，风华绝代，整个舞姿虽然全是一众女子所跳，其柔媚之姿给人的感受竟然是一种说不出的豪迈不羁，让人热血沸腾，犹其配着激昂的声乐，和时不时传来震撼人心的鼓声，让人有种置身战阵杀场中，万千军马杀向敌人，若不杀敌便不能扬眉吐气之意概。

倚弦虽然与耀阳在“虚灵幻境”中经历过那似真实幻的上古神魔大战，但对这九离魔族祭跳所跳之舞带来的震撼还是不由大感惊讶。孰不知，云雨妍所跳之舞名为“问天魔舞”，本为魔族所创祭祀上古魔神之舞，其意本自用来祈求魔神庇佑自己，随心所欲，故而能振人心神，鼓人斗志。

魔族自经二次神魔大战后，纷纷衰弱，魔门各族无时无刻不想着如何让本族再度恢复以前的威风，故而九离氏以此“问天魔舞”为祭天之舞，正是为了激起族人自前代宗主蚩尤死后再次掘起的决心，只不过自第二次神魔大战后，“问天魔舞”已然在魔族失传，却不知为何给“妖中之师”元中邪得了去，故而，九离氏不得不请“妖师”元中邪前来助舞。

倚弦正自看得出神，猛听得闻仲大声喝道：“后民九离，蚩姓一族，敬启上苍，茫茫混宇，生天地人，天地之物，无不为贵，九离威赫，天下皆尊……”

其声沉重雄浑，响彻在整个离垢城的上空，充满了说不清楚的魔力，闻仲将手中魔诀一放，巨鼎中的绿色火焰呼地一声直冲云霄，散了开来，化作满天火花，灿烂无比。下面诸人忽地再大声欢呼，立了起来，跟着大吼道：“后民九离，蚩姓一族，敬启上苍，茫茫混宇，生天地人，所有之物，无不为贵，九离威赫，天下皆尊……”

顿时间如平地风雷轰轰直响，所有人都随着乐声，模仿祭台上云雨妍的舞姿，狂跳乱舞，满脸俱是痴狂之态，倚弦吓了一跳，这才想起闻仲说的话，这是整个祭天仪式的高潮，这时的闻仲正以奇怪的步伐进行祭天仪式的最重要部分，心无旁骛。

此时正是素柔所说的脱身最好时机，倚弦连忙站起身，随着众人乱跳乱舞，口里胡言乱语随着众人大喊，身子却慢慢向外移去。

这时，九离族族民狂热起舞，谁也不曾注意到，宗主的得意弟子杨戬会随他们起舞的同时慢慢移到了整个广场的最边缘上。

此时，崇侯虎身后一个身材修长有致，玉面星目，白衣华服掩不住充满野性力量身躯的青年男子悠然起身，大喝道：“大胆，你是何人，竟敢在北伯侯面前如此放肆？”

苏护连忙拉耀阳坐下，道：“此乃本侯手下之人，不懂规矩，还望北伯千万不要怪罪。不过，他适才所言也非妄论，若胜者要求极不合理，那又该如何?”

崇侯虎瞥了一眼身后的白衣男子，相互交换一个眼色，然后环视众人道:“这要求自然只能是合理的，如果是过分的要求，败者不答应便是。”

苏护看众人提不出什么异议，只得坐下。只有耀阳看着崇侯虎身后那名白衣男子，觉得有点眼熟，却怎么想不起来是否以前见过。

崇侯虎大喜，见无人反对，便道：“既然无人反对，那么各位我们明日上午各自从不同的路口入山狩猎，以猎得公天昊者为胜，现在就此写下各自的彩头，投入盆中吧。”说完，崇侯虎首先在一块简木上写下几字，第一个投入盆中。

众人无法，只得各自投入自己写下的彩头，然后散去歇息。

苏护带着耀阳回到营地，一路上沉默不语。耀阳不熟悉各侯国之间的关系，也不敢乱说话，只得默默跟在身后，只是一股难以形容的感觉涌上心头，似有一种神秘无形的压力，影响着他平静的心情。

耀阳不自觉将元能提升至极限，顿觉傍晚的夜空立时明亮起来，他也对自己新肉身还不是很清楚，像现在一运元能，目力居然成倍数增强，可是前所未有之事。只是心头的危险感一闪而逝，然后便再也感应不到任何不妥的气氛。

此时，苏护、耀阳等人已回到自家营地，苏护让耀阳和自己一起回主帐歇息。

苏护坐在油灯前发呆，耀阳忍不住问道：“君侯为何担扰?”

苏护长叹一声，道：“北伯侯兵力雄厚，军营中至少有五千人马，而我只带了一千人前来。虽然说是会猎，恐怕意不在此，恐怕明天的狩猎并不好过。耀公子，现在我们多想无益，倒不如好好休息，明天可要好好去猎那什么天昊异兽。”

耀阳不敢将心中的危机感说出来，只得暂时藏在心中，默默在帐篷内一角打坐休息。

次日清晨，山中那如小儿悲鸣的怪兽叫声又自响起，比起昨日又近了几分。

苏护营帐中，郑伦上前禀报道：“君侯，末将昨日晚上就已派探子打探这山中的情形。这里山势险峻，内里密林甚广，探子探了几里就无法前进，山上都是崎岖小路，战车恐怕无法行进，君侯今日怕是只能乘马了。”

苏护点头道：“如此也好，耀公子，郑将军，我们走吧。”

众人行出帐外，将士分头照崇侯虎所说吩咐下去，道：“此次猎物名为天昊，猎得公者为胜。若见到奇怪之兽，让军士以弓箭射杀即可。”

苏护的大军从山口慢慢搜索前进，山势越来越陡峭，草木旺盛，就连马匹也无法行进，眼看这样寻找也不是办法。郑伦知道密林里人多堆在一起，反而不利狩猎，便开言说道：“君侯，人多了在山中密林反而不利狩猎，怪物见人多也未必敢出来，不如我们分做几队搜索寻找，不知你意下如何?”

苏护思忖片刻，道：“大军先休息片刻，然后大家再分二路寻找，我和耀公子为一队，郑将军为一队吧。若是找到异兽，可以借锣鼓为号。”

休息片刻后，苏护带着耀阳领一队兵士在密林中不停搜索。

突然，附近一个耳朵大大的兵士对着耀阳打了个暗号。耀阳一看，不由笑了起来，顺风耳那硕大的耳朵藏在盔帽之下，显得极为奇怪，他强忍住笑意，走过去问道：“什么事情?”

顺风耳指向山的北面，肃容道：“我方才听到许多人的惨叫，还有猛兽怪异的号叫声。”

倚弦挤出人群，松了一口气，但从数万人的人群中挤出来，颇费了好大一番功夫。这时，他隔着人群远远眺望祭台，祭天仪式正如火如荼地举行，闻仲仍旧领着九离族民喊着祭天之词。

倚弦借着地形的掩饰，飞速向素柔的药庐遁去。不一会儿，他便到了素柔所在的药庐。

“是倚公子吗?”倚弦听得药庐里传来素柔温和的声音。

倚弦忙道:“是我，素柔姑娘，现在他们正如你所说，在举行祭天大典，没有人发现我来此。”

“倚公子!”门内的素柔低声道，“你先进来吧。”

随着素柔的柔声话语，药庐的门缓缓打开，倚弦踏进药庐，门又自动关上。

倚弦甫一踏进药庐，便见素柔换了一身淡黄色衣裳，站在一红色的石丹炉面前，丹炉底下烈焰熊熊，药庐中透出一股奇怪的香气，素柔正将一些东西不停投入丹炉中，炉中不时有五色彩烟冒出。

倚弦惊讶地看着她，不知她在做什么。

“请倚公子稍待片刻。”素柔回身朝他勉强一笑，径自把几片形似海鱼模样的叶子投入炉中，自言自语道:“加上这千年黄麵叶，总该成了吧。”

倚弦看着有趣，忍不住问道:“素柔姑娘，你在做什么，我们不是要逃走吗?”

素柔却始终看着丹炉上升腾而起的烟雾，眉头紧紧皱起。

倚弦还想再问，丹炉底下的烈焰猛地往里一收，丹炉上的五色烟雾倏地凝结成一五色莲花，光华灿灿，瞬息之间便由花蕾盛开成一朵莲花，莲心托着一粒色作火红的丹药。

丹药一现出，整个药庐那奇异的香味立时更加浓烈，素柔欢呼一声:“成了!”说着，她连忙取出一个巴掌大小的锦盒，伸手一招，药丸飞入其手，素柔将之藏入盒中，然后珍而重之地把锦盒放进怀里，吁了口气，这才向一旁目瞪口呆的倚弦道:“倚公子，我们快走吧。”

倚弦这才回过神来，道:“素柔姑娘，刚才，刚才你……”

素柔急道:“倚公子，现在不是说这个的时候，祭天大典这时差不多接近结束了，我们再不走的话，被发现就糟了。”

倚弦不明白她既然知道时间紧迫，为何刚才还有空闲炼药，究竟是什么药竟然如此重要，但她此时脸上神情焦急无比，绝非假装，便不多问，两人匆匆遁起身形，向离垢城的出口“魔蓝结界”赶去。

离垢城出口的上空，依然是白云如雪，无有穷尽，云中那淡蓝色的光球中所射出的无数光张交织而成的光网却比倚弦初进离垢城时弱了许多，那结界所蕴含的狂暴力量，倚弦也感应到弱了许多。

素柔十指交缠，口中含诵咒语，释放出重重魔能，融入眼前的结界当中，过了好一会儿才向倚弦道："倚公子，因祭天大典导致离垢城乙木之气比平时要弱却三分，再加上刚才我以九离氏秘诀将'魔蓝结界'的威力又压低几分，现在只要公子紧随我的步伐，必然能安然逃离。"

倚弦点了点头，正待答话，忽然自后面传来一声冷笑，素柔闻声立时神色大变。

一个破锣般的声音已遥遥传来："好丫头，老身待你不薄，你却趁此机会妄图逃出这离垢城，想都别想！"其声凄厉，如老枭夜啼，极为尖锐。

倚弦听出那声音正是那个冷脸女长老魇婆婆的声音，心头也自一颤。就在这片刻之间，一阵极为强烈的破空之声响过，魇婆婆那张鸠目鹰鼻如橘皮般的脸已然出现在两人面前。

但令倚弦与素柔感到意外的是，魇婆婆身后还跟着一人，竟然是长老蚩螟之子蚩犹。

却原来蚩犹平日便与杨戬有过节，前日在为云雨妍接风洗尘的宴会上，杨戬更是抢走了他的风头，故而一直怀恨在心，后来知杨戬最近与素柔有些不清不楚，于是在祭天大典上一直注意着他，见他溜到素柔的药庐，以为杨戬要带着素柔逃离，便连忙通知了魇婆婆。想不到歪打正着破坏了倚弦与素柔的逃跑大计。

此时，蚩犹面带得色地看着倚弦，装模作样地讥笑道："哈，戬少敢情是只爱美人不爱天下，原来想和素柔贱婢私奔，只不过还不知宗主他老人家答不答应，就算是宗主答应了，却不知戬少有没有问过魇长老。"

倚弦听他言辞刻薄，正想着说什么话来回击他一番时，魇婆婆朝他恶狠狠地瞪了一眼，道："杨戬，你好大胆子，待会儿我定要请宗主交待个明白！"说着，把脸转向素柔，先是阴阴地冷笑两声，然后才道，"丫头，别不识抬举，当年若不是老身救你一命，你焉能活到今日，且跟我回去，然后将我要的东西背出来。不然，老身可不客气了！”

她本来正与其他长老随闻仲一起祭天，得蚩犹告密，说杨戬欲将素柔带走，不由又惊又怒，她费了几百年心血尚未逼问出《圣元本草经》，如何肯甘心，便匆匆赶了过来，正巧阻住二人。

但她碍于闻仲，不便对杨戬责备什么，只想将素柔带回药庐禁制起来，尽快逼她交出《圣元本草经》。

谁知素柔一反常日逆来顺受之态，秀眉一扬，整个人抖擞出一股凛然不可侵犯的浩然气势，毅然道：“婆婆，你死了这条心吧，《圣元本草经》我早就忘了，这离垢城我也不想再待下去了！”

魔婆婆听她这么说，脸上神色狰狞可怖地道：“贱丫头，真不知死活。老身今日叫你知道知道厉害！”双手一举，强大的魔能立时透出，一股青魅异芒直扑向素柔。

倚弦大惊，以他的性子如何能对这种场面视而不见，正要挺身而出之时，蚩犹已经拦在他面前嘻皮笑脸地道：“戬少想英雄救美吗？”

蚩犹伸臂拦住倚弦，正大感得意之际，却猛听得身后一声巨响，魔婆婆枭叫道：“贱丫头，你竟然自毁数百年道基……”话未说完，她似乎为了躲避某种可怕的攻击，已然抢先遁走。

蚩犹还来不及反应过来这到底是怎么回事，背后一股锋锐的元能已然打在身上，而于此同时，倚弦也发动“傲寒诀”进击，一股冰冷魔能直袭蚩犹，蚩犹一时间猝不及防，先被素柔伤着后背，再中了倚弦的“傲寒诀”，不由怪叫一声，受伤之余，化作一道灰光遁走。

倚弦松了口气，他刚才面对素柔与魔婆婆，亲眼看见素柔忽然之间全身放光，大展神威，将魔婆婆与蚩犹一击打跑，正舒了口气，猛然见素柔一张脸涨得通红，全身发出的那种圣洁光芒瞬息间衰弱了下去，不禁吓了一跳，忙问道：“素柔姑娘，你怎么了？”

素柔也不答话，深吸了一口气，一把拉起倚弦，以一种奇怪的步伐不停穿梭在“魔蓝结界”中，倚弦不知她到底出了什么事，见她脸上气色越来越差，心下暗自担心。好在他是魂灵魄体，所用杨戬肉身也是闻仲虚化出来的，素柔带着也不觉吃力。

不到片刻工夫，两人便穿过“魔蓝结界”那重重白云幻境。

一出离垢城，素柔仍然不说话，竟自带着倚弦向南急遁，只是遁飞不到数百里路程，素柔的脸色急速转白，闷哼一声，口中鲜血狂喷，从空中急坠而下。

倚弦一路见素柔情形不对，已然做好准备，但见素柔口中鲜血如雨飞下，还是大出意外，幸好他临危不乱，一把揽住素柔，体内归元异能运转如风，施展“风遁”径自往下落去。

落至地面一看，却是一处荒无人烟的山顶，四处绿木参天。倚弦将素柔小心翼翼靠着一株大树放下，眼见素柔一脸灵气十足的脸上已经惨白一片，口中鲜血兀自流个不停，人已经接近晕迷，不由大是着急，不知该如何救治才好，只有低声不停叫道：“素柔，素柔……”

素柔娇躯一震，已经合上的双眼忽然睁开，目中射出欢喜的光芒，苍白的脸上也现出一丝红晕，轻声道：“戬哥，是你么……”语声中竟有说不出的温柔。

随即，素柔的眼神黯淡下来，咳出一口鲜血，道：“你……不是戬哥，你是倚弦公子。”

倚弦连连点头道：“是我，素柔姑娘，你怎么样了，你伤得怎么样了？要吃什么药么，我去帮你找？”

素柔喘了口气，摇了摇头道：“倚公子，不用费力了。为了在祭天大典结束前逃离离垢城，我只有以本命元根暴增元能，释出‘本元噬魂魔诀’才将魔婆婆吓退，而我数百年修炼的道基也因此毁却，此时怕是已经油尽灯枯，返魂无术了。”

倚弦听得眼圈一红，眼看素柔就要死在自己面前，除了自责他竟一筹莫展，什么也做不了。

此时，素柔又道：“倚公子，我快要死了，你能不能告诉我一句实话？”

倚弦忙道：“你尽管问，我一定如实相告。”

素柔眼中异样的光芒一闪而过，道：“戬……戬哥他到底是死是活？”

倚弦心中犹豫，但甫一触及素柔眼神，心中一震，忙道：“我实在不知杨戬他现在到底在何处。只是我被闻仲所捉，在他要求下被迫扮成杨戬而已，其他的我真的不知道！”

素柔惨然一笑，道：“我明白了，我明白了，难怪那一日在炼丹时，我心中感应到一种说不出的难受，戬哥他一定……一定已经遭遇不测，否则，闻仲宗主也不会让你假扮戬哥，来稳住离垢城上下的民心。”

素柔喘了口气，又道：“可是，我始终不肯相信戬哥已经死了，他答应过我，绝不会离我而去的，我还是相信，戬哥他还活在人间……倚公子，如果有一天，你遇上戬哥，麻烦你转告他，素柔始终没有忘记那一夜在‘凌风阁’中他与我讲过的每一句话，始终没有，可是这几百年来我好累……”

说到这里，素柔的声音越来越低。

倚弦急得大叫道：“素柔姑娘，你别忘了，你还要去找你的弟弟土行孙，还要解除有炎氏一族的本命禁咒，你还有许多事要做，你是绝不能这样就死的！”

这句话让几乎已经走到生命尽头的素柔再次睁开眼睛，咳出一口鲜血，提起最后一口气道：“倚公子，多谢你提醒我，素柔确实还要有一件事情托付你，是关于《圣元本草经》的……我一直记在心里，我背给你听，以待他年你再传于有炎氏后人，至于本命禁制我也炼出‘二相丹’足可破解……”

倚弦急忙拦住她的话，道：“我不想听，我要你自己讲与有炎氏族人知道，也由你自己去替所有有炎氏族人破除他们的本命禁咒！”

素柔喃喃低语道：“我……怕是等不到了……”

就在这时，一阵阴鸷长笑由远及近传来，一位高瘦男子破云而出，御风而来，眨眼工夫便到了二人眼前，手扶羊须，细眉小眼，赫然是九离氏新任长老——申公豹。

耀阳听顺风耳一说，吃了一惊，连忙再转头去看他身边的兄弟千里眼。

同样扮成兵士的千里眼手捏法诀，闭目搜索片刻道："我也看到了，有一只长着三只头的怪物正从那边跑过来……哇噻，它跑得太快了，恐怕就快到了。不对，那怪物身后居然还跟着一个穿白衣的年轻人。"

耀阳心中顿时想到昨日崇侯虎身后那个年轻人，连忙转身走到苏护身旁，道："君侯，正有怪物自山北方向这边杀来，请兵士们早做准备，顺便赶快召回郑将军护驾。"

苏护惊异地望了耀阳一眼，大声对周围兵士喝道："众将士小心戒备，弓箭手尽数指向北山，怪物异兽就要杀过来了。"同时，苏护指示身边之人以锣鼓招回郑伦。

好在刚刚分开不久，不过片刻，郑伦已带人回来与苏护会合，苏护指挥众军士结阵而立。郑伦则道："君侯乃千金之躯，不宜孤身犯险，莫如先回营地再做打算。"

苏护正自踌躇之时，一声凌厉凄惨的吼声伴随着一股怪风自北山卷起。一只怪物异兽三头成品字形挤在项上，身体若蛮牛大小，似虎似豹，五爪锋利尖锐，口中呼啸怪异叫声，六只血红似的眼睛恶狠狠地盯着众人，奔跑如风，顷刻间已经杀到众人面前。

耀阳看见这怪物口中爪中都还滴淌着鲜血，忙大声呼喊道："弓箭手快放箭，盾牌手快护住君侯，大家全都向营地撤退。"

天昊兽风驰电掣般向众人冲来，其势威不可挡，直接将前排的巨大盾牌阵撞倒，众军士的长戈短剑砍在天昊身上竟然丝毫无损，十几个举盾牌的军士站立不住，被巨大的盾牌压在身下，天昊则站立在盾牌之上，做势继续向众人扑来。

盾牌之下，众军士的惨叫声不绝于耳，余人皆骇然大惊。

苏护大惊，颤声道："快放箭。"

此时一众弓箭手才反应过来，弓箭如雨点般飞快落下，射在天昊身上噌噌做响，如射在铜墙铁壁一般，耀阳大惊，道："郑将军，你带着君侯，向后撤退，这里让我来顶住。"

谁知话语尚未落下，一众兵士在天昊闪电般的三头撕咬之下，已经损失大半，郑伦厉吼一声，如飓风般狂飙向天昊，手中长戈闪电般的直刺向天昊三头中间的一头。不料天昊突的直立起来，一只前爪直拍向长戈，另一只前爪则朝郑伦当胸处猛的挖了过去。

郑伦哪曾想到此物竟如此通灵，手中长戈立时被天昊前爪荡开，眼看就要命丧在天昊爪下。

耀阳眼看无法救助，心头一动，《玄法要诀》中关于防护结界的记载从脑中一闪而过，归元异能在体内不停流转，汹涌而出，随着耀阳掌中法决虚虚实实的引领，元能由虚成实，形成一道五色斑斓、彩霞流转的异能结界，飞掠而出，适时挡在郑伦身前。

电光石火之间，天昊的前爪击在五彩结界之上，轰然作响。

天昊狂性大发，不停击打着耀阳的结界。

耀阳大叫道："君侯、郑将军、千里眼、顺风耳快快躲到我身边来。"他一边说一边勉力维持着结界，按照《玄法要诀》上的法决指引，耀阳轻施掌指引带，真咒法诀便促使体内五行玄能，将身前结界扩成一圈可供四五人合立的圆形护界。

千里眼和顺风耳早就躲在耀阳身后，郑伦和苏护见此异景，也急忙跑了过来。

耀阳深吸一口气，手捏灵诀，使出风遁术，以结界带着四人逃离险地，而那只天昊异兽见无力伤及众人，只能眼睁睁看着他们遁飞而去。

遁行不过片刻，耀阳便感觉体内元能消耗太大，发觉渐有体力不支之象，忙落下山头，道："郑将军，你带着君侯先走，刚刚我看那怪物身后还跟了一个驱兽之人，所以为防意外，我来殿后！"

郑伦眼中充满感激，对着耀阳行了一礼，带着苏护便向营地逃去。

耀阳定了定神，这才发现千里眼和顺风耳不知什么时候离开了他的结界，想到二人可能早已逃走，耀阳不由苦笑数声。开始在密林里全力收敛心神气息，生怕被天昊异兽身后的高手发现。

正抽身急走之际，耀阳心念神识一动，一种熟悉的感觉充斥心中，他知道是小仙来了。

还不等他训斥小仙，小仙已从密林中的乱石丛中跳出，慌声道：“耀大哥，不好了，千里眼和顺风耳被人抓住了。”

耀阳闻言一愣，道：“在什么地方，快带我去!”

小仙急忙带着耀阳向山后遁去，一边遁行一边解释，原来千里眼和顺风耳方才生怕因跟着耀阳惹来杀身之祸，所以中途擅自离开了耀阳所布的护界。然而因为他们是妖怪之身，气味独特，所以不到片刻便被天昊发现，遭到异兽攻击，更被随后而至的驱兽人所擒。

两人来到山后一处断崖，只见离悬崖极近的一片空地之上，千里眼、顺风耳和天昊一起被关在一个透明结界之中，两人早已遍体鳞伤，天昊则像猫戏老鼠般调戏二人，时而扑击威吓二人，时而撕抓二人为戏。千里眼和顺风耳则勉力支持。旁边另有一白衣华服的年轻男子正悠然自得地看着他们，脸上残忍的嬉戏之色一闪而过。

耀阳勃然大怒，先是安顿好小仙，然后长身扑入断崖。

白衣男子头猛的一抬，眼中神光暴射，道：“何方宵小，竟敢扰我好事?”

耀阳感应到此人身上雄厚的魔能，再想起此人正是昨日崇侯虎身后所立之人，看着眼前似曾相识的脸庞，耀阳突然想起，此人长得和北夷刑天氏的刑天放有八九分相似，恍然大悟道：“我以为是谁呢？原来你是北夷刑天氏的高手，而且应该就是刑天放的弟弟刑天抗吧。”

白衣男子阴凄的目光在双眼中不停闪耀，再次感应到对方体内似有还无的强劲魔能，心中生疑，道：“哼，你究竟是何人门下?”看着耀阳吊儿郎当的样子，他心中不由充满杀机。

耀阳冷笑道：“魔宗年轻一辈的高手怎么和两个小妖怪一般见识，也不怕辱没了身份?”

刑天抗冷冷的一笑，道：“你是第一个敢这么和我说话的人。你想我放了他们？哈哈，有种自己来拿!”说完，他潜运全身魔能，刑天氏无上魔诀——“吞日蚀月诀”如闪电般结印而出，一股黑色雾芒若有实质般击向耀阳。

相距太近，攻击太快，耀阳猝不及防之下，只运转了微少元能结成结界，这薄弱的五彩结界被雾芒一击而破，对方的魔能重重击在耀阳身上。耀阳只觉得身体似被大铁锤狠狠击打，当下就被打得趴倒在地，五脏六腑揪做一团，几乎动弹不得。

刑天抗不以为意地笑了笑，道："你不过也是一个无名小卒，能死在我一击之下，也算是天大的福气了！"

耀阳只觉得五脏六腑之内适时生出五种异能，分别依五行禀性相生循环不息，刚才所受之伤在片刻间已然痊愈。耀阳不敢置信地拍了拍身上的尘土，轻松地站了起来，道："刑天抗，你哪只狗眼见到本少爷有事了？"耀阳说着挥动体内异能，激起"天火炎诀"朝刑天抗袭去。

刑天抗脸上神色不定，也不答言，随身一别便闪过耀阳的攻击，反扑而上，直接动手，身形如闪电急飞，三两下又将耀阳打倒在地。

耀阳百思不得其解，不知为何他的结界总是会被刑天抗击破，难道归元异能也比不上对方的魔能？虽然他有这种怀疑，但好在每次受伤，体内的五行异能都会复又出现，将伤势一一修复，这让耀阳心中多少一喜，似乎身体每被打一次，体内的异能就被多激活几分，身体也更强韧几分，就连伤口也愈合得比别人快。

经过数次后，他再度艰难地站起来，身上衣衫尽破，两眼仍旧毫无所惧的紧紧盯着刑天抗。

刑天抗非常不喜欢耀阳挑衅的眼神，鼻中冷哼一声，"吞日蚀月诀"再次而出，三股雾芒一浪接一浪的向耀阳袭去。耀阳目中神光暴射，双目终于捕捉到刑天抗的细微动作转折，"七真妙法指"微微捻动，"天火炎诀"飞射而出，一团斗大的五色火球向雾芒迎去。

"噗"的一声，火球和第一道雾芒同归于无，但第二三道黑烟仍接踵而来，准确无误地击中耀阳周身要害。耀阳想起被困在结界之中的千里眼和顺风耳，心中不由一动，躯体借两股黑烟之力击中之力，全身紧绷倒飞而回，运足元能撞向结界。

“轰”的一声巨响，结界被耀阳的归元异能撞开一个大窟窿，耀阳忍着全身痛意，抓起千里眼和顺风耳向远处扔去，一边却用“天火炎诀”抵挡住同样脱困而出的天昊。

刑天抗早已对眼前这名不怕打的少年生出惧意，此时看准机会，凝全身魔能合而为一，迸发出“吞日蚀月诀”中威力最大也最耗魔元的“毁天灭地”，狂然如潮般击向耀阳。

耀阳原本自恃五行玄能护体，根本不惧对方再如何厉害的魔能，但此际只觉背心一痛，一股完全不同于方才的狂然巨力击中自己，身躯感应到撕心裂肺般的无尽疼痛，不由如断鸢一般向悬崖外落下。

倚弦倏然一惊，翻身护在素柔娇躯前，故作镇定道：“申长老不去参加祭天盛典，却跑来此处做甚?”

申公豹阴冷一笑，道：“哼！好一个不知恩图报的小混蛋，若不是本长老略施小计替你们阻住那老乞婆，就凭你们那点微末本领怎么可能逃得出来呢。”

倚弦恍然大悟，失声道：“原来这一切都是你老儿在搞鬼……”

“啪！啪!”两声脆响过后，倚弦脸上多出两道掌指印，申公豹哼道：“这只是一点小小教训，你如果再口无遮拦，可就不要怪本长老手下无情!”

倚弦抹掉嘴角血迹，冷然瞪视着申公豹。

素柔强撑一口气，对申公豹道：“你安排这一切无非是想达到某种目的？说吧……”

申公豹狂笑道：“不错，还是素柔你明白。本长老跟那老乞婆一样，是为了《圣元本草经》而来，什么闻仲，什么魔棂，作后还不是都被我玩弄于股掌之间，哈……”

倚弦冷笑道：“你诡计得逞又能如何？《圣元本草经》你却再也休想得到!”

申公豹嘴角泛起一丝得意嘲笑，玩弄般地问道：“哦?”

倚弦一脸痛苦，道：“因为……因为她就要死了!”

申公豹笑道："不妨，老夫自有准备！"说罢，他袖袍一挥，一股凛冽魔能应运而生，将挡在素柔身前的倚弦拂开，然后探出右手遥对素柔一推一引，藏于素柔身上那个玲珑秀巧的锦盒就已到了他的手中。

申公豹阴笑道："就是此物！"

素柔没有动，只因她已经没有任何力气作出反应了。

倚弦立时跑回素柔身前，关切问道："你没事吧？"素柔摇头，借着倚弦身体挡住申公豹的目光，用手指在他手心划道："紧记本草经，翻覆调转，截二取一！"

倚弦一片茫然，不知素柔划的那几个字是什么意思。

申公豹来到近前，一把将倚弦推开，掀开手中锦盒盒盖取出"二相丹"，翻手将其弹进素柔口中，道："丫头，如果你想这小子的命活长一点，就把那《圣元本草经》乖乖念出来！"

倚弦心中纳闷："如果这丹药可以治愈素柔的伤势，为什么方才素柔不将它用来救助自身呢？"

正在倚弦疑惑的时候，申公豹阴森的声音又自传来道："臭小子，我虽然知道你不是杨戬，但却不想知道你是谁，只是想你知道，依你现在的修为根本不可能逃出我的手心，即便你能逃掉，她却是万万不能！"说着，他用干枯的手指点了点素柔。

倚弦心中万分恼火，却知道申公豹所说的是实话，也深知他阴狠毒辣、卑鄙无耻的行径作风，是以狠狠瞪了他一眼，走上前去想看看素柔伤势。

哪知申公豹一把挡在他的面前，冷冷道："她吃了自行炼制的'二相丹'，就绝对死不了，还有就是，为了《圣元本草经》能够货真价实，你以后都不许接近她三尺距离之内，直到她全部默背出来为止！"

倚弦听后心中大安，素柔终于有救了。

申公豹举手向空中打出一道召唤魔能，对两人道："我们该上路了！"

灵兽"天鸟"的嘶吼声远远传来……

第四十二章　万草灵经

万里极地，千山冰雪。急速飞掠的天乌在这银白世界那般的突兀，蓦然间它的速度慢了下来，踏空俯冲向一座巍峨雪山落去。山顶上一处巨大的洞口，涌出浪涛般的雾气，蒸腾直上，个中隐有红光闪烁，合着惨厉呼号的风声与无数的怒哮嚎哭清晰传出，更为予人诡异恐怖之感！

倚弦随申公豹折返向北行来此地已有两天，素柔的伤势看样子也已痊愈，却始终没有逃走的机会，使他心中烦躁不已。他却不知现在所处之地，乃是苦寒北涯之地一处万载玄冰火山上，据说此处已是到了大地的最北端，这万里荒寒不但凶禽猛兽不计其数，更有令人闻之变色的“冰凌暴风”，但若说到最为令人畏惧的地方，那就非这玄冰火山莫属了！

传说这冰火山腹内乃是魔门五族流放要犯的地方，山腹中存在一片遍布玄冰与熔浆的沼泽地，如巨兽利口般不定时出没，吞噬沼泽上的生物以及流放在此的魔宗中人，正是被魔宗之人视为末路的——

“冰火轮回狱”。

无尽险崖，风声呼呼。

“天乌”灵虎在茫茫白雾中飞速穿射，双眼中射出两道银光，照出山腹内一个比人高的洞口来。两只巨大怪鸟震翅嘶鸣，警戒地望着空中三人一兽，见其飞来登时大怒，不知死活的横翅欲扫。

申公豹摸着天乌的虎头，冷笑道：“这些好不识趣的畜生，天乌，看来你的晚餐有着落了。”

天乌闻言发出一声欢快嘶吼，爪踏虚空，极快的冲前迎上二鸟。申公豹嘴唇开合间，双手挥舞抖动，两股犀利魔能应势而出。两只怪鸟颇具灵性，待到魔能近身，立觉不对，想要转身逃奔，但却为时已晚。两声惨叫悲鸣过后，终于命丧魔掌。

但它们瘫软下去的身躯却不曾坠落，而是虚浮在天乌两侧飘进洞来，倚弦知是申公豹在作怪。天乌欢吼一声，将两只大鸟尸体拖进内洞去，以风卷残云之势撕嚼起来。

进得洞来，一股恶臭臊味立时钻入三人鼻息中，申公豹眉头一皱，显是对这鸟巢不甚满意。但当他望到洞中角落里那数只畏瑟成一团的幼鸟时，却忽然露出一丝暴虐的狞笑——

弹指间，十数道魔能激射幼鸟而去，一时间血肉飞溅，细羽纷飞，凄厉悲鸣不绝于耳，申公豹居然将幼鸟血肉抽丝剥茧般削去。

倚弦见这洞府主人一家在眨眼间就已尸骨无存，一时间不由呆愣当场。

原本在他杀害两只大鸟时就已心存不忍，但他看多了世间弱肉强食的事情，是以没有多说。但此时申公豹却连幼鸟也不放过，且手段如此残忍。

倚弦心中怒火暴涨，大声道："申公豹！你鸠占鹊巢也就罢了，为何还要如此毒辣杀害无辜弱小？"

素柔在旁早已吓得花容变色，不断扯弄倚弦衣角示意他不要再说下去，可是正在气头上的倚弦根本不曾在意。

申公豹静静听完，冷冷望着倚弦问道："你讲完了？"

倚弦想起以前所见申公豹种种，心头泛起一阵寒意，但低头望见那怪鸟一家大小仅剩的骨渣肉屑，又挺起胸脯冷哼道："讲完如何？没讲完又如何？难道你犯下暴行还不……"

"啪！"倚弦话未说完，就感脸上一阵火辣，挨了申公豹一巴掌。

申公豹阴鸷的脸庞已经到了近前，沉声道："这一掌是我教训你不知礼数！"说完，申公豹在倚弦还未反应之前又是一巴掌，道："这一掌是我教训你小子不识时务，不知自己是什么身份！”

倚弦掌中异能涌动，早已忍不住扑将上前，但他一眼瞥到身旁的素柔，再记起土蟞临死的嘱托，终是咽下心中一口恶气，扭过头去不再理会申公豹。

素柔从怀中掏出一颗丹药，拿到倚弦面前，道：“只是我自己炼制的丹药，尊使把它敷到脸上，肿痛自然会消失的。”

倚弦刚要伸手去拿，岂料申公豹却虚空一摄，将丹药抢了过去，抖手丢到洞外的万丈悬崖之下。

申公豹扬眉道：“老夫看你们是忘记先前老夫所说的话了……”话到此处，他忽然扫了两人一眼又道，“你们日后的距离最好保持在三尺之外！”

就这样，倚弦与素柔被申公豹关在这上不着天、下不着地的山洞里，每天除去休息、吃东西外，申公豹一直在逼迫素柔背写《圣元本草经》。素柔也出乎意料之外的合作，竟统统将《圣元本草经》背诵出来，申公豹着倚弦在旁用手一一收录下来。

转眼间过了三日，在素柔与倚弦日夜不停的努力下，万余字的《圣元本草经》终于就要完成。

这时，天乌吼啸声远远传来。眨眼间一只巨兽尸体被甩进洞中，天乌随后昂首睥睨地踏扑进洞。

申公豹抚摸着天乌的虎头，对倚弦道：“如果不想继续挨饿，就让那丫头快点把经书赶出来！”

倚弦冷哼一声，转首向素柔望去，他自小受苦惯了，当然不会担心自己挨不住。他只是在担心素柔的身体，只因素柔这两天的身体越来越差，令他以为素柔旧伤复发。

素柔苍白无力的俏脸上勉强挤出一丝笑容道：“素柔没事，可以继续。”

倚弦深叹口气，狠狠瞪了申公豹一眼，方才持起刻刀与竹简。

素柔深深望着倚弦的眼睛，有点气喘地道：“《圣元本草经》三册一十二卷最重要的就在这最后百余字，你……你要听好了!”

倚弦郑重地点头应是，又担心地道：“咱们不如休息一下吧，你好像……”

素柔打断道：“我现在不能停……”说完，素柔逐字逐句地背诵起来。

倚弦被她搅的心中忐忑不已，但看她坚决的样子，只好继续持刀刻字，申公豹在旁竖起耳朵听得摇头晃脑，一脸得意之色。

耀阳只感觉山风在耳边呼啸而过，整个人身不由己地往下直掉，穿过一层又一层的白云，却一直看不到底，仿佛这个悬崖无有尽头。

刑天抗的最后一击让耀阳口喷鲜血，身体竟然一时间无法控制，休说使出风遁术在空中稳住身体，就连体内的“归元魔能”竟也半点也使不上来，只能眼睁睁地看着自己笔直往下掉，心中不由破口大骂道：“他奶奶的，本少爷也忒倒霉了，不是掉进古墓，就是掉进冥界，要不就掉进湖底，现在倒好，还要从悬崖往下掉!”

耀阳正自心中埋怨，偏头一看，下面地上的嶙峋怪石触目皆是，忖道：“完了，完了！这次死定了，刚造出来的肉身又要摔个稀巴烂，他奶奶的。老天爷，你就不能让我好好活一回吗?”

在这时候，他还真希望那个讨人厌的骚狐狸再次出现在自己面前，不过，这种微乎其微的希望在耀阳越来越接近地面时破灭，他只有闭上眼睛，眼睁睁看着自己挟千钧之力朝一块大石上砸落下去。忽然间，耀阳只觉全身一震，整个人昏了过去。

旄山千丈悬崖下，老树盘根，怪石嶙峋。

妲已将妖能尽量发挥，遍及这悬崖下的每一寸地方，她以妖魅邪魄去感应自己以“附骨诀”附在耀阳身上的一线妖能，谁知任她如何施展妖法，还是感应不到耀阳到底身在何处，一怒之下，厉啸一声，旁边一块数人高的大石立时遭殃，化成一蓬石屑四散飘飞。

她之所以答应将耀阳借于苏护防身，只不过是因为苏护提到崇侯虎背后有异人辅佐，她当然知道定是有魔族之人在背后控制，她既然与袁洪合作，这毕竟是应该了解清楚的事，故而，她一直紧随在苏护身后，隐遁身形来监视。

当她见到崇侯虎背后之人竟然是魔门刑天氏的刑天抗时，妲己不由大感惊讶，而且见耀阳竟然为了两个小妖与刑天抗动手，不由暗自大骂：“臭小子真不知死活！”

但见耀阳居然能与刑天抗相抗，妲己更是吃惊不已，对耀阳体内的归元魔能更添觊觎之心。但她又不愿在这种时候正面与魔门五族的人起冲突，所以直至耀阳被刑天抗打下悬崖，这才飞身下来救他。

谁知就在这一眨眼的功夫，耀阳居然在掉落悬崖的途中不翼而飞，而且那“附骨诀”妖能任她如何感应，也无法察觉，心知定是有人在她之前截走了耀阳，并将“附骨诀”拔除了。

能在她眼皮子底下劫走耀阳，且做到半点痕迹不留，让她“万妖魅后”也无迹可寻，决非等闲之辈，但到底是神玄二宗的高手还是魔妖二宗之人，妲己略一沉思，一时间实在想不到答案。她再一想到目下要注意的反而是苏护，毕竟在名义上还是她的父亲，再说还有些利用价值，绝不能让他出事，当下妲己只能恨恨遁走。

妲己离去不一会儿，悬崖下又出现三道人影，正是小仙与千里眼、顺风耳三人。

三人在耀阳借机撞破围困千里眼与顺风眼的结界后，便偷偷溜走了。最后千里眼行法看见耀阳被刑天抗打落悬崖，惹得小仙焦急之下，便潜下悬崖来搜索。

然而，任由千里眼和顺风耳如何行法努力，小仙更在一边催促：“怎么样，怎么样？有耀公子的下落吗？”

半晌，千里眼与顺风耳同时颓然道：“没有。方圆五十里，没有那家伙的任何影子与声息！”

小仙满脸都是恼怒，嗔道：“都是你们两个家伙，怕死胆小，跑那么快，撞到恶人手上，要不是为了救你们，耀公子怎么会被那臭家伙打落悬崖，害得现在连尸体也找不着了。”

千里眼与顺风耳两人噤若寒蝉地听完小仙的训话，对看了一眼，顺风耳这才嗫嗫地道：“小仙姐，我知道这是我们不对，可是现在……耀公子找不着，我们该怎么办？难道一天到晚都待在这荒山野地里不成？”

千里眼跟着道：“是啊，是啊！小仙姐，不如我们先回梦……”可是当他看到小仙杀气腾腾的目光，立时知趣地转过话头道：“不如，我们先去冀州看看吧，说不定耀公子压根儿没事，这时已经回到冀州了呢？”

小仙这才缓过脸色，肃容道：“回去看看也好，如果找不到，我们还要再回来找遍附近几百里山头！”

“什么……”两个家伙相互之间痛苦地挤眉弄眼，十分不愿地跟上已经走远的小仙。

离旄山约三百里远，有一处山名为缟羝山，山势险峻，中多怪兽。缟羝山多岩洞石窟，经常为群兽出没之所在。这是缟羝山一处暗谷里一个偏僻山洞，洞前杂藤牵挂，倒着一头奇形怪兽，头上双角枝丫，大嘴张开，露出一口如锯齿般的钢牙，但头上一个大洞，脑浆汩汩流出，早已死去。若有明眼人瞧见，必然会惊讶这刀枪不入嚼铁如木的异兽犀渠，如何会轻易死在这里？

山洞前一半是一条凹凸不平的甬道，七弯八扭后，便是一处颇为宽敞的山洞，在乌漆麻黑的通道后面，这山洞竟然闪着一片碧幽幽的光芒，洞中一切东西都纤毫必露。

耀阳斜倒在一块平整大石上，双目紧闭，人似乎在昏迷之中，他的面前立着一人，高冠古服，碧色披风，一张脸颧骨突出，极为瘦削，但双目眼神却如无底潭般深，闪着摄人心魄的碧蓝色光芒。

他只是静静立在那里，给人一种高山崩于前而色不变的气势，几乎令人不禁为之心中一窒，无法呼吸。

他看着昏迷中的耀阳，久久不动，心中却念头急转，心道：“这小子竟然让九尾狐妲己如此重视，难不成与妖宗兴衰有关之人不成？上次袁洪回报，说妲己一直很袒护他，如今看来，只要他到哪里，妲己便也到哪里，就连妲己去‘梦冢’，也将他带上。只是，这小子到底身为何人？一眼便能瞧出，他并非妖精，而是人类，但细看之下，却与常人大有不同，身上竟然蕴含着五行玄能，只此一点，便大有文章。”

他深深吸了一口气，忖道：“为免误我统一妖宗大事，还是施展‘太阴玄戊摄魂诀’，查询清楚为善。”

想及此处，碧衣人深吸一口气，双眉倏地往中间一竖，手中结成怪异诀印，双目中射出两道大只指粗，长却数丈的碧色光芒，在空中略一盘旋，便自钻入耀阳的七窍，来回缭绕，忽然之间，耀阳脸上五彩光华闪过，那两条碧蛇般的光芒一阵急颤，竟自往耀阳嘴里钻去，碧衣人大吃一惊，捏诀待收回时，已是不及，那两条碧芒完全钻入耀阳嘴里不见了。

碧衣人大是吃惊，自己的“太阴玄戊摄魂诀”竟然被人化去，且所施元能也被同化，这简直是前所未有之事，他立时感应出，眼前这小子体内除了五行玄能外，还有一股隐秘而高深莫测的元能，除感应不出这元能到底是何宗所有。

碧衣人看着耀阳那阳刚俊毅的面孔，心中疑惑丛生，想着这次自己千年后复出所为之事，心下主意微变，袖袍一展，人已到了洞外。

此时正是半夜时分，天上繁星灿烂，犀渠的尸体还倒在一旁，碧袍人衣袖一扬，“轰”地一声，犀渠身上忽然暴起一幢烈火，在夜色中显得分外明亮，犀渠也在这火中化成一堆灰烬！

“终于好……了……”素柔背诵完后，一直端坐的娇躯忽然瘫倒在地。

倚弦倏地一惊，扔掉手中竹简，扑身上前抱住素柔慌道：“素柔姐姐，你怎么了？”又急忙转首对申公豹道：“申长老，你快救救她，看看她到底怎么了？”

申公豹缓步上前，将地上竹简放在怀中，嘲讽道：“她？当然是要死了！无知小子，你还真以为区区一颗‘二相丹’就能救回一个死人吗？哼，只不过延续她几天贱命而已。她也应该知足了，如果不是老夫，她还没有这几日可活!”

倚弦闻言咬牙切齿，怒喝道：“你骗我……”

申公豹哼道：“骗你们又如何？老夫索性发发慈悲，让你与这丫头多待一会儿，反正她就要灵元俱灭了!”说罢，他径直走出洞去。

其实，申公豹根本没安好心，他不过是想听听素柔最后有什么话对倚弦说罢了。因为先前就算这《圣元本草经》中有何玄妙，他们没有机会说，现在无疑是最好的一个机会。

目送申公豹走后，倚弦轻轻摇晃着素柔的娇躯，呼道：“素柔姐姐，你感觉怎么样？申公豹已经走了，你有什么……什么话要跟我说吗?”倚弦已经相信申公豹的话，只想现在了却素柔的遗愿。

素柔缓缓张开美丽的睫毛，露出一对早已失去往昔光彩的眼眸，惨然道：“尊使……素柔别无他想，只想恢复族人的原身，洗去……洗去我有炎氏一族千数年来的耻辱!”

说到此处，素柔的话语忽然被咳嗽声打断，纤弱的身躯不住的战栗，好一会儿才续道：“可惜……只可惜不能再见我弟弟一面，也……也不能再见到戬少，素柔真的好想他们……”说着素柔无力地伸出惨白的玉手想要去触摸倚弦化身杨戬的脸庞，可惜心有余而力不足。

倚弦连忙抓住素柔的素手，放到自己的脸庞上，想说两句好听的话，让素柔安心离去，但却抽噎着说不出半句来。他生平第一次这般清晰感觉到一个生命渐渐地离去，那种绝望的无力感在他心中不住翻腾，使他几欲发狂。

这时，倚弦却感素柔的手指在他脸上轻轻的滑动着，依序划出八个字——翻覆调转，截二取一!

倚弦登时想起上次素柔也是同样划出这几个字，这才知道素柔是将《圣元本草经》的真正奥妙告诉自己，可是不容他多想，素柔断断续续的声音已经传来：“尊使切莫忘了素柔的每一句话，素柔相信你一定能逃出生天……复……我……有……炎……”

话到此处，缓缓沉寂，素柔的手掌慢慢划过倚弦脸庞，留下数道冰冷而毫无生机的弧线。娇躯慢慢虚化、黯淡，“噗!”的一声后，倏然化为满天荧光，飘扬洒落直至消散至无。

倚弦双手落空，蓦地摔倒在地。

“……为什么……”倚弦骤然发出一声厉吼，震得山洞土屑簌簌飞落。

申公豹掠进洞来，嘴角露出一丝快意残虐的笑容，周身魔能四溢，探手向倚弦抓摄而去。

倚弦悲痛莫名之际，忽感一股奇绝大力迅速击中头顶天灵部位，他骤然感到化身一紧，不由自主闷哼一声，身躯一轻，人已凭空飞起，直往洞外万丈悬崖下落去。

申公豹站在洞口处张狂肆意的大声嚎笑道：“臭小子，尽情去享受冰火轮回狱吧!”

倚弦心中悲怒交集，拼尽化身最后一口元能，张口厉声喝道：“申公豹！如我不死就算穷尽毕生之力，寻遍天涯海角、三界六道也定然不会放过你这狗贼!”

耀阳猛然发现自己身在空中，直往一个深不见底的深渊中不停下落，周围如冰似火，忽而寒冰澈骨，忽而炎热炙身，他只觉得自己似乎陷入一个邪恶的梦魇之中，身体不停下坠，但手足却不能动弹，想要放声大喊，口舌也无法动弹，只能眼睁睁看着自己向下落去。

耀阳头上冷汗若暴雨疾落，豆大的汗珠在脑门上不停渗出，双手不停乱舞，直觉得自己就快要坠在地上，“哇”的一声大叫，耀阳猛的坐立起来，摸摸头上的汗滴，才发现自己刚才做了一个噩梦。

他仔细打量四周，看着自己身处一张木床之上，四周皆是木制桌椅，就连整个小屋也是木头所制，他试着深呼吸一口，感到胸口憋闷，如坠大石，体内元能几乎无法流转。呼吸之间五脏六腑微微震动都如被针刺，疼痛非常。身上手臂、大腿等处还有不少刮伤、淤伤的痕迹。

耀阳这才想起被刑天抗打落悬崖的事，他揉了揉太阳穴，突然心念一动，往门外望去。

一名秀美少女出现在木屋之中，只见她身形修长，玲珑有致，双眼如秋水荡漾，腰肢如细柳垂杨，脸庞如晶莹白玉，五官似精雕细凿的宝石雕像一般。

看见耀阳坐立起来，她惊喜地叫道："公子，你醒了！"

耀阳不解地看着眼前的少女，道："姑娘，我怎么会在这里？"

那少女一身素衣白服，打扮非常简洁明了，头上插着一只发出淡淡幽香的玉兰花，白玉般的脸庞上微微一笑，犹如百花齐放，予人一种清新靓丽、青春怡人的感觉。说话时，她嘴角微微向上一翘，显得非常可爱，道："昨日，我爷爷去山上拾柴，看见公子昏到在山腰，于是就背着公子回来养伤。你可知道，你已经昏迷一天一夜了。"

耀阳惊道："不会吧，已经过了一天一夜？怪不得肚子有点饿了。"说完，他摸了摸肚子，心中却想起刚才做的噩梦，没来由的想起倚弦，原本思感中若有若无的那一丝联系，此时却已完全感应不到。耀阳不由呆呆地怔住了，心中更加担忧起倚弦来。

少女看着发呆的耀阳，道："公子，你怎么了？"

耀阳立被惊醒，道："不好意思，醒来身体不适而已，蒙小姐祖孙俩相救，还未请教小姐的芳名呢？"

少女脸色微红，光润白腻的肌肤上渗出一片红，便似白玉上抹了一层胭脂，秀美之极，低声道："小女子姓梅名若冰，我爷爷叫梅清远，原本是玄门修行之士，后来至此退隐养老。不知公子的姓名可否告诉我呢？"

耀阳正要答话之际，突然一个满面红光，须发半黑半白，肌肤宛若三岁童子的高大老人走了进来，耀阳心中一惊，原来这老人能行至自己近处，仍无法被归元异能的感应力所发觉，肯定是身怀异能的高手，忙道："多谢梅爷爷救命之恩，晚辈耀……辉，本应叩谢爷爷救命之恩，但因身体不便，所以还望梅爷爷恕罪。"

"耀辉？"梅清远微微一愣，复又笑道，"救死扶伤乃我辈职责，何况小兄弟应该也是身怀玄法的能人？为何会无故昏到在这山中？"

耀阳一惊，忖道："这老人家既然是玄门高人，最好还是小心为好。"

梅清远笑道："若不便回答，就算了。"

耀阳忙道："梅爷爷，实在是晚辈不好回答，不错，我是练过玄门术法，但却并不是玄门弟子，至于此中缘由，晚辈实在不便……"

梅清远大笑道："原来如此，其实在你昏倒之时，老夫曾把过你的脉象，内柔而外刚，玄能藏蕴于五脏六腑之中，神清气荚，应该是我玄门嫡传，所以我才将你从山腰里救了回来。"

耀阳点点头，问道："梅爷爷，这里是什么地方？离旌山有多远？"

梅清远道："这里叫缟瓶山，离旌山有三百多里远。"

耀阳一愣，道："不会吧，我被那小子打下山，居然离开旌山有三百里远？"

梅若冰插言道："公子被什么人打下山的？"

耀阳苦笑道："我本在旌山，后来被魔宗的恶人打下山崖，不想醒来却已经到了三百里外的这里。"

梅清远抚须道："小兄弟不必慌张，先让冰儿服侍你吃点东西，稍作休息，再做打算吧。"

耀阳正不知该如何回答之际，梅若冰早已端起一碗麦粥，用汤勺一羹一羹的喂给耀阳。耀阳一小口一小口地吃着碗中的麦粥，看着眼前的婉约少女，温柔可人，心中不由暗生感激，想起自己不久前还是低贱的下奴，如今却有美人喂粥，世事真是不可预料，口中卖个乖道："耀辉何德何能，蒙小姐如此眷顾，劳惜千金之躯，服侍我这个山野粗人。"

梅若冰玉面微红，朱唇轻启，声音细不可闻道："都是爷爷吩咐的，我只是照办而已。耀公子早早休息，修养身体。"说完，她慌不啻的收拾碗筷，返身走出木屋。

耀阳望着少女的曼妙身影匆匆远去，心中不知是什么滋味，怔怔的躺在床上，思绪万千，怎么也睡不着，倚弦、幽云、人儿、小仙、梅若冰的脸庞不停的在眼前闪现，过了不知多久，耀阳才沉沉入睡。

过了一日，耀阳已经可以自由下床，看着窗外旭阳初升，不由生出出外一游的兴致。

他步履踉跄地走出木屋之外，看着满天白云映在蓝天上，耀阳感到非常舒服。远处郁郁葱葱，草木如波浪般随风起伏不定，片片黄色枯叶在空中或地上冉冉飘动。

“……逝水清清，濯尽我衣，逝水清清，濯洗我心……”

一阵如珠落玉盘，声声清脆圆润的温婉山歌，随风传入耀阳的耳朵。

耀阳因站在下风处，声音时大时小，遂顺着歌声寻找过去。行走不过十几步，眼前一亮，一条宽不过一丈的弯曲小溪自山上慢慢流淌下来，梅若冰一边哼着山歌，一边在溪水旁边洗着衣服。

耀阳看着梅若冰晶莹如玉的柔荑正揉洗着自己坠下山崖前穿的衣服，不由怔住了，昨日梅若冰的一言一语，一颦一笑都一一浮上心头。

梅若冰目光流转，发现耀阳站在自己身后窥视，脸上不由生起一片红云，略带羞涩道：“耀公子，你身上伤还未愈，怎么可以轻易下床走动呢？万一影响伤势怎么办？”说着，她那小嘴微微上翘，婉若初新樱桃，娇然欲滴，惹人绮念。

耀阳不由看得痴了，心中生起一种莫明的异样感觉，就连说话也变得结结巴巴起来：“我身上的伤好像好的很快，你看我现在都可以自由下床行走了，而且胸口也不是很痛了。”

梅若冰面上尽是惊诧之色，快步上前，玉手一翻，已经轻轻搭上耀阳的腕脉，片刻后道：“奇怪，脉象平和有力，五脏六腑也平静如初，不像前天爷爷才背你回来时的样子，真是奇怪！”说完，她低头沉思起来。

耀阳看着她皱着眉头，下意识的用手玩弄衣裙的一角，一边苦苦思索。那可爱天真的样子，果真是人见人爱，我见犹怜。他忍不住提醒道：“梅姑娘，若衣服洗好了，咱们还是回去吧。”此时的心中却泛起梅若冰昨天给喂粥时的温馨感觉。

梅若冰反应过来，看着耀阳呆头呆脑的样子，不由“噗嗤”一声，笑了出来，双手刮着粉嫩的小脸，大声道：“大牯牛，在发呆，咕咚咕咚掉下来。嘻……”

耀阳不好意思地挠了挠头，和梅若冰一路默默走回木屋。

梅若冰见爷爷已经起身，正站在木屋外大有深意地看着她和耀阳，不由粉面通红，娇叱一声：“爷爷!”然后飞似的逃入木屋之中。

耀阳不好意思道：“梅爷爷，我早上起来出去散步的时候，发现梅姑娘正在小溪边洗衣服，梅姑娘不放心晚辈的身体，所以才一起回来。”

梅清远道：“小兄弟不必如此，让冰儿做点汤水给你补补身体。现在先让老夫看看你身体复原的如何?”说完，捻须微笑不语。

梅清远右手搭在耀阳的左手的腕脉之上，一股浩大温和的元能迅速的在耀阳体内游走，一触即收。耀阳体内的归元异能立时有所反应，强悍莫名的元能自全身百窍倒转而出，将梅清远的元能驱逐出去。

梅清远掩不住满脸的惊骇之色，心中思绪翻腾不已，他想不到这小子体内的元能分明不是如今三界六道之神魔玄妖的元能，虽和魔能有相似之处，可那亦正亦反，亦静亦动，亦刚亦柔，变化无穷，生生不息的力量极似传说中穷极天地之秘的归元魔能。

梅清远手捻额下长须，微微一笑，道：“小兄弟的身体果非常人可比，身体恢复之快，乃我平生仅见。你那日躺落在山谷草地之时，体外遍体鳞伤，体内五脏六腑受巨力震动，早已破碎不堪，老夫还正考虑如何救治，不想昨日你醒来时，身体外的擦伤淤伤早已复原如初，根本看不出受伤的痕迹，而且言语已能自如，今日更是连五脏六腑的伤势都完全痊愈，颇让老夫吃了一惊。”

耀阳疑惑地问道：“梅爷爷，为什么吃惊?”

梅清远细心解释道：“人体之气血行走，乃是有规律可行。若受外伤，至少需一两日伤口结疤，三五七日后方能和好。若伤口巨大，则伤愈时间就越久，而且也极易留下疤痕。你身体上伤口不少，不过两日之内全都复原如初，皮肤光洁不见伤痕，自然令人觉得奇怪啦!”

略一思忖，他又道：“你自高处下落，体内五脏六腑受到极大的震动，应该早已破碎不堪。而且内脏损伤最难医治，而你不过三二日，五脏都开始愈合，实乃前所未见的异数。”

耀阳忙问道：“请教前辈，这种现象究竟是好是坏呢?”

梅清远“哈哈”大笑数声，道：“当然是好现象！其实任何人只要能够保持体内五行的平衡，使其环环相生，生生不息，则内无外患，外无内忧。如果能够达到这样的境界，人自然不会再生百病！”

耀阳若有所思，道：“梅爷爷，至于如何保持体内五行平衡，可否指点小子一二呢？”

梅清远道：“五行相生相克之道，相信你应该很清楚了。不过修习五行之术，还与各人的禀性有关，修习与本命元根同一禀性的五行术自然会容易许多。五脏肺肝肾心脾，分别对应金木水火土，可依其气血运行之法，将元能藏蕴其中，若能五行霁运，各自相生而转，则体内元能如江海般生生不息，永不虞耗尽之苦。”

耀阳喃喃自语道：“五行霁运？”心中似乎捕捉到什么，但却一闪而过，让耀阳难过到极点。

梅清远安慰道：“不必如此，你可知多少玄门高人，修行多年仍然无法达到这种境界，我便是其中一个。不过一些五行玄法里的小术，我倒是可以指点你一些。”

耀阳闻言兴奋地跳了起来，不想却触动了体内五脏的伤势，“呀”的一声疼得叫了出来。

远远看着两人的梅若冰立刻冲了出来，忙扶着耀阳进屋休息，一路上温言软语，真个温柔体贴。

梅清远在一旁大有深意地笑了，缓步行出屋去。

耀阳不好意思地笑了笑，对梅若冰道：“真不好意思，又劳烦姑娘了。”

梅若冰扶他在床上坐好，然后用汤勺一勺一勺将肉粥喂给耀阳吃，道：“你觉得这肉粥滋味如何？爷爷嘱我给你加点肉食，增加营养。”忽然面上微红，用细不可闻的声音问道：“昨日，你有没有想我？”

耀阳看着梅若冰红彤彤的脸蛋，情不自禁下双手握住了那对粉嫩的柔荑，双眼泛出深情的目光，道：“我当然想你了。我，我以后可不可以像爷爷一样叫你，冰儿？”

梅若冰用细不可闻的声音道：“当然可以，那我以后就叫你耀大哥啦!”

耀阳忍不住抚摩着梅若冰柔若丝线，光滑细腻的长发，顺势将梅若冰揽在怀里。两人立刻沉静在这妙不可言的微妙气氛之中。

屋外一声咳嗽惊醒了两人。梅若冰满面通红，手忙脚乱地喂了耀阳几口肉粥，逃似的跑出木屋。

梅清远走进来，道：“小兄弟，老夫就这么一个孙女，你可要好好待她啊。”

耀阳想到自己连真实姓名都未曾告诉他们，心中顿时愧意大生，结结巴巴道：“梅爷爷，我，我……”

梅清远双手一摆，道：“你不必解释，老夫年轻时也是这么过来的。”说完，背负双手再度踱出屋外。

第四十三章　冰火炼狱

如此又过了三日，耀阳身体已经全部复原。

耀阳思忖与倚弦、桃儿等人已经失散很久，不如趁此机会前去朝歌寻找倚弦，然后另图他算。何况在此日久，若妲己追寻到此处，岂不是要连累冰儿和他爷爷，于是找到梅清远，道：“梅爷爷，我的身体已经好的差不多了。我想明天就回朝歌，所以今日特来辞行！”

梅清远笑道：“你身体已好的七七八八了，上路是没什么问题的。”

梅若冰含情脉脉地看着耀阳，双眼像蒙上了一层烟雾，直欲滴下，令人看了忍不住想上去呵护她，保护她，但她却一言不出，眼中秋水直似要将一切融化。

耀阳几乎就要沉醉于这温柔的目光之中，只是他心中打定主意，唯有满怀歉意地看着梅若冰，道：“冰儿，我兄弟被恶人抓去，我放心不下，准备去朝歌伺机救他。你和爷爷在这里与世无争，我不想让你们牵连进来，所以要及早脱身，免得拖累你们。你放心，我有空一定会回来看你。”

然后，耀阳转头对梅清远道：“爷爷，谢谢你跟冰儿这些天的照顾！”

梅清远抚须长笑道：“人生无不散之筵席。大丈夫生在世上，自当建功立业，岂可拘泥于儿女私情。他日你功成名就之时，可要明媒正娶将我家冰儿迎上门。”

耀阳笑嘻嘻地看着冰儿，脸上难得正经地道：“爷爷，你放心，我一定会回来将冰儿娶回家的。”

梅清远道：“好，就让冰儿送你下山，给你指点一下去朝歌和庞山的道路。”

耀阳对梅清远行了一礼，右手牵着梅若冰，向山下行去。

一路上两人行走无语，突然梅若冰停了下来，柔若无骨的娇躯仿佛软了一般，倒在耀阳身体里，口中芳兰扑鼻，一阵阵急促的娇喘之声，微微可闻。

玉面上浮起一片红潮，双眼迷离，一双粉嫩小手紧紧地抓着耀阳的衣衫，口中声音如魔女勾魂夺魄般的娇声道：“耀大哥，吻我。”

耀阳看着眼前娇小温柔的可人儿，触手之处都是温润圆滑的青春柔体，一股股淡淡的幽香，直入胸肺，呼吸也不禁急促起来，双手环握梅若冰的纤纤细腰，两人面面相对，鼻息之声越来越沉重。

梅若冰双眼微闭，一双手紧紧地抱住耀阳，一张小口如初新樱桃一般，慢慢向前凑去。耀阳此时脑中一片空白，眼前都是梅若冰娇艳如花的玉容，当下不再思索，一口迎上梅若冰那湿滑温润的樱桃小口。

“轰”的一声，耀阳脑子里似被炸开一般，一条小小香舌早已跑到口中与自己的舌头分和缠绵，想不到冰儿的香舌变化万千，做出如此多的动人招数，满口芳香更是勾人魂魄。

两人久久才分开，梅若冰满面通红的深情注视着耀阳，道：“耀大哥，记得不要忘了我，千万要回来找我。”说完，双眼微红，怔怔地落下泪来。

耀阳坚强有力的双臂紧紧搂住梅若冰滚烫的娇躯，在她耳边轻咬一口，用坚定不移的语气道：“冰儿，你放心，我一定会回来的。”

梅若冰将头扎在耀阳怀里，几声低微的抽泣声从怀中传来，抬头时双目通红，神情幽怨，道：“耀大哥，你一定要回来。”那幽怨神情仿佛要将耀阳融化在深秋的凄厉寒风之中。

耀阳双手扶着梅若冰的肩膀，眼睛紧紧盯着她那秋水般的眼眸，道：“相信我，天地为证，我一定回来娶冰儿为妻。”两人的眼光在空中摩擦碰撞，闪出爱情的火花，久久不散。

许久之后，耀阳深吸一口气，道：“我要走了，你保重，一定好好照顾爷爷。”说完，不敢回头看梅若冰，直接大步上路，脚下踩着枯黄的树叶，发出“扑哧”“扑哧”之声，声声都如长剑在耀阳心口剜肉。

耀阳忍下满腹辛酸，更害怕回头之后，是梅若冰那热情似火，但又幽怨如冰的凄厉眼神。

走下山腰后，耀阳忍不住回头，发现绿影摩挲之间，梅若冰那单薄的身影正半遮半掩的站在山腰。

耀阳虽依依不舍，但仍收回自己眷恋的眼神，毅然踏上了向朝歌方向的路。

耀阳开心的在山林里奔跑，将几日来卧在病榻上的晦气一跑而净，体内元能也随着一呼一吸，在全身有规律的流转，功聚双目，视力可及非常之远，若集中于耳朵上，听力便可及远，令他大感兴奋不已。

奔跑越速，体内元能流转越快，全身毛孔全都张开，仿佛与体外的世界结为一体，呼吸间，耀阳仿佛融入了整个天地之中。耀阳第一次感觉到天是如此的大，浩瀚无边，地是如此的宽广。

耀阳不禁闭住双目，在林间山路上尽情奔跑，身形随着土地颠簸，做出许多匪夷所思的动作，飞快地避过每一个坑陷，每一个水洼，每一处路旁大树伸出的树枝。

哪知忽有三个人从侧面飞快赶来，耀阳不禁张开眼睛，那感觉非常奇妙，站定身形，凝神仔细观察，那熟悉的感觉扑面而来，正是小仙、千里眼和顺风耳三人。

小仙一声娇呼“耀大哥!”娇小的身体早已飞扑入耀阳怀里。双目通红，形容憔悴，鬓发散乱，呜咽道：“耀大哥，我好想你，自你坠下山崖以后，我一直担心到现在，和千里眼、顺风耳他们在这里搜寻了几天，今天终于见到你了……”

千里眼和顺风耳在一旁看得妒火中烧，然而一想起耀阳当初奋不顾身营救自己兄弟俩，不由心下黯然。二人上前道：“谢谢……耀，耀大哥相救之恩!”

耀阳爱怜地抚摩着小仙的头发，看着千里眼与顺风耳二人也是满面憔悴，形容枯槁的样子，知道二人吃了不少苦头，忙道：“两位兄弟不必如此！我上次不是和你们说了吗？我兄弟倚弦被人抓走，听说朝歌有他的线索，所以正要借助二位之力，不知道两位兄弟可肯相助？”

小仙见二人犹豫，忙在旁娇声道：“难道你们两人真想在‘梦冢’一辈子做个小妖怪吗？”

千里眼和顺风耳对望一眼，齐声道：“就凭耀大哥拼死营救我们，还有仙姐和你的交情，我们兄弟俩从现在开始就跟你了！”

耀阳心中不由涌起雄心万丈，他知道无论以后自己是建功立业还是修道修法，这两人都是不可或缺的助力。于是上前搂住二人，亲热道：“咱们本来就是好兄弟嘛！”

白雾离散，狂风呼啸。

倚弦只觉耳不能闻，目不能视，仿佛又回到了上次与耀阳坠入轮转山的时候，只是身边少了自己的兄弟。他又想到申公豹的丑恶嘴脸，以及素柔死时悲凄绝望的神情，一时间他心中矛盾到了极点，又想就此摔下去弄得粉身碎骨，总也好过再回那肮脏丑恶的人间，但他又不舍自己的兄弟耀阳，同样也不甘心申公豹这种恶人继续存活于世！

就在他内心撕裂，万般痛苦时，忽感下坠之势戛然顿住。仿佛有什么极具弹性的东西阻住去路一般，他的身躯在空中悬浮着弹跳了数下，方才稳住。

申公豹的化身禁制已然被归元异能化解，倚弦环目望去，原来自己竟然被粘在盘于半空中的一团蛛网之上，离地不过数丈。

他轻叹了口气，索性闭上了眼睛，心道：“是了，这定是天意，老天肯定知道我现在的心情，所以才安排了这么一个地方来为我选择。如果能够得救，那么我就一定要好好活下去铲除申公豹这些恶人。如若……如若没有，那……那就是我倚弦命该如此，丝毫怨不得别人。唉，小阳，不知道你现在怎么样了，是否也像我一样心烦呢？”

老天真是待他不薄，就在他胡思乱想之际，蛛网忽然急速抖动起来。

倚弦睁眼望去，却见一只约有半人高，磨盘大小的蜘蛛正从山壁处张牙舞爪地爬了过来，炎热腥臭之气扑面而来，口前两只钳牙相互撞击“砰砰”作响，比之“丝丝”之声更加令人惧畏！

倚弦倏然一惊，他简直不敢想象如果被它那钳牙夹中那将是个什么感觉。思忖间右手翻腕，“傲寒诀”已然脱手而出！

“嗵嗵！”闷响过后，不但没有伤到巨蛛，反倒引起了它的凶性。“嗷丝，嗷丝”叫唤着向倚弦冲去，颇有要将他碎尸万段的架势。

倚弦想翻身躲开，怎奈全身被蛛丝缠住根本动弹不得，只有急得使劲挣扎。但是这巨蛛乃是“冰火轮回狱”中的特有异物——盘焰蛛，虽是独自觅食但却是群居一起，它们所居的洞穴正是“炼狱沼泽”中独有的熔浆洞。它吐织的丝网不但黏性极强，而且极具熔浆洞中的地心火毒，人越挣扎就会中毒越深。

好在倚弦身负归元魔壁的阴极异能，毫不惧怕这天地间自然形成的至极火毒。但是他身体却是在蛛网中越陷越深，被蛛丝愈粘愈紧。

此时，巨蛛业已爬到倚弦面前，腥臭的口气熏得他头晕眼花。巨蛛丑头一摆，钳牙就向倚弦颈部夹来，倚弦偏头躲过，忽然发觉双手已经脱开蛛丝粘缠。转头望去，原来胳臂旁边的蛛丝都被他“傲寒诀”的冰劲凝结成冰碎裂开来。

巨蛛又自摆动钳牙攻来，倚弦灵机一动将“傲寒诀”凝于背部，不到片刻，顿时听到一阵“格格”脆响，他背后的蛛丝碎裂，上身猛然坠下，终于躲过巨蛛致命一击。

他不敢稍有松懈，立刻引导异能运走双臂，“傲寒诀”寒芒舞动，双腿一阵剧痛传来，登时结上一层冰晶，蛛网者正式宣告破裂，倚弦整个人立刻向下狂堕。

巨蛛趴在巨网上“嗷丝，嗷丝”狂叫。

倚弦终于得以逃脱。

眼前是一片一望无际的草海，斜风细卷，草浪轻摇，到处都是“哗哗”声响，远处迷雾荡漾，似真似幻，宛若现实与梦境的分界一般，令人心神为之飘移，不由遐想连翩。

但这却是一处令人谈之色变的死亡之地！

倚弦依在一棵盘根错节的低矮黄皮枯枝上，望着周围犹如芦苇荡一般高密的野草，心中烦躁不堪，极为郁闷地嘟囔道：“这究竟是什么鬼地方，我什么时候才能走出去？走了这么长时间才找到一块没草的地方，最可恨的就是连条路也没有……”

自从他从巨蛛网上掉落下来，便如同陷入一个异魅空间，完全没有先前所见山坑腹地的感觉，只是他已经在这潮湿阴寒的沼泽地里走了约摸三天的时间，经过了无数的浮泥、毒瘴，而且还有繁如星辰的凶禽恶兽不时来骚扰，为他的杨戬化身上添上无数战绩证明。好在他自从经历数度生死轮回之后，心志转变得越来越坚韧异常，就这样一路坚持了下来。

对于倚弦来说，这一路上《玄法要诀》上所载“术”字部的医疗术起了决定性作用，但是除此之外，其他法术却施展不出，一到体外就立刻烟消云散，就连倚弦最为熟悉的“傲寒诀”也是如此，让他纳闷不已，百思不得其解。

正当感到烦躁不畅的时候，倚弦忽然听到四面八方传来阵阵浪涛般哗响，他抬头望去，只见四方杂草出现了许多草路，而这草路显然在急速移动，便如一条条大蛇行过，使得杂草向两边倒去一般。倚弦倒抽一口冷气，想起昨日九死一生才避开的那条巨蛇，眼见如见道道分开的杂草，怕是不止上千条的巨蛇，骇的他心头冰寒，暗暗想到：“难道我今日注定死在这里了吗？”

身前草丛蓦地分开，一条条长约两尺手腕粗的蜈蚣钻了出来，它们身上厚重的紫色甲壳仿若盔甲泛着寒光，而两只尾钳犹如两柄利刃，触须有拇指粗，在草上掠动的脚爪所过之处，竟如刀子一般把草连根割断。

倚弦避无可避，只能翻身爬上身后小树，谁知那两群蜈蚣根本没有理睬他，仿佛两国交战冲锋陷阵的战士一样，就在树下短兵交接，相互撕咬攻打起来，时有巨蜈倒下，被其后涌上的蜈蚣分食，战况之惨烈不由让坐树上观的倚弦瞠目结舌。

这场奇特难见的战争一直持续了个把时辰，双方才渐渐退去，只留下一地蜈血残骸。

倚弦由树上跳下，心想："此地万分凶险，看来还是早些离开的好。"哪知心中念头未定，就听四周"哗哗"声响再度传来。倚弦大吃一惊，失色道："如此下去我岂不是要困死此地？如果一不小心被它们发现，那就糟了……"想到此处，他不由自主低头向地上巨蜈残骸望去，又望向急速翩舞摇摆的草丛，心中忽然想到一个方法或可渡过此次劫难。

当下，他将心一横，向前狂奔入野草地中，依照巨蜈移动时野草的摆动痕迹避开它们，纵使迎头碰上那么一两只，倚弦也毫不犹豫的从其背上飞踏而过，只求脱身绝不恋战！

可是这群赤紫巨蜈乃是这"冰火轮回狱"中最为可怕的一种毒物，秉承此地"熔浆洞"的至阳之气而生，不但生性阴毒狡猾且喜群居，通常所过之处均是一物不留。好在还与另外一种生于"玄冰口"的巨蜈相互压制，使得此中其他生物不致灭绝。

倚弦就如此无甚阻碍地奔行里许路程，忽听身后"嗞嗞"之声大作，转头望去，却见大批巨蜈正紧随其后尾追而来，距他不过数丈之遥，眼见就要追上。他惊骇欲绝，如若被这群巨蜈追上肯定尸骨无存，如此想着他用尽全身的气力贯注双腿之上，没命的向前奔逃。

这样又行了几十丈路程，倚弦眼前豁然开朗，前方远处一座小山崖峥嵘危立，隐隐可见。他已然走出无垠的草地，但身后巨蜈却依旧未曾摆脱，"嗞嗞"之声骇人心魄。

望着前方小山崖，倚弦心中暗自揣测，或许到了那座山崖上就有办法摆脱巨蜈也说不定。哪知回头望去，却见那群巨蜈不知为何忽然停了下来，"嗷嗷"怒鸣却不上前。他心中虽然纳闷，但依旧未曾驻足，仍然发疯似的向前狂奔。

倚弦深呼一口浊气，紧弦似的身心逐渐松弛下来。无意中向来路望去，却见他方才行来之时的落脚之处不知何故都已深陷地下。他眼前景物缓缓升高，身躯慢慢陷进地表之中。倚弦心中惊骇莫名，终于知晓巨蜈不再追赶自己的原因，禁不住惊呼出声：“浮泥沼泽——”

倚弦识机的扑倒在地，想将陷入泥沼的双腿拔出，然而却不遂己愿。他身周地面居然如同置于火炉之中的冰块一般迅速溶解，以他为中心化作一潭稀泥。他心中懊恼不已，懊恼自己当时为什么没有看清楚这里的地形，哪怕是面对那群可怕的巨蜈也总比陷在这里好。

“难道我倚弦真的就要死在这里了？唉，可惜不能亲手替素柔姑娘报仇，更辜负了土老前辈的一片苦心，希望小阳能够找到土行孙，最后可以杀了申公豹为素柔姑娘报仇……”

夜幕下的朝歌城，朦胧迷离仿佛就像猛兽的巨口，吞噬着视野内星星点点的万家灯火，给人心中带来一股无形的沉重压力。

耀阳带着小仙、千里眼与顺风耳一行四人经过将近四日的爬涉奔波，终于到了朝歌城外的“赤松岗”上。

望着夜空中隐而不现的诸星，耀阳放任心中的思感神识自由逸动，他渴望能够寻到丝毫与倚弦思感相连的感觉。

他很快失望了。但他并未因此放弃继续前往找寻的机会，他想着或许是倚弦被困在某处结界中，所以令他无法感应。

他不相信噩梦中的预示，因为上天注定他们兄弟俩从小就是一条命，只要有他耀阳在世的一天，倚弦必然就不会有什么事。

再次回头看着周围熟悉的环境，耀阳不由自主地想起自己和倚弦在这里遇到蚩伯的情形，往事历历在目，从拜师入彀、夜探皇城开始，他们兄弟俩死而复生、经历轮回集、无极秘境等，去过陈塘关、龙宫，也到过奇湖小筑、妖月梦冢，现在他却又再回到朝歌……

生命的旅途竟如斯奇妙！

耀阳长长吁出胸中一口闷气，仰面向天，对着夜幕笼罩下的朝歌城大呼一声，道：“我回来啦！”

这番举动顿时将其他三位随行者同时吓了一跳，惊异万分地看着他。

耀阳不以为意地笑了笑，想到倚弦可能就在朝歌城内，体内热血不由沸腾起来，挥手道："我们进城吧！"

千里眼和顺风耳看了看小仙和耀阳二人，面面相觑道："耀大哥，我们这样子怎么进城？"

耀阳闻言一愣，这才注意到二人的容貌差别，细细审视之下，不由被他们兄弟俩略显夸张的尊容逗得噗嗤一笑。他们的眼睛和耳朵实在太过突出，与寻常人差别太大，如果就这样在朝歌城招摇过市，肯定会吓倒所有人。

小仙也不禁莞而一笑，对耀阳道："我等妖宗之人原本最擅长灵体幻化之类的法术，只是那样的话，首要必须得到一具普通人的肉身才行！而现在我们既然跟了耀大哥，就不该再做那些伤天害理的事！所以，还要看看耀大哥有什么办法才行？"

千里眼与顺风耳连连点头称是，表明自己不愿意做伤天害理事情的决心。

耀阳思忖片刻，结合《玄法要诀》与《阴阳法要》中关于遁术一节的要领，试探着说道："办法不是没有，只是对于这些法门，我以前也没有用过，所以成败与否很难预料，不知你们愿不愿意一试？"

因为屡屡遭遇惨败，耀阳痛定思痛，趁着前几日养身休息和赶路的时间，仔细将脑中的《玄法要诀》好好整理了一遍。不但加深了他对玄法的了解，而且从中找出了许多适合自身修炼的诀要，此时自然是派上了用场。

千里眼与顺风耳听闻有玄门正宗玄法可学，立时兴奋得摩拳擦掌，忙不迭地答道："愿意，愿意！"

耀阳点头道："其实，我要教你们的是《玄法要诀》'玄、法、道、术'四部总纲中'术部'的几个障眼小法而已。"

"玄、法、道、术！"千里眼与顺风耳初次听闻如此博大精深的玄门诀要，不由为之惊喜交加，谁知听到后面，他们甚至包括小仙都愣了，齐声质疑道，"障眼小法？"

耀阳嘿嘿一笑，想起当年蚩伯曾经对他们兄弟俩说过的话，道："我现在要教你们的法术，乃玄门遁法之一，而'遁法'分作五行遁术与奇门遁法二种。前者借五行外力障人耳目，乃障眼小术；后者以先天道基施法，腾云驾雾、隐遁飞升……天地万物无不为我所用，这才是无为大法！"

"哦！"千里眼与顺风耳哪曾听过这等玄奥理论，心中震惊之极，只能似懂非懂地点点头。小仙则一脸敬慕的神情望着耀阳。

耀阳看着千里眼与顺风耳二人的懵懂神情，回味起当时初学玄法的滋味，心中突然对已经死去的蚩伯再也生不出一丝恨意，自嘲的一笑，继续道："其实，那些玄法大道理你们暂时不需要太在意，你们先跟我说说，你们以前都修习过什么法术吧。"

千里眼和顺风耳对望一眼，同声说道："我们从未修炼过什么法术！"

耀阳吃了一惊，失声问道："什么？你们没有学过法术，那怎么会有眼和耳的神通呢？"

小仙看着千里眼与顺风耳无助地望向自己，忙从旁解释道："耀大哥，其实是这样的。他们是'潜龙泥潭'内的两颗桃木树，不知是什么原因，或许是因为受到天地灵气的熏陶，他们的精魄历五百年之久终于生成如今的灵身模样。"

千里眼与顺风耳连连点头称是，千里眼想了片刻，道："耀大哥，也不是从未有过，我们兄弟俩第一次从沉睡中醒来时就有这种能力，而且在泥潭中遇到一位法道修为很高的老前辈……"

顺风耳接口说道："是啊，当他知道我们有这种能力以后，非常高兴，说是只要帮他在潜龙泥潭中找到一样东西，他就教我们一套可以提升这种潜力的法术。后来……虽然没有找到，但他也没有怪罪我们，还真教了我们怎样发挥潜能的方法！"

耀阳第一次听闻妖灵成长的过程，愣了半响，联想到《玄法要诀》上的法术修炼方法，思忖片刻，有些头疼的再问道："那你们平常施展法术的时候，体内的下丹渊海会出现元能吗？"

千里眼与顺风耳这次反倒点头了，连小仙都在点头，而且颇有嘚瑟地道："有啊，如果没有本体元根，那怎么才能称之为妖灵呢？而且通常每个成精的妖，起码比寻常普通人多出数百年的元能！"

"总算有戏了。"耀阳终于松了口气，好奇地望向小仙道，"还真看不出来，小仙怎么会那么清楚的呢？"

小仙调皮的一笑，答道："以前偶尔听蚩伯他们说过！"

"照这么说，我们可以修行法术了！"千里眼与顺风耳高兴地跳了起来，相互对望一眼，二人闪过早已会意的眼神，朝着耀阳磕头便拜，大呼道，"师父在上，请受徒儿一拜！"

"师父？"耀阳哭笑不得，他想不到这两个小子比他和倚弦都狡猾，肯定是一早就想好这一招了。虽然事出突然，但耀阳听到跪伏在地的千里眼与顺风耳称呼他作"师父"，心中始终透出一种说不出的兴奋。

因为自从仔细揣摩过《玄法要诀》之后，他对玄法的了解简直就是与日俱增，突飞猛进。再则，《玄法要诀》分门别类林林总总概括的东西太多，而且大多不适合他修炼，所以听到眼前二人的拜师请求，难免不由心中一动，想将这些日子的领悟一一付诸现实，印证一番来提高自身的修为。

耀阳表面上故作严厉地喝了一声，道："胡闹！"

小仙连忙拽了拽耀阳的衣袖，在旁帮忙说话道："耀大哥，你看他们拜师如此诚心诚意，干脆就答应了吧！"

耀阳最吃不得女人哝哝细语这一套，搔了搔头，为难的道："小仙，不是我不帮忙，而是现在连我都自身难保，如果最后还因此连累了你们的话，叫我于心何忍呢？"

千里眼与顺风耳赶忙抬头，齐声道："徒儿们不怕！"

千里眼更是心存感激地说道："自从上次师父舍身相救以后，我们就觉得只要跟了你，肯定不会错，而且就算有什么天大的事情，我们师徒同心，一定没有什么是摆不平的！"

顺风耳在旁点头称是道："师父，莫非你也嫌弃我们出生卑微不成！"

耀阳心中感动不已，他自小受人欺辱，与倚弦相依为命，什么时候听第三者说过这么暖心的话，热血涌上心头，道：“我耀阳岂是那种狗眼看人之辈，想当年我跟我兄弟倚弦还是下奴出身，比你们现在还不如！看现在还不是风风光光，三界扬名。好，今日我就收了你们俩人做徒弟，我们师徒三人从今以后定要有福同享、有难同当！”

千里眼与顺风耳哪里想到耀阳说答应便答应了，禁不住为之一愣。小仙从旁推了二人一把，娇叱一声道：“还不参拜师父！”二人立时反应过来，慌忙跪行三拜九叩大礼。

耀阳大笑着将二人扶起，道：“现在天色已黑，我先教你们一个障眼小法，等到明日有空，再从头为你们讲解《玄法要诀》，怎么样？”

千里眼与顺风耳喜道：“多谢师父！”

耀阳便将《玄法要诀》中几个简单的幻身法咒一一详细地教给二人，道：“其实，这几个法术我都没有用过，因为每个人或妖灵的体格命根都有不同的差矣，像我比较容易修习偏重火阳上亢类的法术，而你们的本命元根应是木性，所以这几个‘奎木幻形诀’一定适合你们修炼。咒诀记住了吗？”

“记住了！”千里眼与顺风耳点头应道。他们虽然还听不懂个中详尽道理，但总算勉强记住了法诀要领。

耀阳道：“那你们试一试吧，我会在一旁帮你们的！”

千里眼与顺风耳心怀忐忑地点点头，很卖力的按照法决默运元能，或许是因为太过紧张的缘故，他们反复试了好几遍，始终无法成功，只能无助地望了望耀阳，甚至连对着小仙也觉得抬不起头来。

耀阳的心中虽然也是着急，但知道法道玄术的修炼不能勉强，所以关切的拍了拍二人的肩膀，道：“莫灰心，你们太紧张了，记住以‘澄心宁神，一气通贯，凝元使诀，循经行脉’的方法念诵口诀即可。你们天生异禀，一定行的！再试试。”

小仙也在一旁不住鼓励道：“加油！”

千里眼与顺风耳鼓起勇气，全神贯注地运转元能，按照耀阳所授法诀再作尝试，鼓足元能依咒诀喝叱一声：“元、奎、敕、木、令！”

二人只觉体内本命元能经过独特的循行方法，配合口中咒诀的激出，立时合而汇之形成一阵规律性的颤动，让他们感觉到头面一紧。二人想到耀阳的提醒，立即心无二念的配合法诀行功。

耀阳感应到二人体脉的变化，心中一喜，拉过小仙退至一旁，道："成了!"

小仙不敢置信的朝千里眼与顺风耳看去——

千里眼与顺风耳在身躯一阵浮动之后，面孔模糊一片，逐渐幻出两副截然不同以往的面孔出来，果然已经幻变成寻常人的模样，只是看起来千里眼的下巴稍尖，顺风耳的头显得格外大而已。

千里眼与顺风耳异常兴奋的相互对视一眼，不但为对方的容貌改变而高兴，而且也为自己可以学会一门法术而兴奋。

耀阳知道自己也应该露一手给他们看看了，于是走上前去道："让你们自己先看看自己现在的样子吧!"

语罢，耀阳深吸了一口气，他准备施展的法术是以前从未试过的，只是自从"破天阁"体悟五行玄能出来，他遇到梅清远爷孙俩，听到所谓"五行霁运"以后，结合《玄法要诀》领悟出来的元能运转之法。

耀阳运转体内充沛的元能挥出"七真妙法指"，超卓的归元异能引导体内隐匿的五行玄能合五为一，循经倒脉贯入他右臂之间，随着玄奥指法的拂动，一元再化五行，从五指指端流溢而出，凝滞在空中交错融会，竟成一面炎火幻镜。

五行化物!

经过险死还生、脱胎换骨的重重历炼，归元异能与五行玄能集于一身的耀阳再不是从前一无所知的混混小子。

千里眼与顺风耳看着各自幻境中的模样，心中的惊喜自是无以复加，再见师父露的这一手绝活，更让他们对耀阳多添了一份崇敬之心。

小仙在一旁早已看得痴了，耀阳挥洒不羁的动作，俊朗英武的面孔，还有嘴角始终挂着的一丝阳光般灿烂的笑意，都让她的芳心有如鹿撞，心中更忍不住遐想翩翩，一张俏脸兀自彤红起来。

耀阳非常满意的将掌中元能一收，幻境当即化为一团虚影，缓缓逝去痕迹。他对千里眼与顺风耳道："像你们现在施用的'幻形诀'，至多只能支撑两个时辰不到，所以平时应该多加注意，切记别在紧要关头露馅！"

千里眼与顺风耳连连称是。

耀阳想了想，道："既然进了朝歌城，称呼难免不能像现在这样，而且你们俩现在的名字也不好听，不如我替你们改一下吧！"

千里眼与顺风眼大喜道："一切听凭师父吩咐！"

耀阳寻思了半响，愁眉苦脸看了小仙一眼，道："小仙，不如你替我想吧，我一时间实在想不出什么好听的名字！"

千里眼与顺风耳赶忙望向小仙，二人一听可以由自己最喜欢的女子为自己取名字，高兴得忘乎所以，都摆出一副任小仙鱼肉宰割也心甘情愿的表情。

小仙闻言回过神来，生怕被他们看出脸色有异，低下头故作沉思的样子，犹豫片刻道："既然耀大哥是师父，你们都是小字辈，不如就叫小千和小风吧！"

千里眼与顺风耳喃喃念叨几声："小千、小风、小仙！"他们一想到自己的名字可以跟小仙关联起来，当即高兴地嚷了起来，齐声叫好。

耀阳看着二人兴奋叫嚷的模样，情绪也被渲染调动起来，向着朝歌城大手一挥道："我们是时候进城了！"

小千、小风与小仙三人同时应声答道："是！"

就在此刻，耀阳的心中第一次有了一种渴求已久的满足感。他越来越相信自己能够做到更好，不论是在玄法上，还是在其他任何情况下。

可是就当倚弦心万念俱灰的时候，忽然发现身体居然不再下陷，而是随着泥沼在缓缓移动。倚弦心中大喜过望，心中升起一丝求生的欲望。抬头向泥沼流向的地方望去，正是远处的那座小山崖，倚弦心中暗自安慰道："或许山上有人居住也不一定……或许他们撞巧遇见我来搭救也说不定……”

等待生存机会的出现并不是一件令人愉快的事情，倚弦心中仿佛有成千上万条的虫子爬来钻去，忐忑不安——绝望与希望扭聚缠绕！

苍天好像并不想让他在这一段时间有所闲暇，毫无预兆的乌云遍布天际，银龙乍现，雷声轰隆，倾盆大雨哗啦啦直泻而下，抽打着他仅露在外的头颅，脸上溅满肮脏的泥水。泥水上涨浸到下巴，他不得不努力地把头高高仰起，不至于让泥水钻进鼻口之间。但是无数的雨丝仍是无情的抽打着他此时已经冰冷麻木的脸庞。

好在泥沼流动的速度忽然间快了许多，倚弦禁不住放声大喊，希望出现一个人能够救他，可是他微弱的呼救声在浪涛般无情的风雨面前是那么无力，转眼便被狂风劲雨卷躏的无影无踪。

他深陷在泥沼中的身体，此时不但冰冷难忍，而且还有丝丝针刺麻痛从皮层传到心头，愈来愈重。

忽然间，一种极其细微的“斯斯”声传入倚弦耳际，他忍不住笑了起来，在此时此地除去风雨声外能够再听到另外一种声音，如何让他不喜？可是环目望去，他的心蓦地变得跟风雨一般冰寒无比。

原来那声音竟是一条巨大无比的异种蟒蛇所发出，它正在倚弦右方不足十丈处。头上一支峥嵘巨角证明它尊贵的身份，粗大无比的蛇身遍布黑色鳞甲，在这昏暗的天地间隐隐透出闪亮的光泽，显示出它的无比坚硬。它一对拳头大的眼睛在风雨中放射出幽绿无情的光芒，冷冷盯视着倚弦，让他不由自主想起儿时见过的招魂冥灯，正缓缓向他移动过来。

巨蛇的动作虽然迅猛，但怎奈泥沼的下陷吸力巨大，所以动作看起来相当缓慢。

倚弦心中惊急，却又毫无办法可施，但他不甘心已经出现的一丝生机就这样让这畜生剥夺。他蓦然想起那日在奇湖底遇险时，他与耀阳身周凭空幻出的异能结界，心中又升起一丝求生的希望，暗自忖道：“如若我在这片刻时间内通晓凝幻结界的办法，或许还可抵挡一时！”

他骨子里有着如同耀阳一般遇挫不馁遇强更强的性格，因此他虽也知道此法希望何其渺小，他却依旧没有放弃，这是他最后一丝希望。他缓缓闭上眼睛，努力去回思异能结界首次出现时的感觉。

一点……一丝……

专心致志的回忆将当日奇湖水底的情景清晰映入倚弦的思海，他不由自主的将头偏偏侧去——

刹那间，倚弦神识之中思感骤然灵动，将当初体内归元异能究竟怎样流溢而出，又是怎样寻经导脉、凝幻结界的情景一一展现，随着他思感中归元异能翩然舞动的幻异轨迹，身周的万千雨线忽然停滞当空再不坠落，紧贴身体的泥沼全被挤压开来，躯体蓦地爆出耀眼青芒，忽又蓬然碎裂，倏地离散，合着万千雨丝凝幻成犹如天际星空般凄丽眩目的青芒结界。

也许是受倚弦身周异常变化所影响，巨蛇忽然顿住，幽绿的眼睛死死盯视着他，犹豫不前。

倚弦感到身体的异常变化，慢慢睁开眼睛，卓立于结界当中，不敢置信地凝视身周青芒闪耀的结界，心中不禁一阵狂喜，向巨蛇投去一种感激而又稍带挑衅的目光。

巨蛇仿佛感觉到倚弦目光中的含义，发出一阵狂暴厉嘶，蓦地拔起巨大身躯向倚弦射来。

倚弦虽有结界护持，但心中难免忐忑，不知这结界在这异域之地能否能够挡住巨蛇狂猛一击。

“铿……”轰然巨响，巨蛇利角猛地撞在倚弦身周结界之上，登时青芒暴射，异彩流转，一股澎湃异能自倚弦祖窍穴狂涌而出，结界急速抖动波荡之间，巨大的异能将巨蛇震得倒卷回去。

巨蛇怒嘶连连，而倚弦身周的结界却“啪”的一声化作片片青光，飘零四散开去，就此土崩瓦解。四周的泥沼回涌，狠狠撞在他身上，噗噗作响，空中风雨接踵而至。

倚弦顿时大惊失色，忖道：“想不到归元异能的结界在这里也没多大用处，倘若这巨蛇再来攻我……怎么办？难道坐以待毙?”

好在巨蛇方才一击已经出尽全力，虽然它善于在泥沼中生存，但是若想卷土重来，却也要等上一段时间。

就在倚弦心中七上八下之时，一条荧光闪耀的怪异绳索忽然自天而降，紧紧匝在他肩上，在他还未反应过来之前便将他凌空拉起，疾射山壁而去。

倚弦只觉耳际风声呼啸，头顶的闪电如同狂龙似的划过天际，将山壁照得雪亮，隐约可以见到一道洞口显现出来。倚弦正是被拉进洞去，洞中一片漆黑，比之外间更显潮湿阴寒。倚弦顾不得身体传来的疼痛麻痒，连忙站起身，向洞内深处拱手感激道：“小子倚弦多谢前辈救命之恩!”

第四十四章　朝歌之行

洞中除却他的回音，毫无任何声息，好似根本没人一般。

倚弦心中纳闷，于是左右思量一番，顺着那条奇怪的绳索向内行去，越往里去他越感冰寒之气愈甚，行不过数丈，他看到绳索的另一头被丢在地上。而洞道也忽然一分为三，分别岔了开来，他驻足观看三条洞道，发现中间处散发出的冰寒之气重了许多，其他大致一样。

倚弦心想："虽然这里主人行事怪异，但我怎说也得前去道谢才是！"于是索性径直向中间洞穴走了下去，暗道："我就从这处洞府开始找，相信总是能够找到的。"

谁知他刚一抬腿，就听身后有人用极为生涩的声调冷冷道："不准进那个洞！"

倚弦回头望去，心中一惊，蓦地暴退两步。

只见他身后不知何时已经站了一人，其实说他是人，倒不若说他是鬼来得恰当。只因他一身刚可遮羞的衣服上不但沾满血迹，而且裸露出的死白色皮肤下仿佛只剩下一副骨架在支撑一般，带给人一种死寂的恐怖感觉，最吓人的还是他的那双眼睛，发出阵阵幽光，仿佛伺机而动的野兽一样，配上深刻满脸的无数伤痕，骇人已极！

倚弦不自禁退了两步，心中又觉失态，再次趋步上前，拱手致谢道："多谢大叔方才救命之恩……"

"他屠魔范湘如果有这么好心，这世界早就太平哩！"一把娇媚诱人的声音蓦地打断了倚弦的话。

倚弦循音望去，只见左首洞口处已然亭亭玉立了一名面貌娇好的媚艳妇人，她那一件仅可遮羞的褴褛红衫下，裸露出诸多让倚弦面红耳赤的部位，不过好在洞中甚为昏暗，倚弦又满面泥污，所以不怕被人瞧见，否则怕是又要徒增尴尬。

那男子也毫不示弱的反唇相讥，冷哼一声，阴阴道：“凌苜蓿，如果不是因为此时此地的处境，本公子早已将你大卸八块，哪里容你如此嚣张！”

话未说完，二人竟如同顽童泼妇一般相互对骂起来。

倚弦听完两人对话，心中暗自思量：“也不知这两位，究竟哪个才是救我的人，不过听这位夫人言语该是她救我才对。”心念稍转，他便对凌苜蓿当头拜下，道：“既然不是这位前辈救我，那一定是夫人才对，小子多谢夫人救命之恩！”

凌苜蓿闻言登时柳眉倒竖，怒道：“谁告诉你本小姐是夫人的？”

倚弦一呆，抬起头来讷讷道：“小子认为……”

当凌苜蓿见到他那一双幽黑深邃的眼睛，不禁一呆，数百年的炼狱生涯让她顿感心痒难当，美眸中异彩连连，继而嗲声嗲气的娇笑道：“呦，人家可跟你不熟……”

范湘在旁冷声打断道：“小子，你是什么人？怎么会来到这里？”

倚弦想起被申公豹陷害，心中悲愤交加，努力压制情绪，道：“不瞒这位大叔，小子是被人陷害才流落此地，若不是两位仗义出手，此时恐怕早已葬身蛇腹。”

范湘神色稍有和缓，道：“原来如此，想来你在圣宗的身份不低吧？”

凌苜蓿晒道：“那还用说，本小姐用脚趾头猜也想得到，不然他小小年纪怎会被流放‘冰火轮回狱’呢！”说着转头对倚弦和声悦色的问道：“你是哪族弟子？”

倚弦暗自一凛，忖道：“难道此地是魔宗流放犯人的地方，看来我要小心应付了！”他想到这些都是万恶之人，脑中念头电转，做出一副咬牙切齿的模样，恨声道：“在下杨戬，本是九黎宗主闻仲的亲传弟子，却被蚩螟与申公豹两个老匹夫陷害，方才落得如此下场，不过家师曾亲口许诺会将在下救出此地，届时肯定不会忘记两位恩人！”

范湘与凌苜蓿两人果然大喜过望，齐声惊问道：“此话当真！”

倚弦生性淳厚，原本不想欺骗他们，但是他明白魔宗之人蛇鼠一窝，都不是简单人，而他又身负有炎氏万千族人的千年宿愿与素柔的血债，这些都由不得他半点疏忽，当下暗叹一声，愈发郑重其事道：“杨戬敢以圣血咒诀立誓！”

倚弦话音未落，就觉一股巨力压顶而至，身躯立时如离弦之箭般倒射而去。慌乱中他回头望去，却见来人乃是一白衣老者，双手兀自挥动，青芒暴射，澎湃魔能冲涌而出。

老者鬓发乌黑发亮，面容却清白干净，不见一丝皱纹，容貌奇伟，高耸鼻梁弯钩如鹰，高额深目，予人一种冷酷无情的感觉，衬以魔神般伟悍的身材、全身耀如烈阳的光芒，以及坐下那头泛着死寂幽光的异种突豹，格外予人一种重若山岳的压迫力。

倚弦心中倏然一惊，不容多想正欲鼓舞体内异能凝幻结界，但却因心烦意乱根本不能遂愿。

范湘、凌苜蓿均是又惊又怒，虽是知道那人元能如何强硬充沛，但怎能望着救命稻草就此被人拔去，纷纷怒啸出声，鼓动魔能展身飞上。

双方均是不世高手，如今倾力一击，两两相撞，发出倾天巨响，震得洞中尘土飞溅，乱石激射，冲撞在山壁之上砰砰作响，更耀出各色异芒将洞中天地照得分外亮堂，令人炫目惊心。

灰尘散去，乱石散落满地，倚弦却已不知去向。

范湘与凌苜蓿虽心有不平但却无可奈何，愤愤离去。

倚弦被那老者掳去之后，全身被囚禁于一道相当怪异的封印当中，令他仿佛又处身泥沼一般无法动弹，加之念力涣散，他根本没有逃走的机会。就这样过了约半盏茶时间，老者胯下的异种豹子蓦地发出一声欢吼，停了下来。

倚弦虽被封印在老者的结界当中，但却还可瞧清外间情况，原来现在所处之地乃是一间冰洞，其中遍植一种不知其名、色作血红的矮小桦树，加之洞壁到处皆是晶莹剔透的玄冰，还别有一番冰寒彻骨的沁心感觉。

可倚弦此时哪有心情去欣赏这一切，只是在暗自揣测老者将他带来此处的用意。

忽然间，老者发出一声凄厉呼啸，继而周身刺眼光芒骤然消散，魁伟身形被抽干似的扁了下去，变作似真似幻的一道光影，倏地钻进豹子体内消失不见。

随着老者消失，倚弦所受的封印随之失去依凭，四散开来。倚弦再也不受禁锢自空中坠下，这一切都发生在一瞬间，他直到临近地面时才反过神来，急忙扭腰翻身，双手下垫这才免去坠地的厄运。

落地之后，倚弦抬头望去，却见那头豹子正在狠狠地盯着他，一人一兽就这样默默的对望着，仿佛忽然间都化作了冰雕一般。倚弦不敢稍动，生怕引起这头畜生的攻击，暗自猜想它不让自己离去的原因。

谁知，豹子忽然开口道："你果真是闻仲的弟子？"

它的声音低闷沉重，带着魔异的引导感，差点让倚弦脱口说出自己根本不是，话到嘴边才倏然惊觉，慌忙改口道："你究竟是谁？"

豹子又道："你不用管我是谁，只要如实答我便是！"

倚弦心念电转，遂硬下头皮道："不错，家师正是九离氏宗主闻仲！"

那豹子听后忽然发出一阵夜枭啼的长笑，忽然道："我们谈一笔生意，如何？"

倚弦心中一凛，确定这豹子体内定是附有方才那位老者的灵体，听他如许说不由心中一动，道："前辈有话请直说！"

"方才是我救你上来的。"老者沉声道，"因为老夫想借你之力离开这'冰火轮回狱'！"

"原来是前辈援手，晚辈还以为是方才那二位……"倚弦一愣，道，"不过，前辈说笑了，以您本身高深莫测的修为，想要离开此地又怎会需要晚辈这等绵薄之力。"

“他们……饿了好些年，心中怕是想着将你吃了才是真的!”老者冷哼一声，颇有深意地望他一眼，道，“如果老夫所料不差，你并非魔宗中人!”

倚弦倏然后退，不但被老者的前言说得不敢置信，更被后来的惊人之语骇得惊呼出声。

“因为但凡魔宗之人，无人不知此地乃是流放五族要犯的地方。”老者悠然道，“非但断尽阴阳、灭绝五行，而且其中冰火沼泽中蕴涵的冰火极力对四大法宗所有修道人的侵蚀伤害之力极强。一入此间，便休想再生还阳世，即便死了想入十八层地狱也是万万不能！老夫的肉身就是丧于前面的沼泽之中，现在仅以一具灵身当然不敢擅闯。所以尽管我自负修为如何，最后也不得不找人帮忙。”

倚弦一怔，终于明白自己何处露出马脚，当下模棱两可的说道：“前辈既然认为晚辈非是魔宗之人，晚辈也不想就此与你争辩什么，不过晚辈倒是有几点疑问不知前辈能否指点迷津?”

老者听他这么一说的口气，倒又像极了魔宗十足自我的作风，心中难免有所犹豫，点头道：“你说说看!”

倚弦问道：“如若真像前辈所说，此地‘断尽阴阳，灭绝五行’，那么自该任何玄法术数都不能施展。但前辈方才与范湘、凌苜蓿两人打斗之时却为何能够借助五行阴阳之力？而且晚辈先前也曾有凝出结界的经历!”

老者皱眉道：“我与那两人交手之时全是催动自身元能，又无曾泻出体外当然可以。但至于你怎么能够在体外凝幻结界，老夫就不得而知了。”

“不论你是不是魔宗弟子，只看你能从冰火泽行至此处，定然修为不俗，老夫认为咱们之间都有机会谈这笔生意。”老者看了他一眼，大有深意道，“不知小兄弟意下如何?”

倚弦听老者话里的称呼立时转变，暗忖：“果然是魔门中人的心性!”口中却道：“不知前辈想晚辈怎么帮你呢?”

“你先好好休息，养足精神!”老者死死盯着倚弦，沉声道，“今晚三更时我会助你出去，待你可以找到此地出口后，速速前来告知于我便可……届时老夫自然会告诉你怎样离开冰火轮回狱!”

“可是……”倚弦心中正有更多疑惑想问，那老者却已经驱动豹体缓缓出洞而去。

倚弦确实感到有些累了，尽管灵体并不觉得什么，但体外的哪层化身却让他在经历这么多以后，首次感觉到疲惫，又或许是因为面对这些魔门中人的钩心斗角，让他感到格外的力不从心。草草用《玄法要诀》中的疗伤术调息一阵，倚弦便靠在洞壁上睡着了。

黎明前，倚弦被老者送出玄冰洞，点明一条洞壁上方内洞甬道，他翻身爬上不敢稍有停滞，只因老者告诉他黎明时会有毒瘴笼罩这里，一天中只有此刻方能安然离开。倚弦心中将方才老者交代的诸般事情默记一遍，方才环目望向四周，确定方向无误后举步向前行去。

只剩下老者孑立于内洞口之处，看着倚弦渐渐被毒瘴遮掩的身影，兀自发出一阵得意长笑。

笑声方停，他身后骤然响起范湘嘲讽的声音：“闻老大，他不过一个娃娃而已，我看你肯定是失策了。”

凌苜蓿也在旁插嘴道：“闻大哥，不是小妹说你，我也没看出那小子有什么不同哩！”

老者冷哼一声，哂笑道：“无知，此子体内元能别有蹊跷，极为怪异。你们看他肉身虽被冰火泽化的残缺不全，但却浑然无事一般，哪像你们当年进来的时候，足足哭爹喊娘地号叫了半个月才回过神来。所以，我才决定让他去‘晶魄离魂天’试试，就算达不到目的，于我也不会有所损失，再说……”

老者幻化身形的双目中投射出一股绝望的黯然，一字一顿的续道：“这也是咱们等了八百年——最后唯一的机会……”

洞中再无任何一丝声音传出来，一片死一般的沉寂。

层层夜幕下，耀阳带着小千、小风与小仙三人施展“风遁”越过朝歌城北面高约二十丈的城墙，落在寂寥无人的玄武大街上。

耀阳对朝歌城的熟悉程度自然是没话说，他环目四顾一圈，心中已然有了主意，拉起身旁探头探脑的三人再一次施展“风遁术”，来到北城附近一家极大的客驿——“云来客驿”。

推门而入，四人径直去到柜台前向掌柜的订了两间上房，就在结账时，耀阳才发现根本没有铢钱，险些急出汗来。毕竟临时以幻术来欺诈店家，要想做到无声无息对他还有些难度，而且幻术等障眼法多有一定时间的限制，万一因此惹来麻烦，岂不误了来朝歌城最重要的目的。

好在小千与小风在梦冢坑蒙拐骗了不少不义之财，而且小仙平时素来习惯积蓄，所以眼前的困境当即被小仙摆平了。

四人分房而睡，小仙单独睡一间房，耀阳与小千与小风住在一起，耀阳抓紧时间教授了一些关于阴阳五行之类的基础常识，然后三人一觉到天明。

第二日，四人早早起身，耀阳便领着三人随便逛了逛热闹的朝歌城，小千、小风与小仙平常甚少出入“妖月梦冢”，此时却可以领略到如此人世繁华，难免穿梭于川流不息的人群中，吵吵嚷嚷的四处看稀奇。

耀阳换了一身剪裁得体的白色文士劲装，士髻伦巾，长身玉立，配上五行之躯的轩昂气质，龙行虎步的咄咄气势，以及面上时时满不在乎的阳光笑容，不但令身边的小仙看得杏眼含春，同样也惹得街面众人频频回望。

他领着三人从西门白虎大街一直游玩至南门朱雀大街外。时已近午，耀阳挑了街心对角的一处酒楼，四人上楼选了一个临街靠窗的桌子坐了下来。

耀阳临近窗台翘首以望，偏西的一条侧街上行人稀少，四处多有兵士把守，护卫旁近的一所宅院，正是殷商太师府重地。

小千小心翼翼的左顾右盼一番，轻声问道：“师父，那个就是闻老贼的住处?”

耀阳缓缓点点头，道：“你和小风先帮我查找一下，这府中究竟有没有我兄弟倚弦的下落!”

小千和小风心知此事关系重大，都收起平时的嬉笑之色，展开天生潜能仔细探察有关倚弦的消息。

半晌过后，二人面色沮丧的相互对望一眼，对耀阳道："师父，我们没有找到倚弦师叔的下落。也许，他并不在这里。又或者是被高人施法布下结界，让我们无法搜寻到他的存在！"

耀阳皱着眉头苦思良久，道："不如，你们施法看看闻老贼现在到底在不在朝歌城？"于是，他向二人描述了一番闻太师的样貌。

小千和小风极为用心的再度探察半晌，最后还是一脸失望的神色，道："师父，我们……没有查到闻老贼的下落……师父，都怪我们没用！"

耀阳虽然心情更为沉重，但还是拍了拍他们的肩膀，道："不关你们的事，你们已经尽力了！"

小仙看出耀阳的担心，连忙出言安慰道："耀大哥，相信倚弦哥哥一定吉人天象，肯定会没事的！"

耀阳点点头，对着小仙回了一个感激的笑容，不甘心地说道："既然现在闻老贼不在，我想进太师府走一趟，就算寻不到倚弦，怕是应该可以找到一些线索也说不定！"

"师父！"小千与小风同时惊道，"让我们陪你去吧！"

小仙更是担心的要命，道："耀大哥，闻老贼毕竟是魔宗九离一族的宗主，他虽然不在，但是万一在府中留有其他高手，岂不很危险！"

耀阳起身对三人挥挥手，豪情万丈地摇头一笑道："高手又如何？就算现在闻老贼站在面前，我耀阳也丝毫不会惧他！你们乖乖在这里吃完饭，然后回客驿收拾一下，如果再寻不到什么消息，我们会尽快离开朝歌城！"

话音未落，耀阳人已不见，原来已经驾着"风遁术"朝太师府遁去。

剩下来的三人对着满桌的丰盛酒菜发了愁。愣了好半晌，小仙才勉强拿起筷子，招呼小千与小风先填饱肚子再说。

耀阳借着风遁掠进"太师府"，小心翼翼地落在后花园中。

花园中并无任何人迹，显得格外静寂无声，耀阳左顾右盼的压低身形，行走在一条条曲径上，过分的小心令他再度想起兄弟俩仗着灵身在陈塘关肆无忌惮的事，每每想到其中精彩之处，他都免不了失声一笑。

走完略显繁杂的花园曲径，不远处已经是内院家眷的居处。耀阳又将整个内院摸索了一遍，令耀阳大惑不解的是，整个太师府似乎完全没有人气一般，到处死气沉沉的。

尽管他很好奇想进内院楼舍看看，但顾忌到闻仲九离魔族的淫威，自是不敢擅自乱闯，只是在内院附近躲躲闪闪的徘徊，找寻有无倚弦留下的暗记，或是以自身的归元异能探测有无结界之类的禁制存在。

然而任耀阳如何找寻窥测，也始终无法寻到任何可疑的暗记或结界力量。正当他枯坐在内院一株隐蔽的树荫下，越来越感到心灰意冷之际，远处守卫兵士的脚步声骤然响起。

耀阳将身形重新隐匿在树荫之中，仔细观察了片刻，心念一动，脑中顿时有了主意。他偷眼瞄着一队兵士从身旁巡逻而过，尤其是队列最后一名兵将悠闲阔步，看似身份级别较高。

随着那名兵将的越来越接近，归元异能在体内轻轻浮动起来，耀阳感应到那人身上发出的阵阵魔能，看样子此人还是魔门中人，正中耀阳下怀。

耀阳屏息静气，等待那名兵将靠近身旁三尺距离外，眼中精光暴射，蓄足五行玄能的双臂平伸，一个虎跃窜出树荫隐蔽，向着那人一扑而上。

那名兵将哪曾想到会在太师府遭人暗算，猝不及防之下，只觉一股大力忽袭而至，当即被耀阳扑倒在地，连哼都未哼一声就被耀阳掐住了咽喉要害。

耀阳以五行玄能死死抵制住对方的魔能反噬，先是警惕的四下张望了一番，然后才将其拖入树荫隐蔽之下。

那名兵将死命挣扎了片刻，无奈自身魔功有限，根本敌不过对方的浩大异能，而且咽喉受制无法呼喊出声，只能放弃无谓的努力，恶狠狠的用两眼怒瞪着耀阳，摆出一副誓死不从的模样。

耀阳看了觉得好笑，掐个咒诀运转元能，愈趋熟练的五行玄能透脉而出，幻出一个异能结界，将其人禁锢在其中，这是《玄法要诀》中关于音、形、法、能的禁制方法之一，用来对付企图顽固反抗的人最是有效。

耀阳先是朝他笑了笑，然后细声道："我有话问你，如果你照直答复，我自然不会伤害你，否则魔门余孽定杀不饶！"他一边说一边加强体内异能对那兵将的压迫，对于类似这威逼恐吓的一套手段，他跟倚弦自小便时常经历，只是想不到有一天他自己竟也会使这种手段。

那兵将怎么受得了归元异能的逼迫，体内魔能早已成土崩瓦解之势，当即忍不住闷哼了一声，不敢再作逞强，在结界控制下缓缓点头道："尊使尽管问！"

耀阳心中大爽道："闻仲老贼是什么时候离开朝歌的？"

兵将如实答道："宗主已离开朝歌将近半月有余！"

耀阳心中暗自盘算了一番，原来闻仲自前次妲己回朝歌时便已告假离去，至今仍未回来。他又想起那时思感中对倚弦的感应，问道："他在走之前，身边还带着谁？"尽管倚弦很有可能被封印在类似"六合云光石"的法器中被带走，耀阳仍然忍不住问了这一句。

那名兵将道："跟随宗主左右的是他老人家最贴身的亲传弟子戬少！"

"戬少？杨戬！"耀阳心中一震，心想："妲己不是说，当时陈塘关一役因元始天尊的插手从而威慑妖魔离去，闻仲则是因为牺牲了杨戬的性命才得以生离陈塘，而现在这名兵将却说闻仲最后是携杨戬一同走的，这当中定然有蹊跷！"

一念及此，耀阳眼中精芒暴涨，掌中指诀轻拂，比之从前强上数十倍的"天火炎诀"一把火蒸腾在禁制结界上，怒喝道："你胆敢骗我！"

那名兵将受此异能炎火烧炙，痛苦的面孔逐渐扭曲起来，现出魔门弟子的绝丑原形，本灵之体虽是痛苦万分，但偏偏被结界压制得吱不出一声，只能再度闷哼连连，哀求道："尊使……手下……留情，我刚才真是句句实话，绝不敢有半句假意敷衍……"

耀阳这才停下手来，追问道："那他们去了哪里？"

那名魔兵喘息了一口气，惊惧万分地看了耀阳一眼，战战兢兢地答道："宗主带着戬少回了我宗族地……离垢城！"

"离垢城？"耀阳总是隐约觉得这名字好像在哪里听过似的，觉得格外耳熟。他思忖着妲己如果没有骗他的话，那么这个杨戬定然跟倚弦存在某种说不清、道不明的关系。

"究竟是怎么回事呢？"耀阳脑中理不出丝毫头绪，只能继续问道，"离垢城在什么地方？"

魔兵犹豫半晌，哆哆嗦嗦不敢正视耀阳逼视的双眼，哀声求饶道："尊使也许不知道，我宗族地离垢城是一座巨型的天空城，孤悬在万仞高山上，就好像天上的云朵一样，长年漂移不定，不管是外人还是族人一旦像我这样离城，都会无法再寻到它的位置！"

耀阳见他一脸惊恐莫名之色，料想应该不敢说假话，也就暗叹一声不再深究，道："那你可知道闻老贼什么时候才会回朝歌？"

魔兵见耀阳并未责怪自己，回答更是爽快，摇头道："不知道，我只听说宗主好像是跟纣王告假三个月，其他的就一概不知了！"

耀阳指了指内院的房舍，问道："那这里面住了一些闻老贼的什么人？是不是还有别的魔宗高手在此！"

魔兵摇头道："这里平时除了几个负责打扫的下奴之外，根本没有人住！"

"什么……"耀阳哪里知道问了半晌，仍然是一无所获，心中虽有不甘却也没有一点办法。

他再一想到这些日子跋山涉水最后只剩一场空，不由直恨得牙根痒忍不快，望着不远处高耸的太师府内院，脑中一时气极，骂道："闻仲啊，闻仲，我好不容易才来一趟朝歌城，所以无论如何也要送你一样纪念品才行，要不然你怎么也不会知道究竟是谁来这里找过你！"

不想还好，一想到这里，耀阳心中压抑已久的念头立时涌了上来，而且他从来都认为自己是那种敢作敢当的人，又怎会放弃难得一次解恨的机会，当即大模大样的从树荫中走了出来。

那名魔兵不知耀阳想干什么，瞪大眼睛大惑不解地看着他的一举一动。

只见耀阳走出几步立定身形，凝神调息片刻，掌中“七真妙法指”应运而生，体内异能引带五行玄能流转往复，五而合一，一再化五，推动庞大的元能有如惊涛骇浪般狂涌而出，汇成前所未有的“天火炎诀”。

“乾天龙炎诀!”耀阳大喝一声身形遁风而起，双掌怀抱如箩，竟成浑圆状凭空一震，强劲无匹的炎火铺天盖地般朝内院房舍席卷而去。

这是耀阳潜心寻思已久，根据《玄法要诀》法字部“炎诀述要”与《阴阳法要》“生藏成易变”中“藏”法结合，再配合本体五行玄能与归元异能的禀性而自创的法诀，然后取了《玄法要诀》上几字要义改成一个炫目的法诀名字。

看着内院房舍火光冲天而起，顿时已经沦为一片火海，耀阳飘然落地，吁了一口气。尽管还是第一次使用自行领悟的法门，他对于最终的法能效果仍然不太如意，但看到顷刻间整个太师府的火势蔓延成灾，他还是满意地笑了笑。

魔兵乍见耀阳如此神威，再看到太师府上下乱成一团，所有守卫兵士急得团团乱转，看着漫天火光手足无措，这名魔兵禁不住惊得呆住了。

耀阳干净利落地拍了拍手，略显得意的对魔兵说道：“既然刚才你这么合作，我也就不再为难你，不过我希望你带一句话给闻仲老贼!”言语一顿，耀阳的目光中透出一股平生从未有过的凛然煞气，道，“就说太师府是我——耀阳烧的，让他招呼好我兄弟等着，如果他敢对我兄弟有丝毫伤害的话，我发誓下次要烧的便是他的老巢——离垢城!”

语罢，耀阳玄能运转手起掌落，将一脸难以置信的魔兵当场劈晕过去。

趁着到处一片混乱，耀阳大摇大摆地驾起风遁出了太师府。

耀阳收了遁法停在白虎大街一处偏远的巷角上，驻足遥望不远处已沦为一片火海的太师府，嘴角轻扯出惯常嚣张的笑容，这是他憋了这么久以来做得最让自己感到扬眉吐气的事情。

他整了整衣衫，昂首傲步行出巷角，准备绕过白虎大街回北城的云来客驿。一路缓步而行，沿途所见都是熙熙攘攘前往太师府看热闹的一些民众，这场大火似乎让午后的朝歌城变得更为热闹起来。

行过白虎大街，耀阳转道玄武北街，回头看时，仍然可以远远见到太师府方向的映天火光，大批的殷商兵士已经陆续向那边开赴，街面被兵士战车等等挤得乱七八糟，惹来一片怨声载道。

当耀阳偏身转到街边闪过一队兵士的横冲直撞时，一眼正好瞥见一群跪伏在地的下奴，令耀阳不由想起他与倚弦从前做下奴时猪狗不如的生活。这时，那群下奴中竟有一人抬起头来。

只见那人方方正正的脸上赫然印着一个偌大的“费”字，这副熟悉的面孔正是以前同在费仲府上做下奴的王奕，此时的王奕虽是偷眼窥望，但却现出一脸不甘屈服的愤恨神情。

耀阳四下一看，竟发现附近没有管头在场，心中感到奇怪，转念想到太师府失火这么大件事，便猜到那些管头一定是去附近看热闹去了。

耀阳想到从前他与倚弦较晚被收入费仲府，而王奕此人素来正直仗义，所以兄弟俩一早就与王奕认识，得他照顾颇多。所以耀阳当下心中一动，偷笑二声，大步流星地走上前去，猛地在王奕肩上拍了一下。

王奕正在小心翼翼地提防管头，却忽然被人从身后猛拍一下，紧绷的神经一度紧张，吓得顿时低头继续跪伏在地上。

耀阳笑着喊出了他的名字：“王奕大哥！”

王奕听得耳边响起熟悉的称呼，大感诧异，赶忙回头一看，一个锦衣华服、气势卓越的少年正笑吟吟地看着自己，显然刚才在背后拍自己的人便是他此人，他心中只感纳闷，不敢相信地指了指自己，问道：“公子爷是在叫我吗？”

耀阳听到王奕对自己的称呼，先是愣了愣，然后失声大笑起来，道：“王奕大哥，你看仔细一点，难道连我也不认识了吗？”

王奕闻言一怔，再次定睛细看，果然在对方招牌式的咧笑中感觉到熟悉的印象，脱口而出道：“小阳……”然而，当他再细看到耀阳丝毫无损的脸面，又禁不住犹豫了，难以置信的望着眼前的少年，不无伤感的道，“你不是小阳，小阳跟我一样是一个下奴，而且……而且他和小倚两兄弟早已经被妖怪给吃了!”

耀阳听出王奕话中的关切与伤感，心中不免为之感动非常，一把将他从地上拉起身来，嘿嘿一笑道：“王奕大哥，你再仔细看看，我不是小阳又是谁?”

王奕盯视耀阳良久，终于从后者充满诚意的脸上看到了往昔熟悉的影子，惊讶得半天说不出一句话来，最后指着耀阳的脸庞，支支吾吾道：“你……你和小倚原来没被妖怪吃掉……但是你又怎么会将脸上那块烙印除去的呢?”

耀阳用手指比划了两下，不知该怎样向这位老朋友解释，只好暂时说道：“这事说来话长，总之是一句话，大难不死，必有后福。对了，我和小倚走了以后，你们大家都怎么样了?”

王奕一脸惊慕的神色望定耀阳，无奈地说道：“我们都以为你们被妖怪吃了，后来妖怪虽然被蚩真人剿灭，可那又怎么样？我们最后还不是像从前一样一天又一天地熬下去！谁能比得了你现在这般逍遥自在?”

一众下奴猛然见王奕被人拉起身，纷纷抬头看去，见王奕此时正跟一个富家公子哥相互攀谈，不由都愣住了。其中倒也有几个与耀阳、倚弦他们兄弟相熟的下奴，听到他们大哥、小阳的称呼，都好奇地站起身凑了过去。

一群下奴中又有人认出耀阳来，于是都围拢过来，无比羡慕地看着耀阳此时衣着光鲜，气势不凡的模样，不停向他问这问那。耀阳许久不曾见到这么多老朋友，话茬一开，自然是有问必答。众人就这样亲亲热热地围在一起，听耀阳说着众多的奇闻趣事，夹杂着吵嚷笑骂声，像极了平常旧友重见的闲话家常一般。

谁知就在众人聊得忘乎所以之际，一阵劈啪作响的鞭击声从他们身后传来，下奴们的惊声惨叫声也随之而来。

耀阳的耳边响起管头归老二的叱骂声。

第四十五章　魔狱历险

走入内洞奔行约有将近一日路程，倚弦心中盘算着再往前行，应该就是浮泥与实地的分界线了，于是决定今日就在这附近休息一日，他不想过早的把自己放进那毫无自由可言又危险万分的泥沼中。而且他十分明白自己必须在短时间内将自身修为提升到另外一个层次，不然休想活着走出冰火轮回狱！

他心中虽然对此行不抱有太大希望，但却并非怀疑老者所说，因为倚弦觉得他根本没有欺骗自己的理由，再说对老者仰或是倚弦本人而言，这都是唯一的机会。

不久后，他找到了洞壁上一棵可以观望四周的大树作为息身所在，又在树枝交叉的地方搭架了一处可以安坐的地方，再将老者给他的“蝼丧粉”涂于全身各处，以免遭到四处暗藏的毒虫叮咬。

一切准备就绪，倚弦首先依照素柔一再告诫要紧记的“翻覆调转，截二取一”将脑海中她背诵给申公豹的《圣元本草经》分解，将其中真实地方的拼凑完整，牢牢记在心中，然后又将上次无意中凝幻结界之法温习数遍，直到能够随心所欲的施展之后，方才开始闭目休息。

略作休息后，倚弦开始思索自身修为中最为重要的一点——

一直以来他虽能熟练施展“傲寒诀”，但“傲寒诀”不论从攻击范围抑或给予敌人的伤害程度，都远远不能达到他所想要的效果，其他玄法虽有更好更高层次的法诀，但苦于灵体周身并无五行经脉可用，所以根本无法运用出来，想到此处，倚弦的眉头不自主的紧紧蹙起。

苦思良久，他仍然想不到可以解决的办法，摇摇痛胀的化身脑袋向不远处洞外的浮泥泽地方向望去。迷雾横断，他根本瞧不真切，忽然间一阵旋风骤然卷起，又蓦地散开，将迷雾搅出一个偌大空洞来。

观望这一幕的倚弦脑中灵光倏然闪过，思忖道："如若我依旧沿袭'傲寒诀'运行诀窍，但以旋风形态将他施出体外，不知会怎样？"想到这里，他说做就做，但这终究是他初次尝试去改变玄法的运行轴线，心下难免有些忐忑与紧张。

倚弦缓缓闭上双眼，鼓动体内异能依照"傲寒诀"循经导脉，带出那股他所熟悉的清凉寒劲，凝于双手之上并不放出，化身传来的刺骨冰寒差点让他痛呼出声，深嘘了一口气，倚弦手上的"七真妙法指"蓦然灵动，挥舞疾出，冰寒刺骨，青芒隐射的异能均匀又快速的自他指尖涌出，在他身周形成一道晶亮剔透的异能环，未等倚弦瞧得真切，异能环又蓦地环荡而出，穿过周遭树枝四散开来，无影无踪。

倚弦看着周围仅仅被覆上一层薄冰的冰枝银叶，暗道："此法果然行不通，可'傲寒诀'的冰劲应该不至于连树枝也折不断吧？"

他不由要伸手去触碰树枝想知道其中究竟，哪知身形方动就觉不妙，身体蓦地坠下，整棵大树就此烟消云散，化为漫天细粉簌簌飘扬。倚弦呆呆望着空中离散的晶亮细粉，久久不敢相信这是自己亲手所为，好半晌才从地上一跃而起，欢呼出声。

平复了心中激荡的情绪，倚弦展目望向远处未知的死亡之地，心中升起一股从未有过的豪情与自信，迈步走向凶险非常的泥泽。

倚弦将自己陷进浮泥之中随波逐流地飘向老者口中的唯一生路。他领教到冰火轮回狱的可怕与残酷，生有三头彩色斑斓的蚊子、满腹毒液五只脚掌的蟾蜍甚至横生双翅体形庞大的鼠头蝎子，都是他见都未见过的怪物。不过令倚弦庆幸万分的，是他至今都未曾遇到那令老者都谈之变色的玄冰口与熔浆洞。

屡次化险为夷都让他更加珍惜自己的生命，凭借步步危机中的压迫感与各种怪物留在他身上的伤毒，他努力的去钻研《圣元本草经》。虽无药物辅助，但是书中记载的诸般妙法足够倚弦应付这副本就不属于他的躯体上的伤毒。

将近月余的沼泽生涯，倚弦见到了很多被流放至此的魔宗中人，不过这并没有增加倚弦的危险，因为他们本身魔功均被禁锢，而且他们也没有像范湘、凌苜蓿甚至那高深莫测的老者一般能自行解开封印，而是只能苟延残喘待在一些石壁间隙或草地枯泽之中。

这一段时间，无疑是倚弦生命中收获最多的日子，不断与各种怪物交手的实战经验不但让他体内异能感到明显通畅，而且琅寰洞天中翻阅的诸多典籍以及先前接触过的《阴阳法要》与《圣元本草经》，也都被他逐渐领悟，使他本身修为更为突飞猛进。在闲暇无聊的时间里，他将那日领悟出的结界与蜕变“傲寒诀”而来的法诀分别命名为“绝龙壁”与“寒星变”。

在这恶劣到极点的自然炼狱中，倚弦深深的为丑恶的人性而悲哀，他丢弃了帮助这些人的想法继续向前行去，继续寻找那通往阳世的希望之门。同时，他也在思索找到出口后怎样去应付那城府深沉的老者，倚弦并不是心口不一的人，他既然对老者作出承诺那么就必然会做到。

然而距离老者所说的“契机之日”已经只余一天时间，事情迫在眉睫，倚弦暗暗对自己道：“明日黎明之前我定要找到‘晶魄离魂天’!”

冰火轮回狱的黑夜如约而至，如雾如烟带有极强腐蚀异力的气体蒸腾而起，瞬间席卷了倚弦视线以内的所有景物，将它们牢牢吞噬。所有沼泽中生存的异种怪物都识趣地躲避到安全的地方，使沼泽得以暂时安静下来。

进入这片最为恐怖的死亡沼泽以后，倚弦已经习惯了这种情况，夜晚成为他最佳的活动时间，腐蚀异力虽然对化身侵蚀尤烈，但却对他本身灵体起不了丝毫作用，试想连“阴阳劫地”都不能将他们兄弟俩噬化，这三界之中还有什么地方是他不能去的呢?

不过今夜的他显得异常烦躁，身躯笨拙的在浮泥中移动，一双俊目四处搜寻，企图找到他最想见到的地方。

“哞……”

一声撕天裂地，震动六合的龙吟之声骤然响起，其中满蕴的魔异之力让倚弦心神一震，随之泛起阵阵来自内心深处的悸动，不由自主合着声音跌宕起伏。他身侧泥沼倏地急速流动起来，数十里方圆的浮泥“哔吡，哔吡”转动形成一道巨大的漩涡。

倚弦被卷溺其中不能脱身，万千泥箭飞溅甩射，不时钻入他眼耳鼻口之间，身躯也被蓦地拔起，向旋涡中心飞去，喜忖：“‘晶魄离魂天’你终于出现了！”

他身在空中毫不慌乱，鼓动异能将“绝龙壁”凝幻而出，隔着青光流转的结界，他向外放眼望去，只见漫天浮泥仿若道道墙壁腾空而起，在空中激飞乱撞却无丝毫泥屑掉落地下，齐齐汇入漩涡之中。脚下浮泥浪涛般掀起阵阵泥浪，起伏涌动。

就在这生平仅见的奇景当中，一条巨大硕长之物凭空出现冲天而起，全身魅异紫光耀射漫野，凛冽霸道的气势充荡在天地之间。倚弦暗自揣测这究竟是何怪物，不由凝神望去，登时骇得肝胆欲裂，只见那物长约十余丈，坚鳞利爪，虬角卷须，目若寒星，正是千古灵物异兽之首——神龙！

此时，神龙的大半截身躯露在泥沼之外，遍体幽紫色的鳞片仿佛就是吞噬一切的根源所在。巨首凌空摇摆发出狂暴怒吼，四只森利巨爪挥舞划动，似要撕破所有障碍腾空而去。随着双方的接近，倚弦身周青光吞吐的结界似乎已经引起神龙注意，它蓦地安静下来，孤傲地抬起龙首，冷然盯视着他。

巨大的吸力将双方距离迅速缩短，神龙已经不过倚弦十余丈远，他清晰地感觉到来自于神龙的无匹压迫感，自嘲地忖道：“不知我这‘绝龙壁’是否真能绝龙！”

就在这时，神龙一只巨爪突然探出，遥对倚弦抓出，倚弦顿觉一股比那漩涡还要强盛的吸力蓦地扑面而来。激得周身“绝龙壁”青芒暴闪，急速抖动，带着倚弦在空中滴溜溜转了数圈才渐渐停下。

倚弦头晕眼花的稳住身形抬头望去，却发现自己不知何时却已来到神龙面前，神龙那充满不屑又略带惊疑的巨目展现在他面前，隔着结界利剑一般插入他眼中。他只觉脑中轰然，方才思及的所有应变之策荡然无存，呆愣愣悬在空中，直到神龙吼啸之声再度响起才倏地惊醒。

他心念电转，有了一个极为危险的办法，一个没有办法的办法。倚弦心中念头未定，紫光电舞的神龙猛然下冲盖顶袭来，森利巨齿寒光隐现。倚弦此时心有定计不再慌乱，洒然一笑，“七真妙法指”急速挥舞，比之以前“傲寒诀”强劲数倍的“寒星变”猛然溢出，激射神龙双目而去。

距离如此之近，神龙躲避不及，巨目立时负伤，怒吼出声，口中轰然喷出一道紫色元能，将倚弦的“绝龙壁”团团包住。倚弦立时如处身炼狱一般，结界外紫火环绕跳跃不息，炎热劲气缭绕周侧带来强劲的压迫力使他几欲窒息。

但，这正是他所希望的，一切均在意料之中。

神龙好似并不想就此罢休，一双巨爪蓦地探出环绕“绝龙壁”两侧，呈抱圆之势将倚弦禁锢于它胸前，掌爪之间的龙体元能回环激荡，幽紫电花劈啪作响，耀出魅异光芒映出倚弦脸庞上抽搐的痛苦。

就在此时，异变倏生——

倚弦体内的归元异能应机出现，刺眼青光耀射满天，“绝龙壁”与神龙封印骤然迸暴，四散开来。足可撼天的暴烈异能瞬间将神龙轰出十余丈外。

倚弦的身躯直坠漩涡中心而去，神龙尾端就在其中，迷懵中倚弦依稀见到神龙躯体乃是烟雾凝幻而成！

这是他被卷进漩涡前见到的最后一幕。

这是一片魅异的空间，处处透露出黑暗的神秘气息。两块硕大的莫名晶体飘浮当空，其中一块浑圆饱满，射出炫目以极的火红之色，其形圆如中天烈阳，另外一块青蓝剔透状似弯月，幽光吞吐丝毫不被前者光芒掩盖，悠然自得。

它们正中处有一个巨大的水晶平台，上圆下方秉遵天地之势，在青红碧蓝的光芒掩映下，流动着炫人眼目的异彩。平台中央有一条长有九丈九寸的雪白丝绫，飘飘洒洒飞荡于平台之上，它周身玄银光芒斑斑闪烁，重重叠叠辉耀出无数符咒法文。

丝绫中央处缚着一把长若六尺的长剑，造型高古朴拙，显然它已经历了一段非常悠长的岁月，剑身无鞘，接连着剑柄刻铸出一头长身四爪，虬角卷须的异物，一双眼睛紫芒吞吐，威严霸道，赫然就是倚弦方才所斗之物——神龙。

长剑并不是安静的，而在不断颤动中，它仿佛受远处两块晶体吞射出的彩芒所激，不断发出一种铿锵高越的声音，它像是在应某一神秘力量的牵引，遥遥压制着两块晶体。

倚弦漂浮在这仿佛无尽的黑暗之中，想着方才九死一生的险境，不自禁打了个冷战。可当他见到凌驾虚空之上的水晶平台与日月双形的冰晶火魄时瞬间就从后怕变为惊诧。

虽然他亲身莅临过诸多他人不敢想象的迷地秘地，诸如“虚灵幻境”、“阴阳劫地”，甚至三界六道尽头的“无极秘境”，但眼前魅异奇幻的“晶魄离魂天”仍然给他带来灵魂深处的悸动。

冥冥中，倚弦的到来似乎已经引发了难言的契机，平台之上的丝绫蓦地嗡嗡作响，神兵嘶鸣不已。

倚弦深深望了悬浮空际的两块晶体一眼，有过“虚灵幻境”经历的他驱动身形翩动，毫无阻碍的登上水晶平台，趋步上前直逼缠绕神兵之上的丝绫而去。

莫名的感应让他毫不犹豫地扑向那把上古神剑，当倚弦双手握住剑柄的那一刹那，思感中骤然升起一种莫以言状的感觉，那是一种危险的信息，是月余来生死之中磨练出的直觉。

但是其中却又夹杂着另外一种混淆难辨的感觉……

不容他多想，神龙怒吟之声传来，它巨大的身躯跃然入目，全身幽暗紫光伸缩吞吐，倚弦手上神兵也蓦地紫光大胜，与神龙遥相呼应。平台之上旋风倏起，狂飚直上，将倚弦万千发丝扬起，银白丝绫飘扬招展中，嗞嗞数响后化烟幻雾蓦地消失，无影无踪。

一点亮紫色光点骤然出现在他手上剑身之上，灵性般缓缓蠕动，扩张开来……

“叮！”

响声过后，异变倏生！

光点骤然化为一道巨大光幕，直立而起，蓦地穿透倚弦的灵身，无极限的拉伸扭曲，就这样将整个空间切割开来。冰晶、火魄各据一边，忽然放射出比之以前都强盛不止数倍的火红青蓝光芒，却又以倚弦躯体为界，格局分明。

整个场面魅异凄幻，实属倚弦生平仅见，而神龙也忽然爆裂化作万千紫光流芒，仿若烟花一般，瞬间烟消云散，只余犹有不甘的龙吟声缭绕回环。

倚弦暗叹一声，为神龙惋惜着，目光穿过紫魅的光幕，落在手上神兵的剑身上，见那一簇簇紫炎掠过剑身后，一行字体悄然呈现——

“剑消龙陨，冰火轮回！”

字体消逝，倚弦手上神兵黯淡下来，逐渐趋于透明，最后倏地消失不见。倚弦瞠目结舌，望着空空如也的双手，想着方才剑身上那行隐晦的话语，他只觉脑中轰然震响，方才混淆难辨的神识感应骤然清晰起来。

就在此时，他脚下的水晶平台、空中日月双形的冰晶火魄砰砰作响，齐齐碎裂开来，化为无数碎片四下激散，急速旋转发出刺耳的啸声。倚弦置身其中，眼前色彩斑斓的万千光影以自己为中心流离飞散，甩脱飞溅，只觉天旋地转，仿佛又自回到“无极秘境”中被焰柱贯体而过的可怕梦魇之中。

就在这月余以来，倚弦首次感到无所适从，漫天光影碎片蓦地静止，零零散散飘浮空际，再没有一丝声音发出，就连光影吞吐放射的各色彩光也都不再闪烁，在这绝对静止的世界里，倚弦感觉自己的思识仿佛也都停滞，一切静到令他几欲窒息。

片刻后，一道极其细微的“簌簌”之声骤然响起，在这静溢的空间中环荡，衬着空中静止的流光碎片，各色光影诡异万分。

倚弦不由抬头望去，只见头顶之上方不知何时竟然出现了一个幽黑巨洞，在满天光影中显眼已极。倚弦还未思及此洞究竟如何出现之时，就听黑洞中传来的细微声音业已变为“飕飕”极响，一阵无匹巨力紧接着压顶而至，空中异彩缤纷的光影蓦然灵动，幻成极端的冰雪与火焰合着尖锐呼啸再呈旋动之势。

倚弦的身躯就在这冰与火中被巨大吸力蓦地拔起，卷入黑洞之中，撕心裂肺的疼痛顿使倚弦晕了过去。万千光影，冰晶火焰，紧随而至被那仿若来自远古巨兽利口的黑洞中去。

只一瞬间，那流光异彩的碎片、吞噬所有的黑洞、矛盾相容的冰与火等诸般奇特景象均已消逝不见，仿佛一切的一切从未发生过……

耀阳回头见归老二居然跟以前一样不分青红皂白见人就打，眼看王奕他们又要在鞭子下皮肉开花，再想起自己与倚弦以前也受过这种虐待，不由气往上冲，转身夹着风遁的一个箭步掠前，大手一挥，竟将那狠狠抽下的鞭子握在手中。

归老二一鞭挥下，正想象下奴被打得皮开肉绽的快意景象，猛觉面前一阵劲风拂过，手上的鞭子一紧，一股莫名大力将他的的鞭子引向右方，且被那股大力拉得笔直。

“你他娘的活得不耐烦了？竟敢阻碍大爷我……”

归老二见有人阻止他鞭打那些猪狗不如的下奴，不由大怒，他的主子可是当今纣王最宠爱的大臣，在这朝歌城要风得风，要雨得雨。所谓打狗也得看主人，谁人敢不给几分面子。他骂骂咧咧放眼瞧去。

只见眼前伸手接住鞭子的人虽然年少，但虎背熊腰、俊眉朗目，往他面前一站，自有一股渊峙岳亭的气势，浑身上下发出一种有如珠玉般的光彩，让人不由生起一种如蛄蝼仰视巨鹏的感觉，不敢对之不恭。

归老二心中一震，后面的脏话却再也说不出口，统统都缩回了肚子，再被耀阳双目中的凛然气势一迫，便化成无声之气自臀部放出。归老二心里直嘀咕：“他妈的，这是什么人？好大派头！”当下壮起胆子，喝骂道：“你是什么人？”

耀阳也不答话，冷哼一声，手劲微动，那条被拉得笔直的鞭子立时裂为无数段，掉了一地，再一伸手，看傻眼的归老二猛然感到一股大力将自己抛起，又重重掷在地上，摔得筋骨欲断。

归老二又气又痛，大吼道：“兄弟们，有人捣乱，给我上……”

那随后赶来的几个管头不明所以，但见竟然有人这么大胆，敢和费大夫府的人作对，不由都怒气冲天地抽出鞭子，哇哇地扑了上来。

耀阳当年在费府做下奴时，早想狠狠教训一下这群王八蛋，这时见他们上来，正合心意，右手轻抖，在空中一划，涌出一圈火红色的五行玄能，正要给这群可恶的管头吃些大苦头，耳旁骤然风声掠起，三个身影人同时遁风而来，正是小仙、小千与小风。

小风与小千已经从他身后跃出，拦在前面，异口同声道：“师父有事弟子服其劳，这些狗屁家伙就由弟子们来对付吧。”

他们和小仙在酒楼吃过饭以后，原本准备打道回客驿，谁知走到半路发现太师府火起，以为耀阳碰到了什么麻烦，二人连忙探查一番，竟没有在太师府寻到他的踪迹，而是在府前附近的玄武北街发现耀阳，于是赶了过来。

小千与小风虽然这几日并没有学到什么玄门法术，但以他们区区数百年的妖身灵体来对付这些欺善怕恶的普通人，却绝对是轻而易举，再说遇到这么好的表现时机，又如何肯放过，便乘机自动请缨出手。

耀阳见小千与小风已经扑上去与一众费府管头打成一片，便扬声道：“你们俩小心点，可别砸了师父我的招牌！”

小千与小风回头笑道：“对付这群窝囊废，师父你就放一百二十个心吧！”说着，他们手上一点也不含糊，拳如流星腿似电……将那些管头修理得鬼哭狼嚎。

一旁本来准备挨打的王奕等下奴，见到这些平日里动辄对他们打骂的管头被整得如此之惨，不由心花怒放，暗暗叫好，有几个大胆的甚至叫出声来，也有胆小的见耀阳只有三四个人，但费府家兵众多，一旦聚集起来，耀阳他们非吃大亏不可，这些人心中都暗暗祈愿不要牵累自己。

看着管头们被小千和小风整得狼狈不堪，耀阳和小仙早在一旁笑得前俯后仰，而小千与小风听得小仙叫好，心中更是得意，整人的点子更是花样百出。惹得围观民众个个笑得合不拢嘴。

忽然，耀阳的思感神识兀然一动，警兆立生，耳边果然听到两声闷叱，他体内的异能化合五行玄能立时涌出，一分为二，化成两道，直向小千与小风二人立身之处电射而去。

小仙见状不由“呀”地一声惊叫，不知耀阳到底是什么意图，不过，她内心深信耀阳这么做一定是为了小千与小风。

果然，此时一道玄色元能与一道五彩元能急射小千与小风，被耀阳适时在中途截住，四道元能相击，化作满天异彩，四下纷散。

小千与小风趁此时机，慌忙避到一边。

围观的平民百姓见到争斗升级，早已四下散开。

另一群人气势汹汹地走进场中，当头一人大约二十好几的年纪，虽然穿的锦衣华服，但却长得一副猥琐、性欲过度的痨病鬼样子，那人甫一出场，一双贼眼贼溜溜的朝小仙猛盯。

他身后站着两位中年汉子，皆穿了一身黑袍，一个身材瘦如竹竿，两只眼睛深陷眶内，一张脸惨白惨白，另一个又矮又胖，两撇鼠须。两人一走出来，就给人一种阴风阵阵的感觉，令人不由只想缩脖子。

耀阳认得这人乃是费仲的独生爱子费昆，平时最喜拈花惹草，朝歌不知有多少平民百姓的女子毁在他手里，当年，他与倚弦在费府做下奴的时候，就已气愤不过，还给他起了个外号叫作“废物”。至于后面跟着的二人，耀阳一眼已经看出他们一身妖气，方才两股元能理应是他们所发。

归老二见了这群人，不由心中大喜，仿佛天上下救星一般，连忙忍着痛，一拐一瘸地跑到当头那人面前，屈头弯腰低声说起话来。

那公子模样的人听完归老二的话，看了耀阳几人一眼，喝道：“你们几个贱民好大的胆子，竟然敢殴打我费家的人，真是不知死活，现在本少爷大人有大量，只要你们肯将身后的小妞献上来让本少爷乐上一乐，说不定就不追究你们的责任了！”说着，他又色迷迷地盯着小仙猛瞧。

小仙被他看得满脸通红，心中又羞又怒，不住往耀阳身边靠，旁近的小千与小风听得怒火中烧，要不是看着师父耀阳在场还没发话，他们早就冲上去动手将他打成猪头三了。

耀阳想起他与倚弦很早就有教训这废物一顿的念头，却想不到这废物今日竟然自动送上门来，耀阳的脸上隐隐浮现出一丝笑意。

费昆见耀阳不理他，不由大喝道：“喂，臭小子，竟敢装作没有听到本公子的话？”于是单手一招，道，“来人，把这几个家伙给我拿下！”

费昆身后两个家伙应声而出，瘦长个阴阴地对耀阳道：“小子，念你也是修道之人，只要你将身后的小妞献给费公子，然后速速离开朝歌城，或许还可保全性命，不然最后落到我们二人手中……”

矮胖子借着冷哼二声，道：“定要让你等生不得、死不得！”

这两妖正是费仲新近招揽的花袍怪与风妖，只因耀阳刚才不知来人是谁，所以放出的拦截元能刚刚能抵挡二妖所发出的元能之势，使得二妖认为耀阳修为远在二人之下，不由心中大宽，出头露脸全然不将耀阳放在眼里。

耀阳见二人一副得意之状，心头不由暗自好笑，道：“我可不想献出我这好妹子，倒是你们两个小妖怪，不知本体是猪还是羊，不如让我拿去宰了做畜供，献祭天地，怎么样！”

小仙见耀阳称呼自己为妹子，芳心不由怦怦一颤，偏头再见到耀阳谈吐之间流露出的那股气质，心头更是鹿撞不已。

花袍怪与风妖虽也是妖灵出身，却最恨别人说他们是畜生，耳旁听得耀阳当面讥讽他们，禁不住气得哇哇大叫。矮胖的花袍怪首先怒吼一声，十根萝卜似的粗短手指发出玄黑元能，从正前方一把扑向耀阳。风妖也发出一股青魅妖气，自侧方罩向耀阳。

归老二看得心中大喜，在一旁叫道：“打……打死他！”忽然间他发出一声尖叫，捂着屁股一蹦老高，身上立时冒出滚滚浓烟，原来是小千偷偷溜到他身后，施法给他屁股上来了一记刚刚领会的“炎诀”。

此时，耀阳运转元能，归元异能明辨无误地感应出二妖元能的底细，然后轻轻松松将手一挥，五行玄能立时涌出，依着“七真妙法指”首次使出《玄法要诀》上的“牵机玄引法诀”，此诀乃《玄法要诀》“法”字部中的一种高级法诀，其要旨在于以己最微之能转移敌人攻来的元能，使之无的放矢。

但使用此诀的要旨在于首先感应出对方所发元能的强弱、大小等等，若非耀阳得到归元异能与五行玄能之助，任他天姿再高，聪明绝顶，料想也绝对无法在如此短时间内领悟此诀。

“轰!”一声大响后，四周尘土飞扬，花袍怪与风妖二人发出的妖能撞到了一起，激起的土石溅得费昆满头满脸都是。

费昆气得脸色发白，大声骂道：“你们两个该死的东西，叫你们抓人，你们在做什么?”

花袍怪与风妖也莫名其妙，自己发出的妖能怎么就拐了个弯，没击中那小子，反而与自己人相撞，还撞得血气翻滚，差点受伤。二妖不知究竟，听到费昆的斥骂，不由又羞又恼，再次大叫一声，扑向耀阳。

耀阳见二妖修为平平，正好可以用他们来试试这几日领悟的法诀，于是脚下错步身躯轻转，掌指依照诀要轻扯而动，体内玄能应运而起，《玄法要诀》“法”字部中的“云风附体诀”飘然使出。

二妖只觉眼前一花，明明已经扑到耀阳面前，却发现忽然出现在眼前的竟然是一张猥琐的脸，正是自己的主子费昆，大惊之下，急忙收回元能，但已是不及，只听啪啪两声，费昆脸上立时肿起，七窍鲜血直流。

费昆身后的下人都惊呆了，小千与小风更是趁机出手，打得他们鬼哭狼嚎。

一众下奴见平日在自己头上作威作福的人被收拾得如此之惨，不由得心中大慰，王奕心中却暗自担忧，低声对耀阳道：“小阳，你赶紧走吧，费府人多势众，你今日虽然学成非凡的本事，但毕竟斗不过人多，还是趁现在快走吧。”

耀阳眼中闪过一丝感动，毅然对王奕道：“王大哥，不如你随我们一起走吧，你放心，只要以后有我耀阳在，一定能让你们不再受任何人欺辱！”

王奕听到耀阳的话，不由一愣，双目中闪烁出感激之情。旁边的下奴们眼见耀阳他们的本事，早已充满信心，纷纷道：“我们愿意追随耀大哥！”

耀阳再次以征询的眼光望向王奕，王奕看着身旁群情激昂的一众兄弟，不由得心情振奋起来，点了点头。

耀阳心中大喜，深吸了口气，双臂一展，大喝一声，归元异能引导下的五行玄能一涌而出，将悄悄扑上来的花袍怪与风妖劈得直飞出去，虽然是以一敌二，但那种以强搏弱的感觉让耀阳切身体会到身为强者的睥睨气势，

望着二妖轰然落地的身躯，耀阳当街负手卓立，缓缓吐出一口闷气，脑中想到多种顺利带众下奴离城的计划，然后异常平静的对身后几人说道：“小千，小风，你们护着王奕大哥他们先走，这里由我来断后。”

“弟子遵命！”小千与小风应声而到，护着王奕一众下奴先行离开。

鼻青脸肿的费昆，气火攻心，大声对一众前俯后仰的手下吼道：“一群废物，还不快把那几个小子与那个小贱人给我抓来！”

一众手下听到主子生气，都忍痛从地上爬了起来，正准备继续追赶准备逃跑的下奴们，但却被此时傲立街心的耀阳的气势所震，竟再无一人胆敢上前。

只见耀阳傲立街心之上，异能遍布周围三丈之内，眼中射出凌烈无比的骇人目光，全身散发出那股天地一体，浑然无一的气势，让众人无故生出可供三辆战车并驾齐驱的街面竟无法通过一人的错觉，他们的内心被深深震撼，连费昆也吃了一惊，张大嘴巴，一时忘了疼痛。

耀阳脸上露出满意的笑容，冷哼一声，等众人转过街角跑远了，才返身带着小仙腾空而起，遁风而去，转瞬便在众人眼前消失。

过了好半晌，费昆才从震撼中回过神来，一脚踹到躲在自己一旁的归老二屁股上，归老二那已经被小千用“炎诀”烧得焦黑的屁股重重挨了一

脚，“啊”地一声惨叫，瘫倒在地上不住呻吟。

费昆只觉得脸上火辣辣地痛，忍不住再踹了归老二一脚以发泄恨意，叫道：“笨蛋，还不给我追！”他再一回头大声朝另一个管头大喝道，“胡三才，你回府里带五百家兵，就算将朝歌城搜个底朝天，也一定要将那几个家伙给本公子抓回来，活要见人，死要见尸！还有记住，别伤了那个小妞，抓到她以后，本公子要让她知道得罪本公子究竟会有什么下场！”

费昆阴阴一笑，再对花袍怪与风妖说道：“你们俩现在赶紧去找一个法术高明的高手过来，我一定要宰了那个不知天高地厚的臭小子！”

众手下纷纷领命而去，费昆仍然觉得不解气，拾起跌落在地的鞭子，开始狠命鞭打剩下几个胆小怕事不敢逃走的老弱下奴。

耀阳与小千、小风、小仙三人首先以玄法将王奕等一众下奴的手脚镣铐全部摘除，然后带着他们转出玄武北街，分散了向朝歌城青龙大街边上的一条小巷退去。

王奕边走边问耀阳道：“小阳，你准备带带我们去哪里？”

耀阳闻言想了想道：“王大哥不用担心，都听人说西岐西伯侯仁义所归，所治之处，民众平合相处、歌舞升平。不如我们这就投奔西岐去吧。”

王奕叹了一口气，道：“小阳或许不知，西伯侯姬昌因西岐名声所累，年前被纣王借故召入朝歌，然后便投入天牢，至今生死未卜。”

小仙点头道：“是的，我和小千、小风刚才在酒楼吃饭，还听旁边的人说西伯侯的大公子伯邑考前几日已经到了朝歌，正在为姬昌的事情四处奔忙！”

耀阳轻咦了一声，皱眉道：“依王奕大哥的意思，这西岐肯定是不能去了！”

王奕叹道：“我也不是这个意思，其实不管是去哪里，朝歌也好，西岐也好，我们的身份始终是下奴……”他说着将手举起，轻轻碰了碰面上屈辱的烙痕。

耀阳正欲告知王奕可以用法术去除烙印之际，猛听到巷外四处鼓锣声大作，小千已经飞奔而至，有些惊慌又有些兴奋的道：“师父，很多身穿费府盔甲的兵士已经朝我们这边包围过来！”

果然，小街上横冲出数十名胸口写有“费”字的兵士，手持长戈，大声朝巷内数十人大声喝道：“站住，休要走了要犯！”

耀阳心中烦闷，索性将手一挥，火红异芒闪过，那些兵士们高举的长戈立时断为两截，丁丁当当落了一地。趁着一众兵士目瞪口呆之际，耀阳掌中元能齐发，顿时将数十名兵士全都击到在地。耀阳知道这些兵士只是凡夫俗子，根本挡不得“归元异能”一击，所以只是轻微惩戒，只是让他们全身抽搐动弹不得而已。

击倒这些兵士后，耀阳与众人迅速转入另一条偏街，谁知走不了多久，鼓声越来越急，小千与小风发现有数百名兵士分四路朝自己围捕过来。

耀阳亦感应到来敌之多，回头看看身后满怀期待的数十位下奴，不禁有些为难，若只有少数几人，他还可将他们以风遁带离此地，可是现在一时之间，自己根本无法将他们全部安全转移。

耀阳低头正寻思办法，王奕已然上前道：“小阳，你们还是先走吧，再不走，费府的狗腿子就要来了，可不要让众兄弟连累了你们！”

其他下奴眼见费府兵士叫喊声越来越近，明白自己无论如何也是跑不掉的，便齐齐叫道：“耀大哥，你不用再管我们了，先走吧！”

耀阳摇头道：“王奕大哥，以及众位兄弟，我怎么能弃你们而不顾呢，再说，你们要是被抓回去，一定会被那团废物想尽办法来折磨你们的！”

王奕苦笑着又指着自己脸上那暗红的烙印，道：“小阳，就算今天你将我们带出这朝歌城，但光凭我们脸上的烙印，走不到三步便会有人来捉我们，谁叫我们是低人一等的下奴呢？除非有那么一天，天底下不再有下奴这种低人一等的称号，所有的人都平等相处，我们才有可能真正得救！”

耀阳内心巨震，王奕的话就像千钧巨锤一样砸在他心里，让他感到一种无法言喻的悲哀。是呀，只有天下人没有等级之分，人人平等，所有被视为如猪狗的下奴们才能得到真正的解救，而不是消除面上烙印那么简单！

眼见费府士兵已经逼近，耀阳一咬牙，道：“王奕大哥，诸位兄弟，你们要多保重，我耀阳发誓，总有一天，我会回来解救你们，一定！”

王奕笑道：“小阳，我相信你，快走吧！”

耀阳点了点头，带着小千、小风与小仙化作一阵清风躲到了暗处，眼睁睁地看着王奕众人被费府兵士鞭打着带走，却又无能为力，耀阳虎目圆睁。

小仙见他难受，忍不住宽慰道：“耀大哥，我们晚上再去把他们救出来不就行了吗？”

小千与小风听到小仙的提议，都摩拳擦掌道：“对！对！师父，我们晚上再去把他们给救出来不就行了。”

耀阳摇了摇道：“不，现在我不打算救他们，要救也是将来。”

小仙三人不由一愣，他们哪里想到耀阳说的救不是单纯意义上的救走他们，而是要翻天覆地，令下奴们也过上平常人的生活。顿了顿，耀阳又道：“不过，费府还是要去一趟的，不教训教训那些管头是不行的。”

“好呀！”小千与小风听到这句话，高兴地蹦了起来，两人刚才牛刀小试，觉得还不过瘾，这时听得耀阳说要去教训费府管头，脸上热切的神情不由显露无遗。

耀阳横了两人一眼：“不过不是今天晚上，而是明天晚上，今天晚上费府肯定戒备森严，不好行事，我们先行回客驿吧。”

当下便带着三人驾风遁回到了云来客驿。

在客驿中，耀阳便不许三人外出，又从《玄法要诀》上挑出一些法诀教给小千与小风，两人虽然一心想着去教训费府管头，心痒得巴不得立刻到明天早上，但耀阳一说要教他们法术，两人立时专心苦习，小仙见着有趣，也缠着耀阳非要学，耀阳被缠不过，只得教她。

第四十六章　与龙同行

蜀山。

玄门三宗之首的“剑宗”门户要地。

“剑冢”之中，清风拂过，万千剑器铿铿作响，剑鸣声中，悠然自得的洪钧老祖与略显拘谨的太乙真人隔石而坐，洪钧老祖忽而慈眉一舒，捻起一颗棋子缓缓置于局中，顿呈点睛之笔一条大龙已然成型，活灵活现将太乙所有反败之机悉数封死。

太乙真人望着石上黑白两色的精亮棋子簇眉苦思良久，方站起身来摇头苦笑道：“唉，太乙又输了！”

洪钧老祖脸上露出一丝笑意，抚须道：“老夫不过投机取巧而已，太乙你尽可放心，哪吒今日必可肉身成铸，破莲而出。”

太乙真人面色赫然道：“老祖所言极是，是太乙太过心急了。”

洪钧老祖方要说话却突然顿住，只感神识一阵波动，玄灵道心蓦然翻腾，他禁不住长身而起，举目向东方空际望去。

太乙真人也心有所感，但却混淆难辨甚为隐讳，就在这时，他忽听身际万千剑器蓦然齐鸣，其声尖利刺耳，如嚎似凄。

太乙真人惊道：“老祖，这究竟是怎么回事？”

洪钧老祖银眉紧蹙，反问道：“太乙，你可知蜀山东去千里可到何地？”

“东去千里，正是‘冰火炼狱’所在……”太乙真人略作思量，道，“老祖是说这万剑齐鸣异变与那处禁地有关？”

洪钧老祖饱经沧桑世事的脸上出奇凝重，又自问道：“不错，你可知道洪荒之初，我玄宗曾有一把绝世神兵名为——‘龙刃诛神’！”说到此处他忽然顿了一下，道，“你可又知‘冰火炼狱’究竟是何地方？”

太乙真人骤然一惊，点头应道：“‘冰火炼狱’位列天地三大禁地之一，后来被魔宗专以流放要犯之用。但……但那‘龙刃诛神’可是传说中那把可主宰三界万灵生死的正义神兵？”

洪钧老祖负手望向东方遥远空际，怅然长叹道：“正是，此神兵业已出世，就在‘冰火炼狱’……”

太乙真人失声道：“‘龙刃诛神’怎会在‘冰火炼狱’？”

“……唉，此话说来就要追溯到第一次神魔大战之前了，‘冰火炼狱’之所以存在于世间，被列为天地三大禁地之一，完全是因为有‘龙刃诛神’的存在，因为它在镇压蕴藏其中足以倾天灭地的远古晶体——‘冰晶’与‘火魄’！”洪均老祖摇头叹道，“你可知道，那些魔宗要犯中却有大半是我神玄二宗的弟子？”

太乙真人闻听此言立时变色，无法置信道：“这……怎么会这样？”

洪钧老祖道：“当年第二次神魔大战之后，九天帝君、女娲娘娘曾于我玄门三位宗主施有两项秘密计划，其中一项就是选拔出二十八位星宿战将以应魔星之灾。而另外一项却是从神玄二宗各选了四名心志坚毅的弟子，安排他们进入魔宗卧底。”

说到此处，洪钧老祖苦笑一声方才接道：“可他们不久后就被陆续发现，以致被流放到‘冰火炼狱’，可我神玄二宗却因某种原因无法前去相救，实在是有愧于他们！”

就在这时，衣袂破空之声传来，两道人影由远及近，电射而至。

其中一人身着玄白长裳，冷若冰霜正是洪钧老祖得意弟子幽云仙子。另外一人却是一名身披紫红站甲的英武青年，剑眉星目，气宇轩昂却不知是谁。

幽云仙子与那男子远在距离洪钧老祖、太乙真人五丈之处就已按下云头，走到两人面前，齐齐恭声拜道：

“幽云参见师尊，见过真人！”

“哪吒参见老祖，拜见师尊!”原来这英武青年竟是哪吒。

太乙真人见到哪吒肉身重铸，不由稍感安慰，方要说话之际，却听洪钧老祖凝重道：“你们来的正好，通知元都速速偕同太乙前去‘冰火炼狱’！神兵破土，炼狱终结。你们最好将我宗数百年前秘派魔宗的众位弟子带回，令他们回归原位！方才原始天尊与太上老君两位道兄也都幻念传音于我，他们也会遣派弟子前去。相信魔宗定然也有所动作，你们万万小心，现在就立即动身吧!”

倚弦自深深的梦魇中醒转，抚着昏沉一片的脑袋，慢慢回想起方才诸般遭遇，蓦地由地上一跳而起，迷迷懵懵环目望去。他倏然惊呆，发现自己虽仍然身处沼泽，但四周本应稀黏的浮泥居然纷纷呈现出被熨烧过的干裂的痕迹，更有甚者竟化为块块坚冰，斑斑驳驳不一而同。

难道方才诸般景象只是一场幻梦吗？他不由暗自忖到，但马上就将此想法否决。“是了，既然我一切都已经按照他所说做到了，那么还是先去请教他的为好!”他想到了那名老者。

这时，一阵寒风扬起，划过他的皮肤生生作痛，冰寒刺骨，倚弦这才注意到自己居然是赤身裸体。一念及此，倚弦顿时觉得鼻嗅、舌味、身触、思感等等交杂不同，久未体会到肉身存世的千般滋味涌上心头，那种独特而又亲切的感觉，绝不是闻仲魔能所铸躯体所能带来的。

而且他体内归元异能灵性而强劲的流转，浑体经脉清晰无比，这一切都更有力的证明他的存在。

倚弦心神激荡，双手战栗的去抚摸脸颊，登时接触到自己温暖、光滑富有弹性的肌肤。他这才不敢置信地低头望向自己的肉身躯体，含红透白，华光隐射。

万分惊喜之下，倚弦倒也不曾细思自己肉身如何而得，只是觉得少了一身衣服而已。

一念及此，倚弦环目望去，企图找一块可以遮体之物，哪怕树叶兽皮也好，可当他转身之后却被眼前两物惊得瞠目结舌，那两物正是“晶魄离魂天”中所见的玄银长绫与六尺长剑！

“这……它们怎么会出现在这里？”倚弦不由心生疑问。

虽然疑惑，但是倚弦却是十分欢喜的，因为他很早就已经梦想有一样属于自己的兵器，而且这根玄银长绫正好可作遮体衣物，无主之物何乐而不为？

那知他心念方动，地上宝剑与长绫就已凌空飞起，冲他而来。紫芒电舞，长有九丈九寸的玄银长绫却如银龙翻空，怒蛟卷旋般缠绕在他身上，做了一件既无衣领、也无袖口、更无袍摆的怪异银袍。而那长剑却已自动负于他背后，却仍呈当初“晶魄离魂天”中与丝凌缠绕之势。

倚弦哭笑不得地看着这件新衣服，勉强算是接受了。

一切妥当，倚弦沿原路回去，忽然想到方才宝剑与长绫在空中翻然跃动的划动姿态。他脑际灵光一闪，体内归元异能奔舞逸动，“风遁”应势而成。

倚弦心中惊喜万分，暗忖定是与他在“晶魄离魂天”的异变有关，当下不再多做思量，直朝老者所在的洞府遁去。倚弦来到玄冰洞时，老者早已不知去向。他怔怔立了一会儿，决定向前洞行去找寻范湘与凌苜蓿。

沿洞道来到前面，倚弦发现洞中一片凌乱，断石四散，间中还有血迹，显然刚刚有激烈的打斗在此发生，心中不由惊疑道：“难道他们之间又有冲突发生？”

正疑惑间，一阵细微呻吟声传入倚弦耳际，他凝神细听原来是从右面那道小洞之中传出，细观地面也有浅显血印拖至洞中，倚弦遂向那洞口走去。

洞中也是一片凌杂，只有一面石床，微弱的光线照射在蜷曲一人的身上。瞧那人衣着身形该是凌苜蓿无错，倚弦连忙跑上前去，将其扶坐起来，一面查探伤势一面问道：“凌……小姐，是谁将你打成这样？”

凌苜蓿迷蒙间觉得有人将自己托起，一道声音从虚无飘渺间传来，她缓缓张开沉重的眼眸，一张绝世俊颜映入眼帘，使她神光涣散的媚眼泛起丝丝异彩，不由问道：“你是谁？”

倚弦这才想起自己如今重铸肉身，再不是见她时杨戬的模样。可他方才查知凌苜蓿神识严重受创，如不及时医治只怕后果堪虞，所以时间绝不容他解释，于是道："凌小姐，我先帮你疗伤，一切留待后说。"说罢依照《玄法要诀》"术"字部疗伤术所学，将自己体内的无上异能缓缓逼入凌苜蓿体内，将她神识团团护住，然后以丹田渊海为基助她疗伤。

凌苜蓿听眼前男子讲完，就觉一股强劲异能透体而入，开始修复自身所受伤害，她连忙心无旁骛地引导对方异能贯注自身神识、渊海。不过片刻，她的伤势业有好转，可她却知道虽然如此，但因为所受之伤已经损及本命元脉，以后她的魔功修为再也休想再进一步了。

她睁开一双眼睛瞧见倚弦俊美脸庞，感觉着他滔滔灌入自身的浩浩元能，禁不住暗忖："如若我趁此时将他全身元能归为己有，那么我凌苜蓿日后就绝对不会再惧怕任何人了！"想到此处，凌苜蓿歹心骤起，共工氏秘传"引元渡灵诀"应念而生，鲸吸虬饮一般开始纳倚弦元能导入渊海之中化为己用。

倚弦只觉体内元能汹汹外涌，奔向对方体内，这才知晓自己还是低估了魔宗人生就的劣根，想到妲己千方百计要得到自己兄弟体内异能，现今还不是一无所获。当下暗自冷笑一声，冷眼拭目以待体内刁钻古怪的归元异能究竟如何整治这不知感恩的魔宗邪孽。

果然，倚弦思念未定，就觉体内异能忽然奔腾逸走，翻腾不已，他周身蓦地放出凄丽炫目的紫青异芒，一条滑圆硕大身躯倏地出现，直冲凌苜蓿而去，此物赫然便是不久前倚弦与之恶斗的神龙。

贯体而过，一声凄厉惨叫传入瞠目结舌的倚弦耳际，凌苜蓿的妖娆身躯就此在他眼前不过两尺之处烟消云散，化云幻雾般消逝的无影无踪。

凌苜蓿的死带给倚弦的震惊，完全没有威风凛凛环护身侧的幽紫神龙来得震撼，由于洞中空间狭小，神龙只有小半身躯露在外面，它身体根部居然全是出自身后宝剑。

片刻过后，神龙重又消失，逝入剑中。

倚弦呆愣当场，半晌后回首望着身后神兵，他起伏未定的心绪再也无法平静下来。

晃眼便到了第二天傍晚时分，天色才黑下来，小千与小风二人就耐不住了，在耀阳面前走来走去，恨不得马上就去费府。耀阳看着两人暗暗好笑，却不动声色，直至天色全部黑下来，才带着三人御风遁往费仲府邸。

费府位于朝歌西城的白虎大街，耀阳与倚弦在那里待过不少时间，也吃过不少苦头，自是比较熟悉，轻车熟路便到了费府。费府与闻仲的太师府大不相同，人声喧天，到处灯火辉煌，丝竹管弦之声到处都是。耀阳来到后院最寂无人声之处，那是下奴们住的地方，破败简陋，极为不堪。

本来这个时候，下奴们早已进入梦乡，谁知今晚下奴房内竟然灯火通明，而且传来一阵鞭子抽打声。

耀阳停在屋外，知道定是一班管头在鞭打他的下奴朋友们，不由一阵怒火中烧，一脚将门踹开。

果然，归老二与其他管头正在抽打王奕与一众下奴。王奕他们被绑着，身上都是紫一道、青一道的伤痕。归老二还在那里骂骂咧咧道："他妈的，你们几个今天敢捣乱！打死你们这群贱东西，看还敢不敢造反！打，给我狠狠地打！"

谁知门被一脚踹开，一声冷哼传来，眼前烛花倏地一暗，一人出现在自己面前，正是白天打得费公子鬼也似的人，不由双腿打颤，手中的鞭子落地，狂叫一声，撒腿就往外跑，其他管头也丢掉手中鞭子，争先恐后地往外跑去。

王奕诸人见到来人，都大喜，纷纷叫道："耀阳兄弟。"

耀阳点了点头，手指炎火扑腾，绑在王奕等人身上的绳索落地，连手上脚上的镣链在炎火中纷纷断开，王奕忙道："小阳，你怎么又回来了？"猛然间抬头，却见跑出去的管头归老二他们又跑了回来，想起刚才被打的滋味，禁不住大怒道："你们还敢回来！"

耀阳连忙阻止道："王奕大哥，且慢！"示意他瞧仔细，只见众管头脸上都露出害怕的神情，身后跟着三人，正是小仙、小千与小风。

小千竖起食指，发出一股小小旋风，却放出冰一样的寒意，而小风手上却发出一团灼目的火焰，两人都笑嘻嘻的往众管头下体看去，目光中满是不怀好意。

众管头在昨天都吃过这两人的苦头，哪有不知道他们的意思，只有乖乖地缩在一起，任人宰割。

耀阳这才对王奕等人道：“王奕大哥，你们把鞭子拾起来！让他们也尝尝被人鞭打的滋味！”

王奕等人不由一呆，他们每日里只希望自己不要被人鞭打，几时曾想到自己也可以鞭打他人，望着管头们那丑陋的嘴脸，纷纷捡起地上的鞭子，往管头们身上打去，一泄心中郁愤。

这群管头平日里除了挨主子几脚外，哪里有挨过这等打，平日里打下奴唯恐不用力，这时才知道鞭子着身的疼痛，不由得哭爹喊娘。哪知不哭还好，一哭就惹来小千与小风“炎诀”与“寒诀”的招呼，吓得管头们只有咬牙忍受那一鞭又一鞭的疼痛，况且费府其他的护卫们即使听到这哭声，都以为是管头们在管教下奴，谁也不会过来理会。

过了好一会儿，耀阳才令王奕他们停手，对归老二等人道：“你们今天也知道被人鞭打的滋味了吧？记住，下奴也是人，要是你们的子女被人抓去当下奴，也被人如此鞭打，你们心里可否好受？若下次还敢虐待我的这些朋友，我绝饶不了你们！快滚。”

归老二一伙人如遇大赦，哆哆嗦嗦往外就走，刚走到门口，耀阳猛地又喝一声：“回来！”

管头们心里咯噔一声，心里暗暗叫苦，不知道这几个煞星又想出什么主意折磨自己，又不敢违抗，只有乖乖站住。

耀阳眼露神光，看了他们一眼道：“今天晚上的事，谁都不可以泄露，要是我的这些朋友以后要吃过一丁点苦头，哼！”伸手凭空一抓，那自下奴手脚上脱落下了的铁链立时被摄回到手中，运足归元异能与五行玄能，转生丙丁之精，手上突然现出一团银白色的火焰，那些铁链一触及这火焰，立刻化为铁水，流了一地，又很快冷却，在地上变成一块铁板。

耀阳冷哼一声道：“除非你们的头比铁链还硬！”

管头们吓得屁滚尿流，连连道：“大仙放心，小的绝不敢，绝不敢！”在他们眼中，耀阳简直是神人一般了。

耀阳这才道：“还不滚！”

待管头们离开后，王奕才对耀阳道：“小阳，你怎么会到这里来？”

耀阳笑笑道：“王大哥，我知道归老二那些王八蛋不会放过你们，所以回来看看！不过，相信经过这么一回，我看他们以后都不敢再动你们了。”

王奕脸上忧心重重，道：“小阳，听说费仲因为你昨天打了他儿子，听了花袍怪和风妖的话，特地请了一个什么异人高手前来对付你们，你们可要小心。”

耀阳道：“王大哥，你们放心，早晚我会把你们解救出来，让天下所有下奴都过上平常人的生活！只是，如今你们一定要忍耐，一定要等到那一天！”

王奕看到他现在这般能耐，如何不信，一众人都毅然点点头。

头顶星光灿烂，夜色无边无际，不知何时，才会日出东方，扫除这满天满地的黑暗。

耀阳站在空无人影的费府后院中，抬头望天，深深地叹了口气，王奕等人对他坚信不疑的神情再次浮现在面前，自己许下的诺言，要令天下大公，到底何时才可以实现？而自己的好兄弟倚弦，又何时才可以重逢呢？

小仙与小千、小风三人见耀阳望天沉思，都站在他身后，不敢言语。

半晌，耀阳才回过神，道：“小千、小风，你们护送小仙回云来客驿，然后等我回来，无事不准外出！”

小仙三人都大出意外，小千与小风齐道：“师父？”

小仙也疑惑道：“耀大哥，你要我们三人回客栈，那你一个人要做什么？”

耀阳看着远处灯火灿烂的费府前院，道：“王奕大哥说费仲请来了什么异人来对付我们，我倒要去瞧瞧，费仲那小人能请来什么样的高手来对付我们。”

小千与小风一听有事可做，齐齐嚷道：“师父，我们也要去！”

小仙也跟着道：“耀大哥，要去大伙儿一起去嘛。”

耀阳摇头道：“不行，万一这一次费仲请来的人真的是高人，而你们法能不足，很容易被发现，如果只是我一个人，自然容易脱身，但有你们三人在，我顾不上那么多，所以，你们还是回客驿等我的好。”

小千与小风还有些心不甘情不愿，想死磨活赖一起夜探费府，小仙见耀阳神色坚定，知道他决不会允许自己三人随他前去冒险的，连踹小千与小风两人一脚，嗔道：“你们两个家伙还穷磨菇什么？耀大哥办完事就回来了，我们先回去等他吧。”

小千与小风虽然心有不甘，但想着可以护送自己心仪的人回去，也是一件求之不得的事情，也只好先回云来客驿去了。

耀阳等三人驾御“风遁”去后，也自将身一晃，遁出一道清风扑向费府前院。

转眼之间便到了那灯火辉煌之处，只是耀阳虽然在费府待过，却从来未曾到过为下奴不得逾越的前院，所以也不清楚费仲到底住在何处，只有一处一处寻找，费府守卫果然深严，但凭耀阳的本事，自然一路无阻，只是一时之间，哪里能寻到什么异人。

正寻找之际，猛然间，耀阳的异能思感一动，感应到一股元能自右前方涌来，然后一闪而灭，以他此时敏锐已及的感应之力，立时感应到这元能不但深厚无匹，且亦奇诡之极，心中一动，暗道，此人难道就是费仲请来对付自己的异人。

耀阳当下敛神收心，默运归元异能，将“风遁”使到无有痕迹可寻的地步，照方才元能涌来的方向来至一雕龙描金的房子前，这里想来是什么重要之地，前面大门有数十兵士来往寻查，里面却见不到一人，进了最里一间屋子里时，便听得有人在里面尖声尖气道：“这里用不着你们这群奴才了，都下去了，我要和尤大人商谈国事，无事不要来打扰我们。”

耀阳一听这声音便知道说话的人正是费仲，想起他那肥胖的身躯和尖声尖气捏着嗓子说话的怪模怪样，耀阳就觉得手痒难当。

几个女子声音应道：“是！”

听得房门一声响，打了开来，几个侍女走了出来，耀阳连忙将身一闪，躲在黑暗的角落中，侍女将门关上，端着残肴剩酒，便自离去了。

屋里又传出一个阴惨惨的笑声，道：“费大人如此破费，叫我如何过意得去？”

费仲热情满腔，却捏着皮笑肉不笑的声音道：“尤大人何必客气，你我同朝为官，相识相交多年，这点东西算得了什么？”

耀阳忖道，听费仲的语气，这说话阴森森不带一丝人气的家伙，多半便是纣王的另一宠臣，上大夫尤浑，这两人同朝为官，狼狈为奸，不知在这深夜之中，这两人要做些什么勾当，于是开始凝神静听。

只听得尤浑阴兮兮道：“费大人有什么话，你我之间还好不明说吗？只要我能帮得上忙，费大人尽管开口好了。”

“这个……”费仲故作沉吟，道，“听说西伯侯姬昌之子伯邑考，托你向大王进贡西岐三宝，七香车、醒酒毡与白面猿猴，想以此让大王赦免姬昌那老匹夫，是吗？”

尤浑笑道：“费大人消息好快呀！”

“哪里，哪里！”费仲跟着尖笑一声，道，“想来，那伯邑考现在仍在你府中吧？”

尤浑笑道：“伯邑考现在的确是在我府中，他央求我明日替他上奏大王，愿献宝赎父。怎么，难不成费大人没有收他送来的金铢宝贝？”

“收与不收反正都一样。”费仲道，“你想大王会放了姬昌吗？”

尤浑像是犹豫一阵，道：“这个……”

费仲嘿嘿笑了两声，道：“当初，姬昌那老匹夫想谋反，被大王囚禁在天牢，你我可都是当初的有功之臣，如果大王今次见了那三样奇珍，一时心软，听了好话，放了姬昌。一旦姬昌回到西岐，便有如放虎归山，要是他记恨你我二人当初害他被囚天牢，编个什么为国除害的幌子起兵，大王最后如果撑不过，肯定会对我二人不利，甚至牺牲了我们，那便如何是好？”

耀阳将费仲的欲加之罪听在耳中，气在心头，心中不由开始破口大骂。

尤浑看样子沉默了好一会儿，道：“那费大人的意思是？”

费仲道：“有道是‘打蛇不死，反被蛇咬’，反正事情都已经这样做了，不如……”说到这里便不再往下说。

耀阳耳力何等灵敏，当然听得到费仲挥动手势恨恨砍落的破风声。

尤浑轻轻嗯了一声。

费仲见尤浑答应，当即稍作犹豫又道：“不过，尤大人，我听说伯邑考被誉为西岐第一美男子，长得丰姿优雅、目秀眉清，其风情袅袅动人，尤大人何不将他送至我府，让我……让我也能一睹其风采。”

尤浑怎会不知费仲心里的小九九，哈哈大笑，道：“原来如此，也好，我回去便立即将他送过府来。”

耀阳听得费、尤二人言下之意竟然是想害死西伯侯姬昌，心中暗恨二人歹毒，却不知因此触动了心中哪个跳动的思绪，咯噔一下，脑中主意已定，一时竟忘了查探那神秘莫测的元能来处，御着“风遁”出了费府。

耀阳仰首望向夜空，今夜无月无星，天地间墨黑一片，心中不禁窃喜，忖道：“昨日那可恶的闻太师不在府中，让我得了个机会将他的太师府烧了个痛快，出了口恶气，今夜又是天地无光，漆黑一片，正好行事，这老天爷竟如此关照我，待我救出西伯侯后便与他一起返回西岐，助他讨伐无道纣王，救万民于水火，不但可以让这天下再无困苦与不平之事，也再无上主下奴之分，或许我也能混个什么将军之类的官来做，建功立业，岂不乐死？”

耀阳一边自以为是的想着，一边得意忘形地哼起小曲，体内的“归元异能”应念而起，御起“风遁术”离开费府，直向皇城方向遁去。

对于殷商皇宫耀阳早已轻车熟路，思及与倚弦在皇宫内发生的诸多事情心中不禁又想起那生死与共、从未分开的兄弟倚弦，不知此时他是生是死？抑或身在何处？旋又想到，只要小倚还活在这世间，凭着二人之间的奇思异感，定会有重逢的一日。

片刻工夫，耀阳便已到达天牢所在，只见天牢外灯火通明，一队队守卫来回巡视，暗处的耀阳心忖道：这天牢守卫森严，兵卫也比以前增多不少，看来那西伯侯定是被关在这里了。

虽是守卫森严但对于历经奇遇已今非昔比的耀阳而言，如今这些看似威风凛凛凶悍威武的守卫在他眼中也不过是不堪一击的凡人。他嘴角逸出一丝自鸣得意的微笑，御起“风遁术”化作一阵疾风直向天牢内飞去。

天牢外的守卫只觉忽然一阵风起，眼前似有一团黑影一闪不见，只道是眼花了，也并未在意。

耀阳遁入天牢内，轻而易举地打晕几名正在喝酒的狱卒，直向内走去，只见那些衣衫褴褛，被折磨得皮包骨、人不人鬼不鬼的犯人们纷纷伸出手来，口中哭叫道：“救我，救我，我是冤枉的……”

耀阳见此心知这牢内大多是被冤枉之人，不由暗暗咒骂纣王昏庸无道，听信奸臣及妲己的谗言魅惑，不知害了多少无辜的人。

他不敢多做停留，于是决定用最直接的方法，口中低声唤道：“西伯侯，西伯侯，我是来救你的，你在哪里？西伯侯……”

耀阳边走边叫，在犯人之间四处寻找西伯侯的踪影，当他行至牢狱中段，便听狱房后端传来一句回话：“本侯在此，是何人在叫本侯？”

耀阳闻言心中大喜，忙向后面跑去，只见最末端的牢中有一年约六十左右的老者正襟端坐于草堆之上，那人面慈目善，须白如银，满面沧桑，目中隐蕴忧色，一脸浩然正气，令初次见他的耀阳也不禁心中一震，不自觉地被他的不凡气度所折服。

那老者平静地望着耀阳，淡淡地道：“你是何人？怎会闯进这天牢来？”

耀阳收回被其震慑的心神，道：“在下名叫耀阳，只因知道费仲及尤浑那两个奸臣意图谋害您，所以特来搭救您出去！”

西伯侯黯然一笑道：“那二贼的心思本侯早已知道，只可恨纣王不进忠言，眼看着这殷商数百年的江山就此便要亡了……”言罢长叹一声，闭上双目，满脸忧郁悲痛之色。

耀阳道："纣王昏庸无道，沉迷酒色，天下百姓怨声载道，生活于水深火热之中，苦不堪言，所以只要西伯侯您能够回到西岐，带兵讨伐纣王，才能救万千黎民百姓于水火。"

西伯侯骤然睁开双目，眼露欣赏之色望向耀阳，道："想不到你小小年纪却也心怀天下，忧国忧民，看来殷商气数已然尽了……"

耀阳听西伯侯如此夸奖自己，不由心中一阵得意，正要再继续说出一番忧国忧民的大道理，突然想到自己如今身在龙潭虎穴，如果待的时间太长会惊动天牢其他守卫，便硬吞下要说的话，手捏玄门要诀"七真妙法指"，体内归元异能骤然随心而动，随指诀而发，"乾天龙炎诀"随即运于右手，手指一点牢门铁锁，铁锁立时化为铁水。耀阳心中不禁暗自得意，这"乾天龙炎诀"在他使来已是越来越随心所欲了。

"西伯侯，我们先逃出天牢再做打算吧。"耀阳步入牢中扶起西伯侯道。

姬昌忧心忡忡地道："这天牢外定是守卫森严，你一人……"

耀阳自傲地一笑，信口吹道："西伯侯请放心，我还有几位身怀绝技、一能敌百的兄弟在外接应，牢外的那群凡夫俗子怎可匹敌？放心，我耀阳定能保西伯侯周全！"

姬昌闻言半信半疑地随他步出大牢，耀阳扶住姬昌，体内"归元异能"循环衍生，施展"风遁术"向外飞去。正在此时，只见牢门外行进了一队守卫，甫见耀阳及西伯侯个个脸色骤变，大喝道："来人！有人劫狱！"

一时间整个天牢外都响起"有人劫狱！有人劫狱！"的叫嚣声。

太乙真人与幽云仙子、哪吒还有一位清髯长垂的中年剑师，一共四人带领数十名玄宗弟子赶到炼狱顶时，游岚炙、慕行云与那巨灵哑汉早已带领元宗弟子在此等候，见到几人到来连忙与一干弟子上前行礼问好。

另外还有一名双手过膝的古瘦老者，见到几人后，金纸一般的脸上焦急神色略有和缓，道："太乙道兄、元都老友，你们总算来了。"说罢又望着幽云仙子问道，"想来这位就是幽云仙子了？"

幽云听后微点螓首，算是与那老者打了招呼。

哪吒上前大礼参拜道：“哪吒见过师公。”原来这老者正是哪吒之父李靖的师父渡厄真人。

元都皱眉问道：“渡厄道兄，炼狱之中情况如何？”

渡厄真人闻言不知是喜是忧，怅然叹道：“‘冰晶火魄’尽去，炼狱终结，估计所有的受困魔头都将冲上崖顶来了！”

果不其然，渡厄真人话音未落，就听山腹中万千啸声频频传来，接连不断。其声震天动地，响彻六合，其中隐含的悲愤郁恨之意令玄宗诸人相顾动容。

不到片刻，破空之声刺耳传来，百数道各色流光异影相续蹿上半空，倏地落在众人眼前的崖地之上。但尤为怪异的是他们竟然阵线分明的分站两旁，一方人数众多，约有数十人。而另外一方却只有寥寥十数人，其中有一对双生兄弟似乎颇有威信，被这班人环于当中。两人虽面貌几近相仿，但他们所流露出来的气质却刚猛、温雅截然而异。

渡厄真人排众而出，发出一阵爽朗长笑，拱手对那较少的十数人道：“老道渡厄特来恭迎诸位道友，希望诸位能够回归原位。”

他语声一停，较多的一众魔门中人中登时爆发出各种各样的大笑之声，数十人同时大叫道：

“这老小子八成是有失心疯吧，你听他胡说八道什么呢！”

“他把那群家伙个个当作三岁小孩，就这么说带就带回去，真让人把肚子都笑痛了！”

“这些人在挨苦的时候，那群自诩正义的家伙又在哪里？嘿，就这么三言两语便想将他们带回去……”

……

倒是那十数人却是毫不言语，只是冷冷望着玄宗诸人，想来这十数人就是玄宗此次要寻回的弟子了。

好一会儿，魔宗众人的笑声才逐渐停止。

那对双生兄弟中外表略显温雅的中年人开口道：“本人元象与家弟元杵谨代表诸位兄弟说上几句话，这是我们一众兄弟的心声——”

元象语气一顿，环视众人道：“如果今日我等兄弟是被神玄二宗救出，你们想我们怎样兄弟们都无话可说。但整整数百年来，你们都对我们不闻不问，如今一句话就想我们跟你们回去，于情于理都不合。所以你们再也不要枉费唇舌了。”

他话音还未落稳，就听西方远际传来一阵阴兀长笑，道：“元象说得好，果然不愧为我圣宗五族的弟子……”话语声中，一中年男子已然飞身落到场中。

只见他的脸型线条分明，异常刚毅，硕长的身材，配以雪白长衫和手中的镂金扇，把儒雅之势，刚毅之型完美的交融在自己的身上，形成他独特的魅力，一双水蓝色的眼眸证明着他尊贵的身份，正是西魅共工氏宗主——淳于森！

在场的玄宗众人无不动容，魔宗诸人更是大惊失色，议论纷纷，原本隶属共工氏的魔宗弟子更是惧怕难当只向人群后躲去。

他身形方一着地，就听东方又有声音遥空传来道：“不错，神玄二宗一向假仁假义，元象兄能识破他们的真面目果非常人！”

眨眼间那人已经到了淳于森身前不足丈许远处，拱手道：“淳于兄，别来无恙，蚩螟可是想念的紧哩。”来人正是东圣九离氏四大长老之首的蚩螟。

淳于森颔首问好，却未曾说话，只因他心有所感，不自觉望向崖角处。

第四十七章　龙刃诛神

就在这时，在场众人均觉一股狂暴霸气蓦地飙起，一声长笑骤然响起，崖角暗处一黑衣男子缓缓踱出，他身形极为高大，予人极强的压迫感，随着他的接近，浓眉大眼、桀兀霸气的脸庞展露在众人眼前，一双异芒四射的眼眸环望众人，最后落在玄宗众人身上道：“我刑天灭绝不会允许本族弟子落于你等自称正义的无耻之辈手中!”

崖上众人惊诧莫名，哪曾想到这久未出现于世，以神秘著称的刑天氏宗主刑天灭也会出现在此处。

可就在所有人相顾失色之时，又有一位名震三界的人物悄无声息地出现当场，却是一名女子。她虽然未曾发出任何声音，也未曾散发出像是刑天灭那般的无匹气势，但众人却均不由自主的向她望去。那女子只看外表不过三十余岁，身着缕绣鸣凤图案的淡银宫装，一派雍容华贵仪态，凤目含威，高起的鼻柱直透山根，显出她刚强的个性。

魔宗众人中已然有人惊呼出声道：“她……她是防风氏的宗主——羿姬!”

玄宗中饶是见多识广的太乙真人、渡厄真人等也都未曾见过羿姬，此时听闻此言，不由相顾动容，哪曾想到居然接连出现了三位魔宗宗主。

淳于淼放声大笑道：“两位来的正好，我圣宗五族千数年来对他神玄二宗处处礼让，如今他们却欺到门来想要将我五族弟子据为己有，实在无耻已极，今天咱们就与他们好好理论一番!”其语气慷慨激昂，颇具煽动之能事。

蚩螟闻言立时出声附和，刑天灭虽未出言表示但眼中异芒暴涨颇有其意，而羿姬却始终未曾说话一副淡淡冷冷的模样。

渡厄真人闻言皱眉，扬声道："淳于宗主此言差矣，千数年来我神玄二宗与你等相安无事，从未做过任何挑衅举动，何需你等处处礼让。"

刑天灭浓眉竖挑，冷哼道："相安无事？那就最好，如今本宗只望你等莫要插手我本宗事务，速速离去！"

蚩螟也在旁讥嘲道："相信我宗弟子的事情诸位也不会感兴趣吧？"

身为令世人所敬仰的玄宗弟子，那些小辈弟子们几时遭到他人当面斥责，不由纷纷大怒，但碍于宗门规条却也不敢妄自出声，而渡厄真人、太乙真人与元都等人却因此事不见得光彩，所以不知该如何开口才好。

一旁的游岚炙却是一位嚣张惯了的主儿，当即也顾不得什么，大声道："你们不过几个魔宗妖人罢了，有何资格说我玄宗是非，最好马上闭嘴，不然的话，哼，让你们尝尝我玄宗密法的滋味！"

此言一出，场中气氛登时凝重起来，刑天灭、淳于森与蚩螟均自冷笑不已，大战形势一触即发！

却在此时，山腹内忽然传来震天啸声，夹杂着摄人心神的龙吟声与万千祥光瑞影荡射天际，澎湃激荡的无匹劲能浪潮般轰然而上。

场中众人无不惊诧，齐齐向中空的山腹望去，暗自猜想这人究竟是谁，竟有如斯不世气势。

只见一名俊雅不凡的少年男子脚踏一条十余丈的紫色神龙疾若迅电般自崖底腾空而上，临近崖面，少年脚尖在龙首之上轻轻一点，飘逸的身姿划过白雾离散的虚空，身际银绫飘然迎空，划出一道炫目已极的轨迹，潇洒无比地掠上崖顶。

于此同时，一道青星闪耀的凄丽结界蓬然而出，环护在少年的周身上下，他身后那条紫色神龙昂首长吟，倏地直射长空，眨眼间化作一把六尺长剑，镪地一声插入少年身前的崖地岩石之中，嗡嗡作响。

——来人正是冰晶火魄重造肉身之后的倚弦！

倚弦方才一直沉浸在那种畅快淋漓的玄法经历之中，直到登上崖地之后才发现竟有百多人在盯视着他，俊脸不由一阵发烫，心中却是一凛，暗自惊心不已，只因他发现那些人全部盯视在身前那把绝世神兵之上，环目四周的他同时也喜忧参半地发现了几位老相识。

在场众人无不动容，魔宗诸人在惊诧倚弦本身修为同时，更对那柄“龙刃诛神”动了心思，无不想据为己有。玄门中人也均是眼前为之一亮，酷爱神兵利器的元都更是痴痴盯着“龙刃诛神”。

倚弦忽然心中有感，兀自一震，抬眼望时，魔宗阵营中已有数十道人影扑向眼前神兵。他不由厌恶的眉头一皱，却没有移动分毫，冷眼望着那些人去抢“龙刃诛神”。但出乎他意料之外的是，幽云仙子与她身边的一名中年人居然也加入抢夺的行列，让他心中莫名泛起一阵失落。

刹那间，崖顶之上各色光芒异彩纷呈，间中呼啸怒喝，惨呼悲叫不绝于耳，那是措手不及被人抽冷子杀伤的人所发出。倚弦离他们不过十数丈距离，眨眼即到，哪知他们方一进入神兵三丈范围内，就听“龙刃诛神”锵然长震，蓦地暴出耀眼紫芒，一条龙影轰地张牙舞爪荡出，齿爪撩利，灵能澎涌，兀自挥扫巨尾，只听一阵凄厉惨叫传出。

倚弦定睛望去，却见已有十数人死于当场，转眼化为飞灰，灵元俱灭。他摇头苦笑一声，望着场中未曾动身的玄宗诸人、三位魔宗宗主以及以元象、元杵为首的众人，又转首看看惊惧的抢宝众人跌坐一团，疾退而回的场面，暗自叹息一声。

他下意识的去搜索幽云的倩影，却见魔宗中人退去，流光异影散去，幽云正俏立当空，他如释重负的轻叹一声，想不到幽云见到倚弦望来，竟微微向他颔首示意。

倚弦正想回礼，却一眼瞥见幽云仙子胸前吊坠有一物，别致剔透，莹光闪烁，像极了当初天命异馆姜子牙赠于幽云公主的——凤首莹心锁！

倚弦心中登时涌起滔天浪潮，翻涌波荡。就在他忍不住想向前出口询问之际，却听一阵嘹亮鹤唳自九天之外传来，回荡在崖顶之上，分外予人一种尘心尽涤的感觉。众人齐齐仰首望去，苍茫虚空中一只巨大仙鹤悠悠飞来。

鹤背之上轩然傲立一名手持鹿头杖，鹤发红颜的白衣老者。老者身后随着一名身披站甲，丰神俊朗的青年，赫然正是闻仲高足——杨戬！

老者甫一出现，就见玄宗众人齐齐拜倒，恭声道："恭迎仙翁法驾！"

倚弦蓦地一呆，差点惊呼出声，他见那老者与杨戬一路前来，还误以为老者乃是魔宗之人，岂知却是神玄二宗的人，观太乙等人对其恭敬之态似乎颇有几分身份，不由心中纳闷杨戬怎会与他走到一起？

其实不止是倚弦，连魔宗众人也都吃惊不已，不明其中内情，齐齐望向蚩螟。蚩螟反倒摆出不足为奇的模样，道："杨戬数月前大闹离垢城，已然反了九离，想来也应是神玄二宗的奸细吧！"

魔宗众人恍然大悟，于是又有好事之人开始大声唾骂起来。

老者驭鹤俯冲而下，遁下鹤身，首先跟众人都打个招呼，示意玄宗众人不必多礼。却似乎对倚弦颇有兴趣，缓缓踏上崖来，盯视了他半晌，道："老夫南极，小友手上的'龙刃诛神'从何得来，不知可否告诉老夫？"

他此言一出，全场哗然，皆自惊诧这老者竟然就是玄宗中身份殊异，就连天帝都要照看几分薄面的南极仙翁。魔宗的几位绝顶高手早已隐隐料到此剑的来历，不过听那南极仙翁证实仍是一阵震惊，毕竟这把传说中的神兵业已万余年未曾现世了。

倚弦却对南极仙翁之名未曾耳闻，所以并不觉得怎么样，只是因此知道了此剑的名字——"龙刃诛神"！他略作思量后，对南极仙翁道："此剑乃是小子无意之中得到，其中所发生的诸多事情繁杂奇特，而且多处地方小子自己也是如坠云雾，不是很清楚，所以实在一言难尽……"

南极仙翁闻言微做思忖，颔首道："原来如此，不过此剑万余年前原本乃是蜀山剑宗之物，老夫置身事外不便多言，不如听听剑宗弟子幽云与元都的意思吧。"

淳于淼此时闻听此言，冷笑道："蜀山剑宗之物？我看未必吧，此物已经千万年未曾现世，现今只能说是无主之物，你玄宗怎可就此想要据为己有，这位小友千万不可信了他们！"

刑天灭点点头，煞有其事道：“本宗还记得这冰火轮回狱在万千年前乃是我刑天氏所有，是不是现在就可以由我们收回去呢？”

淳于淼与刑天灭此言一出，立时赢得魔宗一干人等的高声赞成，试想谁不想将此等神兵利器据为己有，也好将来有一日可以扬名六合，称霸三界。

幽云仙子与元都对望一眼，未曾理会他们，先是向南极仙翁福了一礼，然后转首对倚弦道：“这位公子，由于此事事关重大，幽云与元都师兄不敢妄自决定，所以想冒昧请公子前往蜀山本宗，不知你意下如何？”

倚弦自是丝毫没有怀疑南极仙翁与幽云仙子的话，但他心中对此剑极为喜欢，想到马上就要奉还回去，心中难免会觉得难过。幽云仙子见他脸上神情似乎不悦，以为他在怀疑自已想将神器据为己有，忙道：“公子如若不信，尽可将幽云的灵睿剑拿去一观，此剑与公子手上的‘龙刃诛神’均有我蜀山剑宗千百年的独特标记。”说罢素手翩然舞动，七彩玄光暴涨，倏地化为一柄青光荧荧的长剑，正是倚弦在东海龙宫见过的神兵灵睿剑。

倚弦随幽云纤指指处望去，剑身上方果见一道青色流痕勾画出一弯玄异符记。而且就在灵睿剑自幽云仙子掌心中激射而出的同时，倚弦神识一震，思感浮动摇摆，他在望见灵睿剑上那道流痕之后，心中似有所感地望向“龙刃诛神”，缓缓举起右手，虚张五指遥对“龙刃诛神”——

随着他这个简单的动作，一股莫名压力倏地升起，笼罩当场。

那些玄宗二代弟子与冰火轮回狱中方方脱身、灵元尚未契合的人早已受力压迫得脸色惨白，只觉置身沉重的梦魇一般，动身不得。就连南极、太乙、元都、幽云、杨戬、游岚炙、慕行云、巨灵哑汉等玄门高手与魔宗蚩螟和三位宗主也都感到异常凝重。

“龙刃诛神”嗡然长震，冲天飞起倏地落入倚弦手中。一股灵性的跳跃感清明无误地传入他神识思感之中，然而就在此时，一道疾快无伦的身影电射而至，澎湃元能激射卷舞，双手耀出日月双形的金黄异光，直射倚弦面门而来。

倚弦知是有人贪图手中神兵，想起方才因想夺宝惨死的十数人，心中恼恨此人不知悔改。七真妙法指蓦然灵动，周身青芒暴涨，青芒结界轰然合璧，紫龙傲然出现在众人眼中，将倚弦环护其中。

那人深知神兵利器秉性，知道剑器回到主人之手就决计不会发威，于是才有杀掉倚弦将“龙刃诛神”据为己有之意。但就在那人汹涌奔出的魔能悉数打在倚弦结界之上时，却忽感自己苦修多年的魔灵异心一阵躁动难安，心下顿觉不妙。他心念方起，一双掌爪业已拍在倚弦结界上，忽觉一股怪异莫名的元能沿臂传来，将他身躯震得抛向空中。

倚弦早已瞧出那人的企图，幸好他提早发现及时凝幻结界，才保得自己无伤大碍，只是意念浮动聚集的异能差点被那人震散，可见其人法能级数之高。倚弦心下恼怒那人卑鄙偷袭，当下双手举起手中“龙刃诛神”，鼓动早已蓄势待发的强劲异能悉数挥出。经脉中强烈的抽空感，伴随他中丹渊海中一股莫名的冰寒异能如裂空长龙一般激射而出，化作一道幻异的莹紫交缠的劲能——

这一剑看似悄无声息，却着实霸气无伦，隐蕴睥睨三界之势。

那人受倚弦结界反弹的力量飞向空中，好不容易借身形回转才堪堪化解侵入体内的异能，却不等他站定身躯，对方便兀自挥出一剑，元能冲荡，雄浑无比，登时将他的护体结界击的烟消云散，他立足不定，只觉上身冰寒直往后仰，被打飞出去，但这股异能仍未消解，他又在空中踉踉跄跄地连退七八丈，这才顿住身形。

这一切仅发生在刹那间，众人直到那人落稳身形才惊醒过来，齐齐望去，却见那人前半身尽是冰屑，须发皆断，狼狈已极，却是魔门北夷刑天氏宗主——刑天灭！

耀阳暗暗叫苦，虽然他不惧这些守卫，但他还要保护西伯侯的安全，岂是寻常易事，当即不再多想，暗捏“七真妙法指”催动体内异能，施出一道“乾天龙炎诀”，五道烈焰自指尖发出，划过空际直袭向堵在门口的守卫，众守卫哪受得住这“归元异能”的至强烈焰，纷纷被火焰烧得面目全非，惨叫连连。

耀阳把握时机背起姬昌直向牢门外飞身遁去。哪知牢门外早已火光通明，将整个天空映得犹如白昼，守卫军前端组成盾阵，盾阵之后布下箭阵，箭阵之后便是手持雪亮戈剑的士兵严阵以待，竟将整个天牢重重包围起来。看得背上的西伯侯心惊胆战，难免感到生机已尽。

见此架势，耀阳不禁苦笑不已，心知不可久战，体内异能如涛涌起，《玄法要诀》中的防守结界随念而起，将自己与西伯侯护住。“乾天龙炎诀”在体内异能的催动下汹涌而出，看上去耀阳整个身体如被一团红霞团团笼罩，流光异彩，分外惹眼。

只听守卫中有人一声令下：“放箭！”顿时，无数箭矢划过空际，如雨般向耀阳及西伯侯射至。

谁知在碰到由无匹异能形成的结界时，又纷纷被挡落于地。耀阳所发“五行玄能”始合而为一，后散至手掌又以一化五，分由五指狂涌而出，烈焰挟有若实质的元能如狂涛巨浪般直向合围的守卫射至，只听“轰”然一声，商兵所布盾阵顿时被击得支离破碎，守卫纷纷倒地，惨叫哀号声接踵传来。

耀阳趁机施展“风遁术”跃过重围如电般向黑暗处射去。

耀阳与西伯侯飞离皇宫天牢，直向城门处遁去，此时已近四更，街道上冷冷清清，寂无一人，倏地耀阳神识骤动，只觉一股莫名强大的妖能挟巨大压迫力直向自己罩来，竟将他的身形硬生生阻住，再也不能前进寸毫，心头不由剧震，只得降落在地上。

耳旁听到一句冷冰冰的话遥空传来：“臭小子，你胆敢一人独闯天牢救走姬昌老匹夫，果然够胆识。姬昌老匹夫，你以为你能逃出生天吗？”

话音甫落，那股妖能已至身前两丈处，夜空中蓦地凭空现出一人的清瘦身影，一双冷目闪烁寒芒，令人视之心悚，皮笑肉不笑的脸上似是戴着面具，木然而毫无生气，宽大的黑袍中竟似空无一物，衣袖中露出的双手如枯木一般，毫无血色，整个人令人感觉只有头手没有身体，诡异莫名。

耀阳听他声音本觉耳熟，此时才恍然大悟，此人正是在费府与费仲暗谋杀害西伯侯的朝中大夫尤浑。却不料这尤浑混身竟散透出一股莫名强大的妖能，整个人仿佛被一团诡异的黑雾罩住，心念转处，耀阳立时想到这尤浑定是魔门五族或妖宗的人。

耀阳感到危险，先将姬昌放置于地，嘱他远远避开，自己则挡在姬昌身前，一副戒备的神情。姬昌一见此人出现，神情一变，怒目而视，恨恨地道："尤浑！你这妖人，百般献媚鼓惑纣王，谄害本侯，本侯恨不能将你碎尸万段!"

尤浑冷冷看着一脸怒色的西伯侯，道："本君何尝不想将你这老匹夫碎尸万段，可惜一直苦无机会，想不到这小子今夜赶来救你，正好称了我心如了我意，嘿嘿……"言罢发出一阵犹如夜枭般难听刺耳的笑声，在此寂然夜中甚显阴森可怖。

笑声甫落，尤浑空荡荡的身躯蓦地腾空而起，瘦如枯木的双手自体侧向前一挥，一团车轮般大小的黑雾如雷霆万钧般向姬昌攻至，姬昌不禁惊得面无人色，却无法闪避。

身旁的耀阳神色一变，双手"七真妙法指"于瞬间发动，体内"归元异能"受其催动"乾天龙炎诀"应指发出，同时防守结界将自己与西伯侯团团护住。

五道烈焰与那黑雾相撞，发出一声巨响，黑雾妖能却仍有余力地向防守结界撞至，由于已被耀阳所发异能击弱，只听在结界上发出一声闷响，便被化去。

半空中的尤浑见耀阳发出异能心中不禁大讶，那股异能似是归属魔门五族，却又隐含玄门五行玄能，着实令人诧异非常。冷眸中闪过一丝异芒，旋又问道："臭小子，你到底是何门何宗，竟敢挡我?"

耀阳上前一步，挡在姬昌身前，晒然一笑道："小子我无门无宗，却偏偏要救西伯侯回西岐，倒想看你这老妖精又能奈我何?"

尤浑仍是面无表情地阴森笑道："本君这就将你们两个一起碎尸万段，看你这臭小子还嘴硬!"言罢，他双手捏定"幻魅妖诀"在空中循一诡异轨迹挥舞摆动，倏地一声厉叱，双手向耀阳、姬昌一挥，一只巨型黑鸦展翅怒飞直攻而去，妖能澎湃如潮，黑鸦双目闪烁绿幽异芒，令人心底生寒。

耀阳心底一惊，忙催动体内“五行玄能”，右拳一拳击出，“乾天龙炎诀”化作一团烈焰挟熊熊元能迎击而上。半空中黑鸦发出一声刺耳尖叫，与火球“轰”然相撞，顿时黑芒红芒耀目暴涨，巨大元能如水中涟漪般荡开，令耀阳与姬昌不禁向后退了数步，胸中气血翻腾，久不能平。

半空中的尤浑冷笑一声，一股更为强大的妖能挥舞而出，耀阳脸色骤变，心忖道：“这妖人元能如此深厚，似与那骚狐狸有得一比，着实令人头痛，想来定然是妖宗高人。”

不及多想，那妖能已排山倒海般袭至，耀阳鼓足体内异能于身前划出一个弧圆，顿时于身前形成一个如镜般的结界，镜沿燃着一圈烈火。五行化物，集火成盾。自从重塑肉身后，这体内的“归元异能”已能真真实实地存在，如潮似海，寻经导脉，随时任其发挥，而这其中的美妙更令耀阳欣喜万分。

尤浑无匹的妖能击上结界，顿时令火盾结界凹入，耀阳连忙加强元能，体内元能如潮般狂涌而出，令结界火焰大盛。尤浑眸中闪过一丝惊诧，心忖道：“想不到这臭小子体内元能如此强大，分明不是如今三界六道之神魔玄妖的元能，虽和魔能有相似之处，可偏偏亦正亦反，亦刚亦柔，变化无穷，生生不息，古怪之极，假以时日定会威胁本君，正好趁其毛羽未丰之时将他除去……”

思忖此处，尤浑心下杀机，体内妖能暴涨而起，数股黑雾妖能直向耀阳攻去，耀阳只觉压力骤增，那每一股黑雾击在结界上便如同铁锤击在他胸口一般，令他不禁冷汗淋漓，每被击中一下，脚下便向后退一步，体内经脉所蕴元能也被消耗不少，心中不由暗叫不好。

姬昌早已躲到一旁，此时见他如此苦撑，不禁扬声问道：“小兄弟，怎么不见你的那帮高手兄弟出来帮忙呢?”

耀阳闻言不由苦笑，虽说的确还有千里眼、顺风耳及小仙这几个帮手，但以他们的功力又如何是眼前这妖人的对手，到时只怕反而多害几条人命。

尤浑见他硬撑下自己的攻击，嘴角逸起一丝冷笑，更强劲的元能如潮般倏地涌出，耀阳所布结界立时冰消瓦解，耀阳的护身结界顿时被那股妖能击散，忍不住喉头一甜，口喷鲜血，整个人如断线风筝般飞了出去。

此时，一股莫名的柔和元能将他本要摔下的身躯缓缓托起，落在地上，耀阳的眼前只觉一团玄光烁起，高大身形从空而降，只听来人道："妖君厉煞已近百年未在人间出现，却原来化身藏于朝中，还甚得纣王欢心，如今位高权重，享尽荣华富贵，实在令老夫佩服万分。"

尤浑闻言神色一变，眸中杀机顿起，望向来人，只见那老者人满面红光，须发半黑半白，肌肤宛若三岁童子，心中暗暗思考眼前此人是何宗高人，口中阴阴笑道："你是何人，竟会知道本君的名号？"

那老者并未答他，只见与他同来的素白服少女担心万分地将耀阳扶起，口中柔声道："耀大哥，你没事吧？"言语之中满是关切之情。

耀阳不顾体内翻腾难平的气血，见来人禁不住喜出望外，唤道："冰儿，你怎么会和爷爷出现在这里？"

来人正是曾在缟羝山救过耀阳的梅清远爷孙二人，梅清远微微点头，轻声道："耀公子，五行霁运！"

耀阳闻言一震，立时想起梅清远曾讲解过的"五行霁运"之法：五脏肺肝肾心脾，分别对应金木水火土，依其气血运行之法，将元能藏蕴其中，五行霁运，取天地万灵之菁华，各自相生而转，则体内元能如江海般生生不息，永无虞耗尽之苦。

耀阳此时的脑中想起《玄法要诀》"术字部"的几种疗伤之法，感到隐隐捉摸到什么，连忙盘膝而坐，运起体内"五行玄能"，金色玄能直向肺部流去，左旋右转，循环不息，而其他四种玄能与之相应四脏呼呼相应，寻经而至，循环不已，顿时耀阳整个人被一团旋转的五色异芒笼罩，玄异莫名。

梅若冰见他正自疗伤，也不多言，只是守在他身旁，怒视那皮笑肉不笑，仿佛永远只有一种表情的尤浑。

梅清远目现欣赏讶异之色，看了看耀阳，旋又向站在一侧的西伯侯行了一礼，恭敬道："西伯侯有礼！"姬昌以为这老者便是耀阳数百帮手中的一人，也回礼道："多谢义士相救。"

梅清远颔首，又望定半空中诧异看着耀阳的尤浑，道："妖君，你扰乱人间，蒙惑纣王，残害忠良，我玄门中人定要将你歼灭！"

尤浑妖灵邪魄感应到梅清远散透而出的浩大元能，心中暗暗惊讶，心知此人定非易与之辈，但此时正是杀死西伯侯的最佳时机他怎肯放过，冷哼一声，体内妖能骤然运起，空荡荡的黑袍倏地涨大，双手捏定妖宗"幻魅妖诀"，全身立时泛起一团黑雾，妖能仿似充斥整个天地。

黑雾愈来愈大，妖能更盛，空中的尤浑挟万钧之势直向西伯侯攻去，巨大妖能令得地上尘石四处溅飞，看来尤浑做此全力一击，誓要将西伯侯力毙当场。

梅清远怒哼一声，全身元能应念而起，双手向侧展开，顿时一股巨大元能自渊海如涛涌出充斥全身，耀出白色异芒，身形一动，化作一团白芒已如电般迎向朝地面袭来的尤浑。

"轰……"两股强劲莫名的元能于半空中相撞，却只发出沉闷的一声巨响，劲气四溅而飞，顿时令周边的民宅坍蹋，空中立时泛起一层层黑白相间的异芒，如水中涟漪般荡然而开，天地仿似也为之颤动。

两团异芒骤然一分，黑芒中传来尤浑阴狠狠地声音："老家伙，今日之仇本君日后定会十倍还之！"言罢已射向茫茫黑夜之中，消逝不见。

梅清远飘然而降，如山而立，见妖君逃走，再也忍之不住，一口鲜血喷出，身躯摇摇欲坠，梅若冰忙上前扶住道："爷爷，你怎么了？"

"我没事！"梅清远一抬手，摇头道，"妖君果然是妖宗近五百年来难得一见的高手，修为着实深厚……"

此时，三道黑影自路口直向这边跑来，梅清远立时感应到来人身具妖能，神色不由一变，却听那三道黑影转瞬即到，奔至耀阳身前，口中急唤道："师父，师父，你没事吧？"

梅清远爷孙这才放下心来，只见那三人中，其中二人长相特别古怪，另一女子却是娇弱可人，正是随耀阳来到朝歌的千里眼、顺风耳及小仙。

三人诧异地看着全身被五色玄能笼罩的耀阳，却不知耀阳此时正沉浸于“五行霁运”的异境之中，感受着“五行玄能”在体内的微妙变幻，整个身体如沐春风般舒畅无比，而被妖君厉煞击伤的五脏六腑也在转瞬间修复，其中玄奥令耀阳本身也感到莫名惊诧。

旋即，体外的五色异芒再次被耀阳的肉身尽数吸入经脉内，归纳三丹渊海，耀阳一扫受伤时的颓样，反是精神倍增，神采奕奕地睁开双目，却见众人正诧异非常地注视着自己，忙道：“我没事了，如若下次再见到那个厉煞，定要让他知道小爷的厉害！”

他自信满满的一席话，是因为他从疗伤中领悟到一种有别其他的元能运转之法，哪怕像方才那般遇到比他级数高数倍的高手，只怕在数百合内也已经无法再将他击伤。“五行合一，乾一而分，五行蕴空，天地人合。”综合“轩辕图录”中的几句诀要，他有把握在元能运转之初便将自身立于不败不伤的境地。

耀阳向梅清远投去感激的一眼道：“多谢爷爷教诲！”目光中精芒一闪，立有所感，讶道，“难道爷爷也受伤了？”

梅清远眼中闪过欣赏倍至的目光，笑了笑道：“没什么，只要调理一段时间便会没事！”

小仙此时见梅若冰扶着耀阳的右臂，神情暧昧，心中不由泛起一阵酸意，眼中闪过一丝忧郁之色。

耀阳见千里眼、顺风耳及小仙等人都已赶来，向他们微笑点头示意，便望向西伯侯道：“西伯侯，朝歌城内不易久留，我们还是快点出城，否则如若等全城戒严，只怕就再难逃出了。”

姬昌感激地点头道：“耀公子，你冒死救出本侯已经惊动了全城官兵，我等的确应该立即出城，但……”言罢他神色不由一黯。

耀阳见他面现难色，不禁问道：“西伯侯，您还有什么未了的事吗？”

姬昌犹豫半响，道：“本侯之子伯邑考被费仲那奸臣软禁于费府，不知耀公子能否去救他？”

耀阳想起在费府听到的消息，拍了拍胸口，笑道：“没问题！这样吧，西伯侯你与我的这些朋友先行出城，然后待我救了伯公子便一起出城与你们会合，如何？”

姬昌感激地行了一礼，道：“耀公子的大恩，本侯定当铭记于心！”

耀阳连忙扶起姬昌，不好意思地说道：“西伯侯不必多礼，在下只是略尽绵力罢了。还有就是，您别叫我什么公子不公子的，在下从前只是一个下奴，现在至多也是贱民一个……”

“英雄不问出处！”姬昌打断耀阳的话，道，“耀公子又何必妄自菲薄呢！”听着远处传来的嘈杂脚步声，姬昌知道追兵已至，便不再多言，道，“耀公子，一切小心，小儿之事就拜托了。”

耀阳毅然点头道：“您就放心的随他们先行出城吧！”他回头对千里眼、顺风耳道：“小千、小风，你们和梅爷爷他们一起将西伯侯安全送出城外，我办完事马上来与你们会合。”然后将会合地点说了出来。

小千与小风点头应道：“师父放心，我们一定将西伯侯安全送出城外！”

梅若冰不舍的上前道：“耀大哥，不如我陪你一起去救伯公子吧！”

耀阳柔声道：“冰儿，放心，我一人去马上就能将伯公子救出，爷爷受了伤还需要你照顾他，所以你就与他们一起出城等我。”

梅若冰有些无奈地点点头，柔声道：“那你要小心点哟……”

耀阳点头道：“我会的。”遂又向西伯侯、梅清远一礼道：“我先走一步，你们赶快出城吧。”不等两人说话已御起“风遁术”向费府方向遁去。小仙望着耀阳远去的背影，眼中多出一种欲言又止的忧郁。

众人一时惊呆了，哪曾想到这个看似如此年纪的年轻人竟有这等神威，虽然他有凭借手中神兵之嫌，但若是本身修为不够，如何能够驾驭如此神兵，又如何能在一招之内便击得魔门刑天氏一族宗主如此狼狈？

倚弦虽不知自己这一招“傲寒诀”为何会有如斯威力，但眼角余光也将众人脸上神色尽收眼底，知道自己方才有若神来之笔的一击只能阻吓他们一时，当下心念电转计上心来。

倚弦用出当时在冰火轮回狱内阻吓各种怪物异兽的办法，提聚全身所能运用的异能，在身外形成一道类似结界的异能劲场，谁知周身异能在他的蓄意运转之下，竟如沸腾涌水一般蒸腾而出，循经倒脉，在他新生肉身内周天运转，完全臻达圆满之数，“绝龙壁”结界应运而生，比之以前更甚的是，结界上下隐约透出一条紫龙环绕一般，时而龙吟作响。

他鼓荡着充沛的本体元能，自信满溢的缓步踱出，提剑踏前两步，剑眉一扬，对幽云仙子悠然道：“在下就依仙子先前所言，待仙子处理完本宗事宜，我便随与仙子一同前去蜀山！”

场中众人均自感应到倚弦身际所散发出重如山岳的气势，修为较浅者早已忍受不住缓缓后退。如羿姬、淳于淼之类的魔宗宗主更是震惊莫名。刑天灭因为方才吃了暗亏，让他在如此多人面前丢面子，心中原是大为不满，恨不得立时上前折辱倚弦一番，但此时见了倚弦溢出的结界神威，不由心中有些犹豫了。

幽云仙子见到倚弦大发神威，心中也是惊讶无比，哪会想到倚弦如此年龄就有此等修为，最为奇怪的是她总有一种感觉，仿佛很早便与眼前的男子相识一般。是以当倚弦说明愿意与她回蜀山之后，心下安定下来，微一福身，道：“幽云多谢公子！”

就在此时，那些冰火轮回狱中逃脱的魔宗弟子见到夺宝无望，忽然一哄而散，向四下逃逸。

哪知他们身形甫动，便已引起淳于淼、刑天灭、蚩螟甚至那至今未吐一言的羿姬注意，几人齐齐冷哼一声，蓦地舞动身形分别向众人追去。

一时间，半空中异彩纷呈，暴响连连，人影冲撞，凄厉惨叫不绝于耳。

魔宗三位宗主与蚩螟四人瞬间袭杀十数名魔宗弟子，剩余人等均被逼回崖地，与数十名未曾动身的弟子站到一起，经历了方才一劫，看着方才同样逃亡的兄弟们已经躺倒在血泊中，他们肝胆俱寒，一动也不敢再动。

以元象、元杵为首的那十几人始终未动，均自露出惊惧莫名的神色。

玄宗众人虽对他们此举感到颇为气愤，但因这都是魔宗家事，为保四大法宗表面上的和谐，他们倒也不便随便加以指责。

南极仙翁摇头长叹，转头对元象与元杵二人道：“两位不如先与老夫前去蜀山，届时是去是留再做决定，如何？”这位玄门高人早已看出那些人均是以这两兄弟马首是瞻，便直接询问他们。

哪知他话方出口，就听蚩螟在旁冷笑道：“南极，你这句话就不对了，他们是我圣宗弟子，你怎能说带走就带走，未免太不将我圣宗五族放在眼内了！”

刑天灭嗷嗷喝道：“我刑天灭无论如何都不会允许圣宗我族弟子另投他宗！”淳于淼也是语带讽刺，道：“不错，我倒想看看你们今日究竟想要如何？”

玄宗众人本已气愤填膺，正要出言反斥。南极仙翁已然哈哈一笑，道：“是非曲直，你我双方心中都自然明了，老夫也不多言，我神玄二宗亏欠这班弟子太多，此次前来正是带着补偿的心情而来，所以无论如何也是要将他们带走的！”他身后的一众玄宗弟子皆是毅然点头。

倚弦在旁听到双方争夺那十数人，逐渐由他们的言语及语气中猜出一点端倪，想起当初土蟞老人所说关于有炎氏一族的凄惨往事，一时间只觉热血上涌，忍不住脱口而出道：“你们双方在此苦苦相争，为何却不考虑他们对此事的心情，他们已经在轮回狱中受尽苦难，你们为什么不能给他们一个说话的机会，让他们自己为自身的命运做一个决定呢？”

倚弦自从得土蟞舍身相救起，就已经将自己当作是有炎一氏的子弟，此时他想起有炎氏后人的种种凄惨，此番话直说的慷慨激昂，让那群被玄宗遗弃的弟子备感激动万分，对他不由多了几分好感。

刑天灭却由此抓到了反击把柄，怒道：“幼齿小儿，你究竟何宗何派，竟敢斗胆在此插嘴！”

倚弦方才一击得势，哪里知道刑天灭是何身份，瞥了他一眼，不卑不亢地朗声道：“天下事天下人管，朗朗乾坤，路不平自然有人会踩，你们两宗对此事的处理根本不公平，难道还不容许他人说吗？”

刑天灭登时大怒，正要准备动身上前教训倚弦，却听南极仙翁对他道：“刑天兄，这位小友所说不无道理，我看不如就照他所说来办，如何？”他说出最后二字，同样也是在询问羿姬、淳于淼两位宗主以及九离氏的长老蚩螟。

蜀山剑宗的元都也在旁扬声说道：“你我两宗千数年来一直相安无事，想来几位宗主不会因此与我神玄二宗结下梁子吧？”

此话显然是在要挟，但在此时剑拔弩张的气氛下说出来却分外管用，就连此时怒躁不安的刑天灭也静下心来，与淳于森、羿姬以及蚩螟三人相互对视一眼，都开始细细思虑轻重得失。

第四十八章　玄门剑宗

良久，几人对望一眼齐齐点头。淳于森开口道："那就如这位小友所说的来办吧！"

元象、元杵于身后十几人听后一呆，哪曾想到此事就因倚弦一句话得到意想不到的转机，不由齐齐向倚弦点头示以感激，倚弦也连忙一一还礼。

元象回首望了望一帮在炼狱受苦受难数百年的兄弟，激动万分道："魔宗本就不是我们该去的地方，而且数百年来，我们在这崖底过着生不如死的生活，已经受够了煎熬。所以我们也绝对不会再回神玄二宗！"脾气火爆的元杵正要出口痛诉神玄二宗背信弃义，却被元象按住。元象虽然也是心绪激动难安，但也知道当前形势微妙，所以言语中有所保留，也算是为神魔双方留些脸面，为自己一帮弟兄留条后路。

身后十数人闻言面面相觑，一阵黯然，最后都将眼光落在元象、元杵两人身上，显然是唯他们马首是瞻。

元象回头望向身后众人，深叹一口气道："诸位兄弟，我知道你们此时心中的想法，所以也不多说，予去予留，你们自行决定，元象绝不会加以阻拦。"

南极仙翁摇头道："元象，你何不一起回返本宗，总胜过在外飘泊无依的好！"

倚弦闻言怎会不知南极仙翁所担心的事，插口道："是啊，元象兄，外面人心险恶！"说着望向魔宗几位宗主，又道，"除非……你们立下魔宗

‘本命噬心咒’，不然我想玄宗诸位高人也不会放心的！”

那十数人闻言纷纷点头，南极仙翁听出倚弦话中机锋，心中暗赞一声，对魔宗众人道：“不错，此法甚为妥当，不知诸位意下如何？”

魔宗众人均是暗恨不已，但也毫无办法只能依本门法诀照做，刑天灭、淳于森、羿姬等人也不再多话，纷纷带领其他本宗弟子离去。元象、元杵兄弟带了几个决定不回玄宗的人，来到倚弦面前齐齐鞠身谢礼，然后也都纷纷离去。

南极仙翁吩咐太乙真人带领哪吒、游岚炙、慕行云、巨灵哑汉等玄宗弟子先带炼狱之中归来的弟子回去疗伤，这才对倚弦笑道：“小友真是有心之人，如果小友没事我们现在就启程吧。”

倚弦也自笑道：“小子无事，愿跟前辈蜀山一行！”

冰原极地，渺渺千里，狂风肆意，冰雪卷舞。

东际苍穹，昏暗低沉，忽然间万千冰片蓦地飙起，激射飞舞，给这寒冷的荒莽之地点缀了些许亮丽之色。漫天冰雪中，十数道人影倏地破空而至，踏雪疾驰而来，向不远处一座巍峨的冰山掠去。这些人正是倚弦与南极仙翁等一众蜀山剑宗弟子，他们经过个把时辰的行程终于来到蜀山剑宗的宗门属地。

倚弦首次尝试如此长途跋涉的使用风遁，记得上次从东海去乾元山的路上他便与耀阳停顿过好几次，这次却出乎意料之外没有感到任何不适，而且方才还穿过数十里艰险的冰凌风暴，身后那些修为尚浅的剑宗弟子早已有些面色惨白，让他首次感到自己再非昔日的倚弦了。

这时，元都靠近他，指着不远处虚空中的巍峨大山，道：“易公子，我蜀山剑宗的宗门属地到哩！”

在这个把时辰时间里，倚弦显然与一众蜀山弟子混得很熟了，但他心里却感到好笑，因为就在这之前，他与耀阳还被这些人称之为“魔星”，现在反倒角色掉转了。但他对神玄二宗的戒心始终都在，所以他在蜀山众弟子面前自称小易，将响彻三界六道的本名隐藏了起来。

倚弦环目望向冰雪覆盖的千里冰原，暗道："难道这蜀山剑宗建在冰原上不成?"正感到疑惑间，倚弦跟随众人到了冰山崖壁前。

此山高有万仞，直插入云。众人驾起遁术，环绕盘旋而上。登时，霜雪离散，四射飞溅，浪华般盖顶而来，皆被众人护身结界一一震开，呼啸而过。

不多时，众人已经来到这座冰山绝顶，倚弦顿觉眼前豁然开朗。

原来，此山绝顶竟然平滑如镜，毫无一物，顺眼上望，只见在这漫天寒云、化雪飘飞的绝顶虚空之上，却又有三座山峰巍然悬立，依循一道玄奇奥异的古老规律缓缓飘移，中央那座主峰之上有一座气势磅礴的雄伟巨殿傲然矗立，大殿表象平实无奇，却分外予人一股朴实大气、庄严肃穆的感觉。

左侧浮峰毫无奇特之处，只是一片占地极广的庄院而已，但右面那座浮峰却予以倚弦内心深处的震撼，只见那座尖兀已极的山峰之上，星罗棋布插有数以万计、长短不一的剑器，迎着高空狂风摇曳摆动，发出嗡嗡震鸣，各色剑器寒光夹杂，无匹剑气整整笼罩了占地千丈的三座孤峰。

此时，一位身着玄银道袍、鹤发绝顶的道人率众迎出，为首之人正是蜀山剑宗宗主——洪钧老祖。

洪钧老祖一副悠然之态，身形眨眼到了众人眼前，与南极仙翁寒暄两句，便将目光投到倚弦身上，道："想来，这位就是易小友了吧?"他在幽云的"幻念传音"中就已得知得到"龙刃诛神"的乃是一名男子，且修为不凡，但却没想到此子居然如此年轻。

倚弦踏前两步，拱手揖礼道："小子倚弦拜见老祖!"

洪钧老祖望了一眼倚弦背上的"龙刃诛神"，道："因为事关我宗遗失几近万年的神器，所以劳烦小友不远千里来到我宗，还望小友勿怪才是!"

倚弦微笑道："小子无意中得到此剑，既然知道是蜀山之物，便理当如此，而且能够来到贵宗拜见老祖，实是小子的荣幸……"说到此处倚弦一顿，面有不舍地翻掌将被上"龙刃诛神"摘下，递给洪钧老祖道："剑在此处，现在该是物归原主的时候了!"

不但是洪钧老祖、南极仙翁等人浑身一震，所有在旁的蜀山弟子也都露出难以置信的目光，他们哪里想到倚弦竟然如此慷慨便将“龙刃诛神”归还了，洪钧老祖哈哈朗声笑道：“不忙，不忙！关于‘龙刃诛神’，待会儿老夫要与小友细谈。”

倚弦点头应是，退至一旁。

洪钧老祖这才转首对南极仙翁道：“南极老友，你可是有百多年没来与我下棋了，这几日一定要好好较量一番。不过现在我要跟易小友谈些事情，如有怠慢之处，还望老友勿怪。”

南极仙翁笑道：“我随时恭候。”

洪钧老祖回头对身后一名弟子道：“桓冲，你带仙翁先去睿剑阁休息。”他身后立刻走出一名高大俊朗的青年弟子俯首领命，对南极仙翁恭敬道：“仙翁久不来此，家师与桓冲都想念的紧哩！”

南极仙翁双目神芒闪动，感应到桓冲一身修为的级数高低，慈颜一笑道：“掐指算来，我与贤侄也有百年未见了，如今见你剑心修为精进如斯，看来蜀山不久之后又要多上一名绝世高手了！”

桓冲谦逊地回道：“桓冲不过得师尊修为之皮毛，怎担得起仙翁谬赞哩。”话虽如此，但能在蜀山众弟子面前，尤其是在幽云面前受到长辈嘉奖，桓冲面上仍是隐有得色。

南极仙翁对洪钧老祖微一颔首，带着一直未曾说话，一脸冷竣神色的杨戬随桓冲前往“睿剑阁”。

洪钧老祖再对幽云与元都一番吩咐过后，转头对倚弦招手道：“易小友随老夫来！”

蜀山，三座剑峰浮山之一，剑宗“万剑冢”内。

万千剑器在风中摇曳不止，鸣嗡低吟声总令人生出心凝气定的感应。洪钧老祖望着形形色色的各种剑器，对身旁震惊的倚弦笑道：“小友究竟是哪宗弟子，师承何人呢？”

倚弦闻言心念电转，忖道：“如若我说并无师承，他绝对不信反倒惹他疑心，说不定届时还会被他发现我身负归元异能徒增危险，不如……”他心中顿时有了定计，道：“小子乃有炎氏子弟，并无师承。”

洪钧老祖听后一惊，道：“原来小友是有炎氏族人……”随即双目神光湛现，紧紧注视倚弦，问道，“小友并无师承，怎会有如此精深的元能修为呢?”

倚弦早已想好说辞，佯作疑惑道：“小子原本学过一些家传法道，但并没有现在这么厉害，也不知道怎么回事，反正从‘冰火轮回狱’出来以后就变成现在这样了。”

洪钧老祖闻言轻咦一声，目中神光逐渐隐去，奇道：“哦！小友能否将你如何进冰火炼狱，又如何出冰火炼狱的经过告知老夫呢?”

“当然可以!”倚弦于是将近日的情况稍加修改，隐去申公豹等人的事，推说乃是犯了九离氏族规才被流放到冰火轮回狱，然后再将冰火炼狱中的详细经历一一告知，当然他对自己身体因归元异能所带来的某些特异情况，均小心掩饰起来了。

洪钧老祖听完之后，不禁唏嘘不已，难以置信长叹一息，说道：“原来‘冰晶火魄’已经溶于小友体内，怪不得龙刃诛神也会奉小友为主!”

倚弦听的一头雾水，忍不住问道：“老祖所说的‘冰晶火魄’是为何物？怎会溶于我体内，而贵派的龙刃诛神又怎会因此奉我为主呢?”

洪钧老祖听后苦笑道：“小友莫急，且听老夫慢慢说来。”

说到此处，洪钧老祖谓然一叹，闭目良久方道：“第一次神魔大战时，魔帝刑天在炼狱山采地核阳炎之气，锻造九日升空，导致生灵涂炭。后来后羿射日为民除害，但炼狱山的地核阳炎却蒸腾不息，害了一方生灵，我师广成子不忍万灵受难，于是采极北寒阴之魄压制阳炎之气，但因阴阳相斥，令极北八千里地域在一夜间化为冰原，冰晶火魄由此而生。炼狱山也因此跻身天地三大禁地之列。我师担心冰火不容，后患无穷。便将‘龙刃诛神’镇在冰晶火魄之间，这才将它们均衡得宜。哪知你福缘深厚，竟将冰晶火魄溶于体内，更将龙刃诛神带回人世，所以希望你今后好自用它来造福万灵，也不枉费我师广成子的一番心意。”

倚弦听到此处差点惊呼出声，哪里想到此事竟有如此多的牵连，但听到洪钧老祖最后一句话时，他愣住了，好片刻才道：“小子此次前来贵宗，主要目的便是将龙刃诛神归还蜀山！”

洪钧老祖打断倚弦的话，笑道：“老夫根本无法将它取回，只因‘龙刃诛神’乃先师本命剑心所嘱，专为守护冰晶火魄而遗世，‘冰晶火魄’既然已经为你所溶，所以‘龙刃诛神’自然而然溶于你本命体脉之中，谁也无法再将之占为己用了！”

倚弦心中禁不住一喜，但怎好表现出来，呆道：“难道就没有办法将它归还贵宗了吗？”

洪钧老祖闻言望了倚弦半晌，道：“有，还有两个办法！”

倚弦忙问道：“哪两个方法呢？”

洪钧老祖缓缓道：“一是小友散去灵元肉身，龙刃诛神自然会再觅新主；二便是小友拜入我剑宗门下，老夫愿亲自传授你蜀山绝世剑术！”

倚弦闻言断然拒绝道：“十分遗憾，小易不愿拜在玄宗门下！”

洪钧老祖心神一动，大吃一惊，他想不到这个提议竟被倚弦一口回绝，不由问道：“这是为何？”

“老祖，知道我为何想将龙刃诛神归还给贵宗吗？”倚弦反问一句，神色冷峻毅然，接着自问自答道，“因为我有炎氏一族的子弟都曾立下血誓，决不受你们神玄二宗任何一丝恩惠！”

洪钧老祖的神情中露出非常惋惜的感叹，道：“哦，原来如此！那老夫就不再勉强小友了，而且此事老夫不会再提，不过有一事需要小友帮忙，还望小友莫要拒绝！”

倚弦神色稍缓，道：“请尽管说！”

洪均老祖这才道：“小友身上这块丝绫极似当年家师所遗，而且……不瞒小友，这道丝绫名唤‘乾元绫’，在绫巾上很可能藏有我师证破灵寂虚空之谜，所以老夫想借来参详几日，不知可否？”

倚弦心想自己既然拿了人家的神兵剑器，当然要有所回报，本想当即卸下拿给洪钧老祖，但无奈丝绫之内毫无寸褛，一时间不由嗫嗫说不出话来。

洪钧老祖会错意，道："当然，老夫不会平白无故借阅小友身上丝绫，不如老夫就传你如何驾驭'龙刃诛神'之法，如何？"

倚弦知道洪钧老祖以为他以此相挟，不禁俊面一红道："我不是这个意思，而是因为除了丝绫，我没有其他衣服可换……"

洪钧老祖闻言莞尔一笑，道："原来如此，哈……是老夫多虑了。不过，老夫方才既然话已出口，就一定会照办，就让我先将可以掌控'龙刃诛神'的'灵悟剑诀'口授于你！"说完，只见洪钧老祖嘴唇微微开阖间，已然将百字"灵悟剑诀"悉数传音告知倚弦。

倚弦连忙将"灵悟剑诀"艰涩隐晦的百字要诀牢牢记在心中，诚恳地揖了一礼道："小子谢过老祖！"

洪钧老祖正容道："老夫不过做个顺水人情而已，能否领悟还要全靠你自己，谁人也无法帮你。"旋即又指向倚弦身后崖上唯独的一间草庐，道："待会儿，老夫会让人送来替换衣物，为丝绫之事老夫要闭关几日，小友这几日就在此处领会剑诀，毕竟这是本宗最具剑心灵应的'万剑之冢'，对你领悟剑诀也有好处。"说罢，洪钧老祖又告知倚弦一些有帮助的经验，这才转身驾云离去。

耀阳不费吹灰之力便潜入费府，他打定主意，直接去将费仲揪出来暴打一顿，毕竟方才受尤浑击伤让他憋了一肚子的闷气，然后让他说出伯邑考的所在，救出伯邑考以后，再直赴城外与西伯侯等人会合。

主意打定后，耀阳径直向费府内院奔去，哪知才一靠近便发现费仲房中竟仍然亮着灯火，还传来费仲尖尖的嗓声："伯公子琴艺超绝，又长得俊美无比，着实令人喜欢得很……"

耀阳走近窗格，从缝隙处向里看去，只见一俊美绝伦，肤白犹胜女子的俊俏男子坐于椅上，一脸怒色地看着费仲。费仲脸上始终荡漾着一股淫贱笑容，眼神中满是怜爱之意，直勾勾地盯着伯邑考，就像一个男子看着一位全身赤裸的美艳女子一般，在窗外窥望的耀阳顿时感觉一阵恶心，心中暗骂："他奶奶的，这费猪头怎是这么变态，竟会对男人感兴趣？"

房中的费仲一步步走向伯邑考，口中发出阵阵颇似暧昧但又令人恶心的笑声，嗲声嗲气道："伯公子，你就从了我吧，我保证明日就上朝帮你父亲向大王求情。"言罢伸手一把将伯邑考抱住，伯邑考怒叱道："放开我！"可惜身子骨太过文弱，根本推不开兽性大发的费仲，费仲淫笑着已将嘴向伯邑考亲去。

窗外的耀阳再也看不下去，强忍住心中想吐的感觉，右手一捏"七真妙法指"，体内异能随之而发，一团烈焰扑窗而入，径直射向费仲的屁股，顿时火起，费仲受热吃痛不消，吓得马上松开紧抱伯邑考的双手，双手不停直拍屁股，想要拍灭这突然生起的炎火。

耀阳踹门而入，怒骂道："你他奶奶的，想不到你个猪头除了奸之外，竟还有这么变态的恶习，看小爷我今天废了你！"

费仲见耀阳突然现身，大惊失色，正要张口大叫，已被耀阳抓起桌上的糕点塞进嘴里，唔唔呀呀叫了半天却发不出一点声音来，一时间脸色憋成了猪肝色。

耀阳毫不留情的挥拳便打，这一拳正好打中他的下身，费仲哪有还手之力，顿时痛得趴倒在地，惨号不已。耀阳打得性起，似乎要将当年做下奴的气头全都发泄出来一般，好一顿拳打脚踢，费仲缩在一旁抱头哀号，就连方才被他凌辱的伯邑考也抬脚就踢，心中恶气尽数发泄而出，直到打得二人都累了才停下手，而那费仲已被打得遍体鳞伤，连惨叫哀号的声音也显得虚弱不堪。

伯邑考果然是一副谦谦君子的模样，拱手答谢道："伯邑考谢过公子搭救之恩！"随即，他又皱眉叹了一口气，道，"这费仲不会被我们打……打死吧，在下的父王还在朝歌被囚禁，如果因为今晚的事……"

耀阳哈哈大笑道："伯公子，请放心！西伯侯已经被我救出，此时恐怕已经逃出城外，我是受西伯侯托付特意来搭救公子，然后带你前去与他会合的。"

伯邑考一听父王已经被救出，欣喜万分道："父亲已经安全出城了？

那太好了！多谢公子援手！”

耀阳见他展颜一笑，心中顿时想到“笑靥如花”这个词，不禁为之一呆，想不到这伯邑考真是长得俊美无比尤胜寻常女子，甚至比之任何美貌女子都绝不逊色。耀阳突然想到他是男人，不由暗骂自己一句，抛开心中遐想，再不耽隔时间，向伯邑考说明原委，然后背起伯邑考，御起“风遁”直向城外遁去。

朝歌城外“赤松岗”上，西伯侯一行正在焦急地等待耀阳，一阵微风忽起，耀阳背负伯邑考自天而降，西伯侯姬昌见耀阳果真将伯邑考救出，心中大喜。

伯邑考一见老父，顿时声泪俱下道：“父王受苦了！”

姬昌看着爱子也是一阵怅然，叹道：“邑考被我连累也受苦不小啊……”语罢，姬昌拱手向耀阳谢道，“耀公子冒死救我父子二人，本侯感激不尽，你有什么要求不妨尽管说出来，本侯只要力所能及，定会如你所愿！”

耀阳忙还礼道：“伯侯不必谢我，想这普天之下，谁人不知西伯侯勤政爱民，将西岐建得宛若人间天堂一般，如今纣王无道，天下百姓民心所向，无不希望去往西岐过上平安幸福的日子，其实我从小的想法也是一样，所以我只希望能与西伯侯一起去西岐，过些安稳平静的生活罢了。”

姬昌闻言大喜道：“如此甚好，本侯正需要像耀公子这般身怀绝技的人相助！”

耀阳听出姬昌意欲重用他的口气，心中大喜，连忙答谢还礼，姬昌想到可以得此异人相助，心中也是高兴非常，扶起耀阳同声开怀大笑不已。

此时，梅清远走近耀阳身际，低唤了一声道：“耀公子……”

耀阳忙上前道：“爷爷，有什么事吗？”

梅清远道：“好男儿志在四方，自当建功立业，为国为民，爷爷支持你。只是方才因为与那妖君厉煞交手，受伤损及本命经脉，所以必须返山养伤……”

耀阳关切地问道：“爷爷要回缟瓶山？”

梅清远点头道："正是，我打算暂回缟羝山疗伤，但与妖君厉煞一战结怨，恐怕方才已经被他看穿身份，说不定会因此寻到缟羝山报仇，而老夫就冰儿一个孙女，实在不便再跟随老夫应付险局，所以希望耀公子能带冰儿一同去往西岐！"

此言一出，用意自是再清楚不过了，一旁的梅若冰面上一红，躲在梅清远身后，却不说话。

耀阳心中不禁一喜，想到能将冰儿留在身边朝夕相对，自然没有比这更好的事了，忙道："请爷爷放心，我一定会好好照顾冰儿的！"

梅清远拉过冰儿，将小丫头的一双玉手交到耀阳手中，正色道："你可要好好待冰儿！"

耀阳看着梅若冰羞红的俏脸，手掌感觉到冰儿玉手指尖传来的温柔悸动，不由遐思无限，忙点头对着梅清远以及冰儿信誓旦旦一番。听得梅若冰脸上更红，羞答答的低头玩弄着衣角，一副我见犹怜的动人神情。

梅清远向西伯侯揖礼告辞后，催动元能化作一团白光径直遁上天际，片刻间消逝不见了。

一旁的千里眼、顺风耳虽然在听梅清远与耀阳的对话，眼睛却一直盯着小仙，只见小仙眼中满是忧怨之色，神情更是凄然若失。二人不禁心中一喜，如今师父有了梅若冰，那他们岂不就有机会追求小仙，但是二人表面却仍然装作很伤心同情地看着小仙。

众人一齐向西岐方向行去，为免路上追兵侵扰，他们选了一些山径小路，虽然感觉有些坎坷，却还算安全。连夜行了几个时辰，此时已是清晨，天地间一道旭光划过黑暗，天空白云被朝阳映照得五彩缤纷，美丽动人，众人的心情也随之愉悦了许多。

行不多远，众人面前是一片树林，他们甫一入林，便听得前面突然传来一阵冷笑，跟着有人尖声喝道："……臭小子，你以为这样就可以轻松逃出朝歌城了吗？"

耀阳听其声音，顿时忍不住大笑起来，道："我以为是何方神圣呢，原来是酒囊饭袋的'废物'费公子。"

费昆摇着折扇从林中走了出来，听了耀阳的冷嘲热讽却并不生气，看了看西伯侯姬昌和伯邑考，又看到梅若冰，眼睛更是有些目不转睛了，冷笑道：“好你个臭小子，竟连天牢重犯也敢救，今日我便让你和姬老鬼一起葬身于此！”

耀阳忍不住大笑道：“我连你老爹都可以一并收拾，救出西伯侯又有什么好稀奇的！”

小千与小风看着一脸菜色、还有些鼻青脸肿的费公子大笑起来，小千道：“干菜哥，你那弱不禁风的小身子骨能经得住我们这里每人一拳吗？”小风也跟着笑道：“他只怕是被打得失心疯了，竟不知好歹又来找打，难道是喜欢被人扁吗？怪癖，哈哈……”

小仙走到耀阳身边，低声道：“这费昆胆敢在此挡住我们去路，定是请了异人相助，耀大哥小心！”

耀阳早已自王奕处知道此事，所以并无震惊之色，向小仙点了点头让她放心，气定神闲的望向费公子道：“你既然请了高人前来相助，不妨就让他现身吧！”

费昆一听之下脸色大变，咬牙切齿道：“我请来的高人功力盖世，法力无边，你们这帮小贼一个个都得毙命此地，高人现身吧！”

话音甫落，已有一人突然现身在费公子身旁，形若鬼魅，衬上一袭白衣，瘦若白骨的脸上镶着一双发着绿幽幽光芒的眼睛，浑身散透出绿色异芒，其人杀气腾腾的气势，令人见之不禁心中一寒。

费公子阴狠的笑着对那人恭敬道：“高人，烦请您将这些人全都杀了，只留下那两个女子便是了！”虽是笑着说话，却令听者感到他的阴毒凶恶。那所谓的高人也不多话，十指已然环扣成诀，剑诀挥动，数十道剑劲划过天际，直向耀阳等人袭至。

耀阳好整以暇，“乾天龙炎诀”应指而发，将射至身前的剑劲一一化解，剑劲与烈焰撞击得四散开来，将林中树木毁去不少。耀阳感应到对方元能劲气的强悍刁钻，不禁心中震惊：“这废物公子请来的人，果非泛泛之辈，法力当真不弱。”心中不敢大意，耀阳低声对小仙等人道：“保护西伯侯和伯公子!”

然后，耀阳上前数步，盯着那名高人，掌指间暗捏“七真妙法指”，体内异能流转不息，“乾天龙炎诀”随时准备应敌。

那名高人心中也是震惊不已，他想不到耀阳年纪轻轻竟有此等修为，双眸中的绿芒不由更盛，双掌随风拂动，手中的剑诀一施，元能暴涨，合而为一，顿时一柄元能之剑幻化而成，元能如浪涛般涌出，令得周遭林木纷纷被剑劲斩成数截。

耀阳心中暗惊，赶忙施展出“乾天龙炎诀”，无匹炎火混合浑厚元能汹涌而出，蓄势已久的右拳怒然而发，只见一团火球卷起排山倒海般的炎浪向那名高人袭去，恰恰接下自上狠劈而下的那柄暴涨的元能剑，只见两股元能相撞，如雷般巨响如波荡起，令得整个树林的树木全都遭殃，被无匹元能击得夷为平地。

“乾天龙炎诀”与其元能剑劲在空中对撞的激烈程度，令旁观的众人看得瞠目结舌。

高人见耀阳接下他蓄尽元能的剑气，心中暗讶，体内元能再度涌出，立时将耀阳所发烈焰元能压低三分。耀阳此时心中也想不到这高人元能深厚，思及西伯侯及一众人等的安危都系于他一身，运起刚刚领悟不久的元能法诀，体内的“归元异能”领五行玄能依诀要由五脏波及体脉，循特有的轨迹源源不断的浪涌而出。

站在高人身后的费昆见耀阳似乎有渐已不支的迹象，不禁趾高气扬地大笑道：“……臭小子，这次看你还敢嚣张，赶快去阎王地府转世投胎吧，哈哈……”

耀阳心中气愤不已，但也知道此时不是斗嘴的时候，毕竟是首次用自行领悟的元能运转诀御敌，他迫切想知道效用究竟如何，体内的五行玄能齐齐运转，交相循替，渐已达至生生不息之境，层层叠叠的元能顿时将那高人的剑诀元能压制下去。

倏地，晨早的阳光照到那名高人的身体上，耀阳被一道白晃晃的光圈刺得眼前一闪，原来是对方手腕处的一双镯子在阳光的反射下耀出的芒光，耀阳脑中忽然想到什么，惊讶地脱口叫道："界神镯！你是什么人？怎么会有界神镯？"

那名高人听到他的话，身躯不由一震，眼中绿芒蓦地消逝不见，所发的元能剑气也随之收敛，讶叫道："你是何人？怎会认识'界神镯'的？"说话声音竟在惊讶间变成一个女孩子的甜美腔调。

"人儿！"耀阳闻声知人，喜道，"我是耀阳呀，你还记得我吗？在冥界时……"

不等耀阳把话说完，那名高人的身体蓦地扭曲变幻，最后竟幻成一美妙女子的模样，一双秀媚动人的眼眸，乌灵灵的充满着不驯的野性，挺直的鼻梁与稍微挑起的唇角匹配得无可挑剔，傲气十足又不失清雅，衬上那丝仿佛与生俱来的顽皮笑意，更是予人一种俏皮天真的味道。

耀阳不禁看得呆了呆，他总算看到了人儿的本来容貌，不免为之惊叹不已。旁侧众人离得远不知二人在交谈些什么，但将人儿的样貌看在眼里，都觉得眼前一亮，只是冰儿和小仙脸色愈发显得不自然起来。尤其是那个不知所措的费昆更看得傻眼了，眼神中流露出难以置信的神情。

人儿欣喜地问道："耀阳？你是耀阳？你真的是耀阳？"

耀阳站起身走了过去，露出招牌似的的笑容道："人儿，我当然是耀阳哩，还记得我们第一次见面，你还戴着马面面具，当时我还说了好多人间的事情给你听。"

人儿立时高兴地跳了起来，拉着耀阳的手道："是的，是的，你真的是耀阳！"

"嘿……原来人儿你长得这么漂亮哩！"耀阳禁不住惊叹道。

人儿脸上微微一红，道："你跟在冥界时的样子完全不同了！对了，耀阳，你怎么会变了样？你们兄弟俩后来又发生了什么事呀。"人儿一口气说出了好多问题，耀阳正准备回答，却听小千与小风突然叫道："废物公子，你别想溜呀！"

原来费昆见到二人竟是相互认识的朋友，立即知道情况不妙，趁二人正在说话时，正想偷偷溜走，却不想被小千与小风挡在面前，立时苦下了脸。

耀阳与人儿二人这才从重逢的惊喜中醒来，耀阳道：“人儿，其他事我们以后慢慢再说，现在我要好好教训教训咱们的费大公子！”

耀阳走到已吓得面无人色的费公子面前，嘿嘿笑道：“费公子，费大公子，费大大公子……”

费公子手中折扇已经吓得摔落在地，颤声陪笑道：“耀公子，耀大爷，你别这么叫我，我心里怕……”

耀阳仍是一脸笑容，道：“怕？现在才知道怕？刚才说要杀死我们的时候，怎么不见你说怕呀？”

费公子脸色变得更加难堪，苦着脸道：“耀大爷，你大人不记小人过，小的当时只是想跟几位大爷开个玩笑哩，你就大人大量放过我吧……”

耀阳道：“哦？嘿嘿，还记得我刚才好像说过要你跪地求饶、哭爹喊娘么？”

费公子脸色又是一变，作出一副可怜巴巴的模样，求饶道：“耀大爷……”

然而没等他说完，耀阳叫道：“小千、小风！”

小千与小风立时回应道：“在！”

耀阳嘿嘿一笑，道：“还等什么？好好来侍候我们的费公子，不必客气！”言罢，耀阳已一拳打在费昆的鼻上，费昆哪里吃得消这一拳，立时向后跌倒，鼻血直流。小千与小风兴奋的立即加入扁人的队伍，将费昆一顿好打。最后就连人儿也加入其中，费昆被打得哭爹喊娘，哀叫连连。

一旁的姬昌与伯邑考虽然并未动手，但也大感畅快淋漓之极。

众人打得累了，才拍拍手对费昆一阵危言恐吓，然后撇下在地上“哎哟，哎哟”痛苦呻吟的费昆，兴高采烈的向西而行。

一路上，耀阳心情大爽道：“他爷爷的，扁人扁得还真是痛快，哈……真是出了一口鸟气了。”

人儿娇笑道：“这费公子原本长得就是一副挨打的衰样，人儿也好久没扁人扁得这么开心了！”

耀阳这才想起还不知道人儿为何会突然出现在朝歌城外，忙问道：

"人儿，你怎么从冥界跑到人间来了，而且又怎会成了那费猪头的帮手呢?"

人儿小嘴一嘟，道："我一个人在冥界闷都闷死了，所以趁着母亲外出之际，偷偷溜回来游玩，到了人间向人问了问，才知道朝歌城乃是皇都所在，人儿当然以为一定是很好玩的，所以就化身到了朝歌，哪知到了朝歌到处看到坏人欺负平民百姓，所以出手相救打得那些恶人四散而逃，却被那费……猪头看到了，他说遇到一个十恶不赦、无恶不作的坏蛋，要我帮忙教训一下，还说事成后给我多少多少金银珠宝，什么金银珠宝人儿倒是不在乎，但却在冥界闷得要死，只是想做做行侠仗义的英雄玩玩，所以就答应了他。哪知，他说的那个大坏蛋竟是你，嘿……不过还好，若不是那废物，只怕人儿还遇不到你哩!"

耀阳听罢大笑起来，道："原来我倒成了十恶不赦、无恶不作的坏人?哈，这废物的胡诌神功还真是厉害得很。"旋又指着人儿的小鼻子笑道，"人儿，你呀，好顽皮，要是被你母亲知道你私自溜到人间，一定有你好受的，说不定又要关你一年半载的禁闭!"

人儿哼了一声，不屑地笑道："人儿才不怕哩，母亲不知有多疼惜人儿，她不会把我怎么样的。"

耀阳见她一脸的调皮样，莞尔道："人儿，你现在不回冥界又打算去哪里?"

人儿眼珠一转，道："反正，我本来就想在人间好好游玩一番，不若就跟你们一起走吧，人多才热闹嘛，记得从前你和倚弦都答应过我的!"

耀阳稍作犹豫，回头正好又看到冰儿对着他大摇其头，于是笑道："好!人儿就与我们一起去西岐吧，也好有个照应，待你母亲来找的时候，或是你玩腻了想回家的时候再回去吧。"

人儿雀跃，大喜道："行喽，人儿难得出来一次，你们可得好好陪我玩哟。"她说着转身向后面众人问去，小千与小风见她性情直爽可爱，原本准备好好跟着欢腾一下，但看身旁的小仙一副老大不高兴的样子，也就不敢太闹，只是笑着点点头。

姬昌与伯邑考方才见过她的厉害，见又多一个高手异人，怎有不喜的道理。

耀阳点头答应，正待说话，此时身旁的梅若冰一把挽住他的手臂，亲昵地道："耀大哥，你怎么也不给冰儿介绍一下你的这些朋友呀。"

耀阳这才想起原来还没给众人相互介绍过，忙走到跟在身后的西伯侯、伯邑考身边恭声道："西伯侯，让我给您介绍一下这帮朋友！"

姬昌慈笑道："我见你们一路谈笑风生，所以也一直没问，其实我也很想认识你这帮异人朋友。"

耀阳指着小仙、小千与小风道："这三位是来自'梦月妖冢'的梦冢三少，这长得可爱漂亮的姑娘便是老大，名叫小仙，这大眼睛有眼观千里的本事，所以叫小千，尖耳朵的叫小风，有耳听千里的异能。"耀阳将众人全都介绍给西伯侯，姬昌诧异地看了看这些全是身怀法术的异人，忙向众人谢过相救之恩。众人跟他也是客套了一番。

姬昌看了看四周环境，道："再走一段路便到了孟津，孟津过后便是黄河，只要渡过黄河，再经渑池县、临潼关、潼关、穿云关、界牌关、汜水关便到了西岐。"

耀阳欣喜道："各位，美丽的西岐正在前方等着我们，我们就快些赶路吧！"

此际，天空阳光明媚，万里无云，令人备感心情舒畅，众人齐呼一声，在姬昌、伯邑考的带领下向西岐方向昂首阔步的行去。

转眼间，三日已过。

通过两三日的时间，倚弦已经将"灵悟剑诀"其中艰涩言语一一琢磨明白，领悟到其中所要讲述的内容，不过是让人如何去体会剑心，然后顺应剑心指引去牵动剑器，再经过熟能生巧的修炼，达到将剑器收发自如的状态罢了，只是其中描述的那种玄异的剑心灵觉，他感到一时间无法体会罢了。

倚弦依照洪钧老祖所说，每日在万千剑器中瞑目打坐，虽偶尔可以达到“灵悟剑诀”中“剑心初现”的境地，但离其中的“明剑玄心”之境还相差甚远。他觉得或许是因为从前学得太多气脉法道常识的原因，所以对这些初次接触的剑道术语感到有些生疏难懂。

这日，倚弦依旧盘坐在剑冢绝顶之上，龙刃诛神插在他眼前尺余处的崖地上，冥思苦想良久，依然没有头绪，倚弦索性不去想它，只是将深记心中的《圣元本草经》翻了出来，想要趁机参研一下以作调剂，却忽然想起素柔嘱托他带给杨戬的话，不由蓦地惊觉，自地上一跃而起，向睿剑阁方向遁去。

第四十九章　玄冥剑诀

蜀山剑宗，睿剑阁内。

杨戬拦窗而立，神情专著地望向窗外山天交界处，仿佛似要看清那遮天盖顶的厚重云层，是怎样化为漫野雪花一般。忽然间，他似有所感的向远处剑冢方向望去，只见一道玄白人影急电般冲出，划破厚重云层直向睿剑阁飞掠射来，眨眼已到不远十丈距离。

杨戬凝神望去，却见那人正是炼狱顶上那名大发神威的少年。

倚弦很远就已看清杨戬身影，于是来到他窗外数丈处顿下身形，悬浮于虚空之上，朗声道："小弟有事想要跟杨兄一谈，不知可否？"

杨戬不知为何自从第一次见到倚弦就觉得眼熟，是以倚弦此话一出，他几乎毫不犹豫地穿窗而出，翻落在窗外院落当中，对身在空中的倚弦道："易兄何不下来再说！"

倚弦并不知杨戬是否已经认出自己，当下心怀忐忑地踏到杨戬面前，犹豫了半晌。

杨戬爽朗一笑，道："难道易兄有何难言之隐？"

倚弦摇了摇头，干脆直接问道："杨兄可还记得素柔姑娘？"

杨戬闻言浑身巨震，双眼迷茫地喃喃道："素柔，为什么这个名字这般熟悉？素柔……素柔……"

"只是熟悉吗？"倚弦早已看惯魔宗人的面目，当下冷冷道，"离垢城的凌风阁中，你对素柔姑娘所说的那些话你都忘记了吗？"

杨戬闻言更是震惊，不吐一字的傻傻站在那里，半晌才蓦地双手抱头，似有无限痛苦地说道：“离垢城、凌风阁究竟是什么地方，素柔又是什么人？为什么我想不起来……我究竟是谁……是谁……”

倚弦一时呆在原地，他本以为杨戬是故作不知，但现在观他杨戬脸上的神情十之八九不像假装，不由试探道：“杨兄，你怎么了，你是杨戬，你是魔门九离氏宗主闻仲的关门弟子杨戬啊！”

“你知道我是谁？”杨戬果然站起身来，盯着倚弦问道，“师尊常说我以前是一个罪恶滔天的人，所以再将我复生以后，时常嘱咐我一定要好好活着为自己赎罪，但我真的很想知道自己以前究竟是什么人。你能告诉我吗？”

“重生？”倚弦登时为之一震，难以置信的喃喃道，“你真的不记得从前的一切了吗？”

杨戬苦恼万分地点点头，道：“不错，仙翁说，我的前生在灵元俱灭的时候，只余下最后的一魂一魄，不过好在我玄宗有一门宝物称为‘铸神灵鼎’，其功用极其类似蜀山的‘剑莲池’，这才让我慢慢分化出其他二魂六魄，然后再借了女娲娘娘的五彩神泥重铸我的肉身，有了现在的杨戬。但因本命魂魄不齐，所以根本想不起从前的很多事！”

倚弦这才想到闻仲为何会让他假扮杨戬的模样，原来杨戬早已死在陈塘关“破天阁”前，不由摇头苦笑了好一会儿，缓缓道：“杨兄以前的往事，小易也并不清楚，此次前来只是受人所托，想向你转告一位名叫素柔姑娘的话而已，虽然她已经……死了！而你也再不是从前的杨戬……”

想到素柔，倚弦黯然神伤，继续道：“但她临死前的一句话，我却必须要带到——她说，你杨戬那夜在凌风阁中所说的每一句话她都记得，永生永世都不会忘记！”说罢，倚弦转身而去。

偌大的睿剑阁内，只剩下一个默然呢喃的失心人，寂静莫名。

跟杨戬告别后，倚弦朝“万剑冢”遁去，他想起被申公豹害死的素柔，心中甚是郁闷，忽然耳边想起一人高声呼唤自己：“易兄弟。”

倚弦回头望去，只见一人云遁而至，原来是蜀山弟子元都正微笑着跟他打招呼。

倚弦连忙回礼道："元都兄好！"

元都和气地笑了笑，道："易兄弟在这里可否住得习惯？"

"还好！"倚弦客套的回了一句，蓦然想起心中盘旋已久的一个疑问，不由脱口问道，"元都兄，可知幽云仙子的来历？"

元都微微一愣，眼中精芒微闪，然后一副恍然而悟的样子，笑道："哦，易兄是问小师妹？原来你也……哈哈，爱美之心，人之常情！"这一笑窘得倚弦俊脸微红，但又不好说出心中的疑惑，只能支吾了半响，催元都快些告诉他。

元都顿了顿，道："其实，小师妹才入门不久，跟前几任掌管'灵睿剑令'的同门一样，都是身世坎坷，魂灵难全的弟子，但贵在天资奇高，修真速度一日千里，连像我等这种入门百年以上的弟子都自愧不如。所以至于她的来历，我也不是很清楚。"

"原来是这样！"倚弦心中一阵难受，原本是想从他口中问出幽云仙子的来历，借此可以探知她是否就是以前的幽云公主，谁知连元都这等资历的弟子也是不知，怎能不让他感到备感失望。

元都颇觉好笑地看了倚弦一眼，问道："易兄可以直接去问小师妹嘛！"

"其实倒没什么。"倚弦迟疑一阵，苦笑道，"我只是觉得幽云仙子跟我以前认识的一个朋友很相像，所以感到好奇，很想知道她是否就是以前那个朋友。"

"原来如此。"元都沉吟道，"小师妹的前生到底是什么来历，恐怕只有师尊才知道，不过他老人家现在正闭关研究'乾元绫'，这两天怕是都不会出关。"

倚弦微叹，苦笑道："算了，可能是我看错人了。"

元都看着倚弦，眼神炯然闪烁，突然笑道："不过，你如果很想知道，不如直接去问小师妹，别看她平日里不苟言笑，神色冰冷，似乎不爱搭理人。其实她为人很随和，较易让人亲近，所以你不妨亲自去问她！"

倚弦一听要面对面询问幽云仙子，顿时有些犹豫道："这样好像不太好吧？”毕竟，像他这样突然冲过去冒昧的问一个女子的身世，似乎不太妥当，如果这个幽云仙子不是幽云公主的话，也许还真会当他倚弦是登徒浪子了。

元都拍了拍他的肩膀，哈哈笑道：“你不必担心，小师妹人很不错，即使你看错了人，估计她也不会生气。想想看，如果你不去问，万一真的是你以前的朋友，就此错过岂不可惜。”

倚弦对幽云公主始终有一种参杂愧疚、忧心和怜惜的复杂感觉，闻言沉思片刻，才毅然做出决定，道：“多谢元都兄提醒，但幽云仙子毕竟是个女子，我不宜直接去她的住地……”

元都摆摆手示意不用，道：“小师妹每日都在‘剑莲池’修炼，你只要在傍晚时分去池旁等她就行了。”

夕阳半落于蜀山三座剑峰浮山之间，映得天地间一片霞红。

“剑莲池”在主峰的后山深处，倚弦按照元都的指引，步行在后山的幽秘小径上，柔弱的暮光透过稀疏的竹叶洒在他白玉无瑕的俊脸上，反射出异样的神芒，衬上他冰晶火魄铸就的肉身气势，格外显得飘逸而圣洁。

一路上，翠竹绿树疏密有致，奇花异草遍布山径左右，各类奇石按照某种奇妙规律自然而然地点缀在竹林草丛之间，隐约发出奇异的光芒，而在小径的另一面是一片孤崖，其中各色霞雾蒸腾，玄异的光线轨迹符合着天地至理，在柔和的阳光下幻出如梦似幻的仙境幻象。

踏着古朴的青色石阶，倚弦几乎完全沉醉在这玄妙的美景之中。他感受着这一切，心境平和到连他自己都不敢相信的地步，完全抛开了去向幽云仙子问询的紧张，仿佛闲庭散步般自在洒脱。

山径离开孤崖，转入翠郁的竹林之中，倚弦走了许久，终于在葱葱翠竹中，发现眼前突然出现一个丈许高的山洞，洞口上方刻了三个奇形古篆——

“剑莲池”。

倚弦在洞外徘徊片刻，踱步进了洞，才发现洞壁两旁镶着各种发光的奇石，将一条洞径照得通明。在前方左转右拐，约是进去了十余丈之后，倚弦赫然发现自己来到一处奇特的山腹之中。

在他前面的有十几个溶洞，各有不同的形状，甚是奇妙。倚弦发现有几个较短的溶洞直通向同一个地方。倚弦走过一个溶洞，里面竟然有一个几十丈方圆的小湖，有几条石径通道通向湖心，不过湖面上罩了一层半圆形的浓郁迷雾，始终散之不开，让人瞧不清楚。

倚弦走了过去，甫一伸手触及迷雾，便觉一顿，像是摸到了光滑的石壁一般，根本不能寸进，显然这迷雾是个强劲的结界，虽然他深信以“归元异能”之强定能破开这层结界，但转念想到这应该是幽云仙子为专心练功才布下的，怎会允许他人随便潜入。他便退了回来，在石墙前静静等待。

时间慢慢过去，倚弦丝毫不感到焦急，这时他却突然想起了耀阳，想到如果他在的话，一定会嚷着进去看个究竟，倚弦轻叹一息，心中喃喃念道：“小阳，你现在怎么样了？”

倚弦正在思虑间，突然听到一丝轻微至不可闻的声响，不由觉得讶异，微微侧身靠在墙上，却见另一人鬼鬼祟祟地从另外一个溶洞走了进来。

倚弦看见来人，不由感到大讶，原来此人竟是洪钧老祖座下最杰出的青年弟子之一桓冲。

“他来这里干什么？”倚弦大疑，但却并没有出声，隐起身形凝神观望，看他究竟想干什么。

只见桓冲来到迷雾结界前，双手平起，拇指相抵，凝神入气幻出一轮紫色光圈，紫光映在迷雾上，竟立即冲开石壁一般的结界雾气，仿佛像开了一道门似的。

桓冲得意地一笑，轻手轻脚走了进去。

倚弦看他神情有些诡异轻浮，心中疑云大生，不由分说便也跟了进去。不过，他破结界的办法相对就简单多了，全身元能默运“绝龙壁”结界，归元异能的强劲功用下，他就这样直接走了进去，整个人瞬时融入这片迷雾结界之中。

进了结界，倚弦发现里面的情景与外面迥然不同，过十几步石阶就是一片石林，那千奇百怪矗立着的石竹，好像完全没有什么次序一般，却又让人感觉这样的排列极为赏心悦目。

殊途同归，那几条通道都是通往这个石林，倚弦的本体灵应何其敏锐，一眼便看到桓冲躲在一根石竹后，往石林之中的某处地方放眼望去。

倚弦默运心法，双足落地无声，向前缓缓挪前几步，从几根石竹间的缝隙中看去。只见那石林中心还有一个水池，其中插了千百把各式剑器，但如此多的神兵利器却毫无一丝杀气，反而弥漫出奇特的出尘仙气，而且这些剑身周围无不浮着清丽水莲，让人看上去就像是那些水莲依靠着飘逸如仙的剑气而生一般。剑与莲几乎融合成一体，难怪这里被称作“剑莲池”!

看到“剑莲池”中的一切，倚弦竟能感应到那池中强烈的元能力量，那是来自于剑的力量，却决不是剑所应有的杀戮力量，反而是飘逸的祥和之气，那是剑被水莲融合而产生的感觉。

但真正让倚弦吃惊的不是“剑莲池”的异境，而是池中央的幽云——她竟然全身赤裸地盘膝坐于水中，虽然大半身浸入水中，但只看她那白嫩粉滑、妙曼动人的背部曲线就足以让人大喷鼻血，乌亮生泽的长发披在肩上，反映出光滑如镜的白嫩肌肤，纤细均匀的双肩下纤长玉臂自然伸开，凝脂般的白葱玉指成兰花状，一缕似仙气般的白雾围着她的身子冉冉围绕上升。

倚弦看得俊面通红，不由自主地回忆起当时在皇宫中看到幽云公主洗浴的场面，他连忙闭上双眼，想到桓冲一副淫贱偷窥的模样，不由勃然大怒，原来这个桓冲竟然是如此一个卑鄙无耻的小人。他怎能允许这个桓冲亵渎佳人，心思转念间，掌指默运“傲寒诀”，右手轻轻摆起，中指一拈，一股凝寒之气暗暗弹出，直袭那卑鄙桓冲的背部而去。

桓冲果然不愧是洪钧老祖门下的杰出弟子，立即察觉出异动，回头看来心中大惊，手下却不含糊，同时双手合起亮出一团柔和的金色光芒，一把便将倚弦的寒气指风罩住了。倚弦暗叹洪钧老祖的弟子果然厉害。

此时，桓冲见好事被揭破，恼羞成怒，暗掐剑诀，竖起一指击出，以元能化成剑形回袭倚弦。倚弦回首反手一挥，“傲寒诀”再发，手上似乎多了一层微起冷雾的薄冰，将桓冲袭来一剑的劲道尽数化掉。

桓冲没想到倚弦竟有如此能耐，不由一惊，顾忌到自身脸面，他双手合拢一挥，十数道有如实质的元能剑气铺天盖地般向倚弦击去。倚弦微微一笑，右手自信地画了一个半圆，“绝龙壁”应运而生，归元异能纳身周薄雾于全身，桓冲的剑气顿时被结界冲得七零八落，根本再没有任何作用。

桓冲惊讶万分，正要出招扳回颜面，却又忽觉心神一动，停下动作回首望去，只见幽云仙子匆忙中裹了衣物，满脸愤恨地飞身而出。

去往西岐的路上，梅若冰一直走在耀阳身侧，问起分开这段时间的事，人儿也凑过来仔细聆听，于是耀阳便将到朝歌后找倚弦不着，便在太师府放火泄气，而后又如何偷听费仲与尤浑密谋要害西伯侯及自己去天牢救人之事一一告之，耀阳本有巧舌生灿的口才，在他添油加醋的描绘下，只听得梅若冰和人儿二人目瞪口呆，听到气愤处，更是也随之出口大骂。

直到最后，耀阳才说出以前在缟羝山对她们爷孙俩隐瞒身份的事情，并将前因后果尽数说出，最后道出自己的真名，希望梅若冰可以原谅他。好在梅若冰早已被他的一番奇异经历所震，尤其是被神玄二宗视之为魔星的事情更让她唏嘘不已，双眼满是崇慕之色，哪还有什么责怪之意，只是小声道：“不管你是耀阳，还是耀辉，反正冰儿跟定你了！”

耀阳心中感动万分，一把搂住梅若冰，恨不能当即狠狠亲上一口来表达心中的爱意，但看到前后好一众人在有说有笑的向前行，实在不便下手，只好憋着心痒难当忍住了。

小仙一人独自跟在他们俩人身后，一言不发，眼睛时不时看着耀阳的背影，时而又看着他左右两侧的人儿和梅若冰，眼中的神情一变再变，忧郁惆怅莫名。这一切都被小千与小风看在眼中，二人倒也识趣，并不多说什么，只是默默陪走在她身侧。时而故意说些笑话想要引起她的注意，却发现她竟什么也听不进去，二人只得相视苦笑一下，也不再多说什么了。

众人一直向西岐方向行进，耀阳一干年轻人生性活泼一路说说笑笑，打打闹闹，直至第三日夜幕降临之时，众人已经过孟津到了黄河岸边，因为天色太晚，岸边早已没了渡江的船舟，众人只得在岸边找了一处地方，准备了一些干草，燃起了火堆。

耀阳拿出经过孟津时买的干粮分予大家，一路奔波劳顿，众人也疲倦不堪，吃完干粮围着火堆躺在干草上便渐渐睡去。

小仙一人默默坐在黄河边看着天际孤月，心中一阵怅然，小千与小风见她睡不着，便也跟了过来，二人无奈地对视一眼，小千道："小仙姐，为何一路都闷闷不乐，忧心忡忡呀?"

小仙也不理睬他们，只是轻叹了口气，并不说话。

小千朝小风挤挤眼，小风心领神会，道："小仙姐，其实你的心思我们都理解，但我觉得你不必想太多的，师父虽然现在好像左拥右抱，但并不代表他不喜欢你呀，而且小仙姐你原本就这样漂亮，并不比她们差。"

小仙当然知道二人说得"她们"指的是谁，轻叹一声幽幽道："你们其实不用安慰我了，人儿姑娘与梅姑娘个个都比我漂亮，而且我小仙又是什么身份，如何去跟人家比呀……"说话声音越来越低，最后竟自低声饮泣起来。

小千与小风见小仙哭了起来，顿时失了主意，忙道："小仙姐，你就别胡思乱想了，其实，在我们心目中，你永远都是最美的……"二人一时竟也不知道应该如何安慰小仙才好，只是你眼望我眼，大眼瞪小眼，唯有陪在她身边，不再说话。

此时，耀阳正被梅若冰拖着在黄河边漫步，梅若冰挽着耀阳的手，低声道："耀大哥，分开的这些时日，你可有想人家呀?"

耀阳拉着她的柔荑，柔声道："当然，我时时刻刻都在想着冰儿。"

梅若冰心中虽然高兴，但口中仍做出故意不信的样子，闷哼了一声道："哼，我才不信呢，你身边有个小仙，长得又漂亮又可爱，这一路来你一定是忘记和冰儿在缟羝山发生的一切了……"说着说着，她的声音竟有些哽咽起来，耀阳不禁心疼万分，正要说话却又被梅若冰抢了个先："还有，那个什么人儿，你和她好早便认识的了吗？你们到底以前发生过什么？照现在看来，冰儿在你心目中定是没有任何位置的人……"

言罢，梅若冰早已珠泪盈盈，低声哭泣起来，耀阳哪曾经过这等儿女阵仗，顿时慌了手脚，忙不迭地解释道："没有，没有，我心中只有冰儿一人而已，哪里还能容下别的女子哩！"

梅若冰见他焦急而认真的模样，心中甜甜一乐，表面却仍是一脸苦楚地道："你定是骗人家的，爷爷说过，男人都是花言巧语的人，你现在越是花言巧语，便越是心里没有冰儿……"

耀阳见她如带雨梨花、楚楚可人的娇俏模样，心中不禁一荡，不待她说完话，热唇已迎上冰儿红润的朱唇，冰儿开始用手轻轻捶打耀阳的胸口，假做挣扎，而后便热烈反应起来，鼻中传出嗯嗯呀呀的呻吟声。

良久后，两人才依依不舍地分开，冰儿俏面绯红，娇喘连连，将头投入耀阳的怀中，柔声道："耀大哥，你会永远待冰儿像现在这般好吗？"

耀阳轻拥住梅若冰的纤腰，应道："会的，冰儿，耀大哥会永远待冰儿好的。"

二人依偎了片刻，便相拥坐在草地上，梅若冰头枕在耀阳的肩头，一副幸福的小女人模样。耀阳望着滚滚而逝的黄河水，忽地问道："冰儿，你可感觉到有什么不对劲么？"

梅若冰奇道："有什么不对劲？"

耀阳眉间一皱，道："今日我一直有种不祥之感，可却又什么也没有发现，所以始终觉得有些古怪。"经历过这么多三界六道的事情以后，他对自己的异能感应愈趋自信。

梅若冰道："不会有事的，我的耀大哥现在如此厉害，还用得着怕任何人吗？"

耀阳精神为之一震，不禁笑道："冰儿说得对，哈……"话虽如此，但他心中那种不安却怎也挥之不去。

次日清晨，众人租了船舟安然渡过黄河，直踏上通往渑池县的大道，继续向西岐方向行进。众人在渑池大道上前行，耀阳不住环顾四周，心中那种不安的感应愈发强烈，忽然前方鸟鸣异声连连，他心中警兆立生，行不多远，思感一动，他蓦地叫道："停下！"

众人纷纷停下步伐，警惕地向四周张望。

耀阳顿时感觉两股莫名强大的妖能自地底传来，只见前方数丈外，两道人影破土而出，跃上半空，挡在众人路前。众人这才看清，当头一人正是尤浑，也便是妖君厉煞，而随他而来的是一位身着青袍，长得肥头大耳，满脸横肉，却偏又长着一双绿豆大小的死鱼眼，光秃秃的头顶还残留着几根头发，浑身散出一团绿幽幽的异芒，耀阳思感转处，立时想到此人的妖能却高深莫测。

妖君厉煞的口中发出阵阵毛骨悚然的阴笑，阴恻恻地道："姬昌老匹夫，我们又见面了，嘿嘿……"

姬昌见是尤浑，立时正义凛然的大骂道："妖孽，你为祸人间，终会有报应的！"

厉煞冷笑道："报应？哈哈哈，如今天地大变，正是我妖宗崛起之时，只要杀了你姬昌，我便可去你西岐为所欲为，届时我妖宗一族定可领导群魔，实现三界一统之大业。"

姬昌闻言一阵大笑，厉煞见他无故大笑，不禁脸色大怒，道："死到临头，你还笑什么？"

姬昌正色怒斥道："笑你这妖孽无知呀！天下代表正义者又何只我姬昌一人，就算是你杀了我姬昌一人，但人间正义也绝不会灭绝，你这妖孽妄想邪恶得逞，未免太过无知了！"

厉煞眸中杀机剧盛，怒喝道："老匹夫，你找死！"

说话间，他体内妖能骤然催动，"幻魅焚天诀"于空中兀自舞动，立时一道黑色妖能直向姬昌袭去，此时耀阳早已暗捏"七真妙法指"，体内异能随之如涛而发，综合崭新的五行元能运转之法的“乾天龙炎诀”应运而生，立时自剑指处射出一道烈炎元能，将厉煞的妖能截于半空。

两股元能相撞，顿时发出一声轰天巨响，元能四溅，击得地上尘土飞扬。

若非妖君厉煞前晚与梅清远一战伤了元气，此时被耀阳鼎盛的炎能逼得连退数步，那种对方极强的感觉让他大吃一惊，他想不到短短数日而已，这个小子竟跟换了一个人似的。

厉煞见耀阳出来作梗，冷目中寒意剧盛，道：“臭小子，前晚要不是有那老家伙助你，你早就死了，今日那老家伙不在了，我看还有何人能够救你！”

耀阳不屑地大笑道：“妖君，你别以为找了个帮手，我便会怕你，有种你就放马过来，小爷我定要将你变成烧猪头！”

厉煞见他如此狂妄心中怒极，但他此次特找来妖尊雪赤极相助，誓要将西伯侯置之死地。妖尊雪赤极妖力与自己不相伯仲，二人一路跟踪姬昌等人，直到确实梅清远已经离开才现身截杀，合二人之力杀西伯侯及耀阳实有百分百把握。所以虽然看到现在这帮人又多了几人，但也阻不了他们。

正思忖间，只听妖尊雪赤极开口道：“厉兄，你就是要我来杀这群废物吗？”

此人一副懒洋洋不屑一顾的模样，似是根本没将耀阳等人放在眼里。

厉煞道：“正是，雪兄，只要杀光这群废物，剩下几个皮滑肉嫩的女子定可令你胃口大开，哈哈……”

雪赤极绿豆小眼一转，盯着人儿、小仙、梅若冰的脸上直笑，道：“的确是皮滑肉嫩，让我好生享受一番后，再将她们当点心吃了。”

人儿杏目怒睁，她素来娇纵任性，哪受得了那雪赤极如此说话，怒叱道：“死肥猪，你小心本小姐一怒之下将你当猪肉烤了，拿来喂野狗！”

雪赤极眼中闪过一丝怒意，道：“好你个贱丫头，你敢如此与本尊说话，本尊就让你尝尝我的厉害！”言罢一双肥手捏定“精木幻元诀”，一团绿色异能凝聚手间，弹指一挥，绿色妖能如电般向人儿击去，只看那层绿芒闪闪而动，似快非快、似慢非慢的速度，着实令人顿生不可小窥之心。

耀阳在旁看得有些担心，关切道："人儿，小心！"

人儿不屑地撇了撇可爱的唇角，纤纤十指已然环扣成诀，早已运起玄冥帝君亲传的"玄冥气剑诀"，狂风般挥舞而出，只见十余道凌厉剑气曲曲折折，耀出数道奇形玄光轨迹，齐齐向雪赤极攻袭过去，竟将雪赤极所发的妖能尽数击碎。

雪赤极心中微是一愣，立时运转身际妖能，绿芒大盛，身周结起树藤结界，将人儿方才所发的凌厉剑气，尽数挡住。厉煞见状心中一震，认出此乃三界帝君冥帝的神技，忙道："你是冥界中人？妖宗与冥界井水不犯河水，姑娘还请不要多管闲事才好。"

人儿冷哼一声道："本小姐今日偏偏就要与你们这群老妖精们为敌了，看你能奈我何？"言罢，她已再次施出"玄冥气剑诀"，比之方才不差分毫的数道剑气直向厉煞袭去。

厉煞冷笑一声道："这点修为也配与本君为敌？你要自寻死路，本君就成全了你！"他一边运转体内妖能，一边对雪赤极道，"雪兄，这边我挡着，你先杀了那碍事的臭小子，然后再将姬昌父子杀了！"

雪赤极闻言道："小事一桩，本尊已数百年没有与人斗法，今日正好舒舒筋骨。"

耀阳知道关键时候到了，低声对小千、小风道："保护西伯侯。"言罢，他踏前几步，体内异能窜起五行玄能，在"七真妙法指"的牵动下如怒涛般涌起，异能引带五行玄能流转往复，五而合一，一再化五，推动庞大的元能有如惊涛骇浪般狂泄而出，他最为得意的"乾元龙炎诀"化作一道烈焰巨龙般直袭雪赤极。

梅若冰与小仙见人儿一人对付受伤的厉煞，也赶忙上前相助，与厉煞相对的人儿顿觉压力一减，与梅若冰、小仙三人开始齐力对抗妖君厉煞。小仙的修为是三人中最弱的，而且跟随耀阳休息玄法的时日也最少，此时在妖君厉煞的强大妖能下渐已倍感吃力，甚至有时还会被老奸巨滑的厉煞利用，用来阻拦人儿及梅若冰的进攻。

梅若冰一副嫌她碍事的神情，将其拉至一旁，低叱道：“小仙，你退下，别在这碍手碍脚!”言罢，她再度揉身而上，加入战圈。

小仙心知自己实在帮不上什么大忙，闻言便退到一旁，神色黯然，眼中珠泪盈眶。

这一边少了小仙，人儿与梅若冰的配合倒还算默契，人儿的“玄冥气剑诀”加上梅若冰的“奉阴梅寒诀”与妖君厉煞死死纠缠，难分高下。

妖君厉煞由于前晚与梅清远倾力一战，伤了元气，至此还未痊愈，虽急于要将眼前两个碍事的女人杀掉，但却对人儿的“玄冥气剑诀”尤感忌讳，渐已觉得力不从心，虽然是催动全身妖能应战，但也只是与人儿、梅若冰战成平手。

耀阳体内的“归元异能”与“五行玄能”相互牵引、催动，配合他新近领悟的五行相生、予养于战的元能运转之法，“乾天龙炎诀”源源不断地与妖尊雪赤极的“精木幻元诀”缠斗。雪赤极见这小子年纪轻轻竟有如此修为，时间拖得越久，心中便越为震惊。

雪赤极的“精木幻元诀”牵引无匹妖能直向耀阳压至，绿色妖能发出后便化为一团绿色异芒笼罩的树枝藤叶，正是催发至更高层次的“木奎魑罡诀”。耀阳岂会不知其中厉害，左掌中的“牵机玄引法诀”伺机而出，导其精元外泄，然后右掌的“乾天龙炎诀”骤然迎击而上，两股元能立时在空中爆开。

二人被反震之力震得各自倒退数步，耀阳修为尚浅，自是凭空多退出数丈距离，但元能一旦运转开来，源源不断的元能异力随即将翻腾的气血压了下去。

雪赤极见耀阳越战越勇，心中顿生妒才之心，忖道：“此人年纪不大，修为却如此高深，假以时日法力定会远超我之上，到时只恐会影响到我妖宗大业，不如就此将他除去，以免后患。”

心念至此，杀机倏现，全身妖能暴涨，雪赤极费尽数百年心血所修炼成的妖宗至上妖术“修罗离魅诀”施展而出，双手循一玄异的轨迹在空中舞动，顿时渑池大道两侧的林木受其妖力牵引，尽数拔根而出，化作无数绿芒劲能齐向雪赤极身际涌来，天空仿佛瞬时间被一片绿芒所覆盖。

耀阳与妖尊雪赤极对峙多时，凭着体内归元异能与五行玄能循环相生，以予养于战的方法与之硬撼，表面上看似是越战越勇，但也渐感不支，此时见雪赤极妖能暴涨使出如此厉害的妖术，顿时脸色大变，心中暗忖道：“看来今日非拼个你死我活不可了。”

耀阳自家知道自家事，明白如果再硬拼下去，他根本支撑不了多久，想到这里，耀阳鼓荡体内异能，排山倒海般汹涌而出，依然是左掌“牵机玄引法诀”，右掌“乾天龙炎诀”骤然并发，挟强劲莫名的本体元能向雪赤极所发妖能迎击而上。

雪赤极冷笑一声，虽然耀阳的元能非但强劲莫名，而且禀性殊异，但与雪赤极以千年本命元根所修炼而成的“修罗离魅诀”相比，在韧性与契合度上都终是逊上一筹，尽管耀阳懂得以“牵机玄引法诀”导开雪赤极的攻势如潮，但毕竟在扎实的修为上差的太远，如何能将雪赤极的浩大妖能尽数转化？再说耀阳的本体元能一分为二，又如何抵挡得住雪赤极将近千年的不世修为呢？

就连耀阳也感应到事情不妙之时，两股莫名强大的元能迎头相撞，“轰……”一声巨响，雪赤极忽然顿感耀阳所发元能远超自己想象之外，似有两股力量向他袭来，如山岳压顶一般，令他倍感压力剧增，不由心神剧震，但已不及多想，巨响过后，红绿异芒四溅而飞，耀阳被元能余波击得向后狂退十数步，体内气血翻涌难平，整个脑子里轰然鸣响。

相反雪赤极却被击得向后倒飞而出，口中喷出一口鲜血，已然元气大伤，眼神中闪过愤恨之色，环视周遭一眼，肥胖的身形毫不笨拙地直向远处遁走，消失不见。

姬昌父子以及小风与小千俱被强劲霸道的元能震得跌坐地上，目瞪口呆地看着那足以毁灭天地的两股元能爆发，天地仿似也为之震动不已。

厉煞见耀阳大发神勇竟将妖尊雪赤极击退，心中剧震，不敢再恋战，身形一晃化成一团黑雾向远处遁去，阴恻恻的声音远远传来：“姬昌，算你命好，待本君伤势好后，定会回来找你的!”

众人见耀阳击退妖尊雪赤极，禁不住齐声欢呼，将已精疲力竭的耀阳围住，耀阳也有些不敢相信地笑了起来，紧绷的神经一松，立时感觉全身乏力，身体晃了晃便似要摔倒，梅若冰与人儿一左一右将其扶住，人儿正要说话之际，却被梅若冰抢了先，道：“耀大哥，你好厉害!”

耀阳此时元能消耗太盛，已经无力答话，只是笑望着梅若冰，二人的亲密被小仙看在眼中，小仙站在旁边静静看着耀阳与梅若冰，为耀阳战胜雪赤极而显露出的喜色随即被一种莫名的忧伤情绪所充斥。

小千与小风围住耀阳，直嚷道：“师父刚才好生厉害！将那肥猪打得吐血，哈哈……”

姬昌不禁赞道：“耀公子，你果然神勇无匹，法术高强，将来成就必然不可限量。”

耀阳笑道：“单打独斗再厉害又能如何？说到排兵布阵、统领三军，在下还真的要多多学习才行!”他的脑中立时想到与冀州侯苏护一起去校场点兵时，所见到那井然有序、威武神勇的架势，的确令耀阳心中激动兴奋不已。若真有一天能统领千军万马驰骋沙场，运筹帷幄，决胜千里，建功立业那将是令人更加兴奋激动的事。

姬昌眼露欣赏地看着耀阳道：“这有何难，待我回归西岐，让大将军南宫适教你带兵布阵之法便可!”

耀阳心中一喜，当即谢过。众人生怕再遇强敌，决定不再耽搁时间，齐向前方渑池县走去。

敌人全部退去，众人自是兴高采烈，把耀阳视为英雄更是自然，从三女更加炽热的目光，以及时不时找耀阳搭腔的行动中就能看出来，他们对耀阳简直崇拜到极点。

可是耀阳却知道若不是自己体内“归元异能”再次生威，再加上隐隐约约感应到的那股元能相助，方才自己能否死里逃生，还是未知之数，而且尤浑与那个妖君雪赤极恐怕没有这么容易便会放过自己，随时都可能回来，只是这番忧思他只能藏在心里，而不能告诉他人，以免影响了众人士气。

众人行不到半个时辰，便到了渑池县，渑池县过去便是临潼关，为殷商五大关卡之一，过了临潼关、再过潼关、穿云关、界牌关、汜水关，便到了西岐，所以做为东西二方的冲衢要塞，渑池县自然颇为热闹。

耀阳领着众人行至渑池县，天色也自暗了下来，再加上大战过一场，众人都甚为疲惫，商议过后，众人便在一家名唤“大来客驿”的驿馆包了几间厢房，安顿了下来。